Cherry on top

Liebesroman

J. Vellguth
Cherry on top – Liebesroman

ISBN-13: 978-1539814184
ISBN-10: 1539814181
Korrektorat: Georgia Räder
Covergestaltung: www.rausch-gold.com - Catrin Sommer
Covermotiv: © JFunk shutterstock.com

1. Auflage 2016 Brühl

URL: www.JVellguth.de

Cherry on top

Liebesroman

J. Vellguth

Für meinen Mann

SweetCakes

Cherry verteilte mit Hingabe die blassrosafarbene Buttercreme als dekoratives Häubchen auf den zartbraunen Cupcakes. Das schaffte sie grundsätzlich nicht, ohne zu kleckern. Deshalb leckte sie gerade genüsslich ihre Finger ab, als das Glöckchen über der Tür bimmelte und ihre Arbeitskollegin in den Laden trat.

»Sorry, dass ich zu spät bin«, sagte Annie.

»Ärger mit der Nanny?«, fragte Cherry ohne aufzublicken, um ein weiteres perfektes Häubchen auf einen der Kuchen zu drehen.

»Hör bloß auf«, seufzte Annie. »Ich hab endlich eine Tagesmutter gefunden, die *fast* bezahlbar ist. Aber dafür muss ich jetzt jeden Morgen eine Weltreise antreten.« Sie flocht sich mit geübten Fingern zwei Zöpfe in das kurze blonde Haar.

Cherry blickte hoch und lächelte aufmunternd. »Das klingt doch nach einem Anfang.« Annie versuchte schon so lange, einen bezahlbaren Betreuungsplatz für ihren Jungen zu finden. Es wurde Zeit, dass sie endlich einmal Glück hatte. »Und was sagt Timmy dazu?«

»Er war leider nicht sonderlich begeistert.« Sie verdrehte die Augen und griff nach einer der bunten

Schürzen, die neben dem Tresen an der Wand hingen. »Aber ich hoffe, das gibt sich, wenn er die Dame ein bisschen besser kennenlernt.«

Mit der knalligen Schürze setzte Annie einen fröhlichen Farbtupfer in dem kleinen Laden. Mintgrüne Wände, weiße Holzblenden an den Möbeln, zwei kleine Tische mit Stühlen direkt neben dem Eingang und endlose Reihen von wunderhübsch verzierten Cupcakes, die in der gläsernen Vitrine neben der Kasse leuchteten, erzeugten eine urgemütliche Atmosphäre.

»Das wird schon«, sagte Cherry und biss sich auf die Zunge, während sie den nächsten Cupcake verzierte.

»Es muss«, sagte Annie. »Schließlich hab ich der guten Frau gerade meinen letzten Cent Erspartes als Anzahlung in die Hand gedrückt, damit sie uns überhaupt in Erwägung zieht.« Sie seufzte.

»Auf jeden Fall gut, dass du da bist«, sagte Cherry. »Und dass es heute Morgen so ruhig war. Sonst wäre ich aufgeschmissen gewesen.«

»Doug sollte wirklich endlich noch jemanden einstellen. Das wird sonst einfach alles zu viel.«

»Hey, das musst du mir nicht sagen.«

»Was wird das da eigentlich, wenn es fertig ist?«, fragte Annie und deutete mit einem Nicken auf Cherrys Kreation.

»Kirschcreme und Schokolade mit einer Spur Pfefferminz.«

»Klingt sehr … experimentell.«

»Ist es auch. Ich muss mir schon etwas einfallen lassen, wenn ich den *CuteCupcakeContest* gewinnen möchte. Drück mir die Daumen, dass ich die kleinen Probeschätzchen hier nicht alleine verdrücken muss.«

Annie lachte. »Würde dich das wirklich stören?«

»Kommt drauf an. Erinnerst du dich noch an die *Zucker*törtchen?« Sie verzog das Gesicht.

»Ich wüsste immer noch gerne, wie du das geschafft hast.«

»Wenn ich mich recht entsinne, war da ein kleiner Besucher nicht ganz unschuldig.«

Annie lief rosa an. »Stimmt, ich erinnere mich. Und eine Tüte Marshmallows hat auch noch eine Rolle gespielt.« Sie grinste verlegen. Dann zählte sie schnell die Küchlein in der Auslage. »Wir haben keine mehr mit Kaffee hier vorne«, sagte sie über die Schulter.

»Die neuen hab ich eben in den Ofen geschoben, kannst du, glaube ich, schon rausholen.« Damit fischte sie ein paar Kirschen aus ihrer Obstschale.

Annie kam gerade nach hinten, da ging die Tür auf und ihr Chef trat ein. Jung, riesig, braunes Haar und Goldrandbrille. Nicht muskulös, aber sehr … massiv. Er sah müde aus.

»Hey, Doug«, rief Cherry. »Heute ist es ruhig, aber du kannst gleich meine neueste Kreation probieren. Peppermint-Surprise.«

Doug sah nicht gerade glücklich aus, als er die Brille abnahm. Er putzte die Gläser gewissenhaft, während er zu ihr trat. »Morgen zusammen. Sieht nett aus«, sagte er nachdenklich. »Aber da fehlt noch was.«

»Deko kommt noch, ich dachte an eine dicke, rote Kirsche und vielleicht sogar noch ein Pfefferminzblatt – wenn das nicht zu viel wird.«

Er nickte.

Sie reichte ihm den ersten Cupcake. Der arme Kerl sah echt mies aus, seine Haut war ganz grau und er hatte dicke Ringe unter den Augen. Entweder hatte er wieder die ganze Nacht durchgearbeitet oder er wurde krank. Manchmal war sie verdammt froh, dass sie kein Ladenbesitzer war. Sie stand wesentlich lieber in der Küche hinter dem Ofen.

Er nahm den Cupcake entgegen, löste das Papier und biss hinein.

»Und?«, fragte Cherry. Sie konnte es überhaupt nicht mehr aushalten.

Doug schluckte. »Lecker. Aber Kirschen schmecke ich nicht.«

»Nicht? Und was ist mit Pfefferminze?«

»Ausschließlich Pfefferminze, um genau zu sein.«

Wie konnte das sein? Sie hatte doch extra probiert? Und so viel Pfefferminz war es doch gar nicht gewesen. Sie griff selbst nach einem Cupcake. Aber wahrscheinlich war ihr Mund schon minztaub.

So ein Mist.

Annie hatte gerade die Törtchen aus dem Ofen geholt und ging jetzt zur Kasse, weil eine Kundin hereinkam. »Vielleicht kannst du ja noch die Farbe ändern«, sagte sie im Vorbeigehen. Damit setzte sie ihr freundlichstes Lächeln auf und wandte sich der Kundin in dem mausgrauen Kostüm zu.

Cherry überlegte. Färben wäre vielleicht gar keine so schlechte Idee.

»So können wir das auf keinen Fall verkaufen«, sagte Doug und klang fast schon verzweifelt.

»Ich weiß, das geht auf meine Kappe. Es sei denn … wenn ich es braun färbe und Schoko-Pfefferminz drauf schreibe, ginge das?«

Doug drehte den Cupcake in seinen Fingern, schloss die Augen und biss ein weiteres Mal hinein. Er seufzte. »Einverstanden. Aber mir wäre es sehr recht, wenn du die Experimente fürs Erste in deine private Küche verlagern könntest.«

Cherry war überrascht, normalerweise mochte er Eigeninitiative. Aber er war der Boss. »Sicher.«

»Ich muss noch mal weg, aber ich bin in ein paar Stunden zurück …«

Cherry hatte das Gefühl, er wollte noch etwas sagen, aber er warf nur einen Blick auf die einzige Kundin und verabschiedete sich dann mit einer kurzen Geste.

Sie wollte ihn noch fragen, ob er nicht lieber zu Hause bleiben und sich ausruhen wollte, aber da betrat eine junge Brünette den Laden.

Ihr Haar schimmerte kupferfarben in der Herbstsonne, über den Wildlederstiefeln trug sie ein braunes Strickkleid und eine kurze Jacke mit Kunstpelzkragen. Ohne Jeans hätte Cherry ihre Freundin fast gar nicht wiedererkannt.

Aber seit sie mit Jake zusammen war, hatte sich so einiges geändert. Sara war viel offener und fröhlicher, besonders vor Kameras. Der einzige nicht ganz so gute Nebeneffekt war die Tatsache, dass ihre Freundin vor Kurzem ausgezogen war. Und jetzt vermisste sie ihre Zimmernachbarin maßlos. Aber natürlich war sie von Herzen glücklich, dass es mit ihr und Jake so gut lief

»Hi«, rief Sara. »Ich hab ein kleines Attentat auf dich vor.«

Cherry verdrehte theatralisch die Augen. Das bedeutete normalerweise, dass sie für irgendwen backen sollte. Und in Gedanken gestaltete sie bereits die ersten Kuchen-Designs. »Wer hat Geburtstag?«

»Niemand. Viel größer.« Damit schob Sara sich hinter den Tresen und lehnte sich an die Wand.

»Größer?«, fragte Cherry und mischte noch etwas Farbstoff in die Cremefüllung. Tatsächlich entstand dabei ein dunkler, nicht einmal unappetitlicher Braunton.

»Jupp. Jake und die Gang wollen ein Kreativ-Studio eröffnen und wir brauchen noch jemanden, der den süßen Teil des Caterings übernimmt. Da haben wir an dich gedacht.«

»Wer macht denn den nicht-süßen Teil?«

Sara grinste. »Jake möchte Pizza backen und er macht himmlische Kanapees.«

Cherry musste nicht lange nachdenken. *SweetCakes* hatte schon seit einer Weile keinen größeren Auftrag mehr gehabt. »Doug wird sich bestimmt freuen.« Sie nahm einen ihrer Minz-Cupcakes in die Hand und hielt ihn ihrer Freundin entgegen. »Probier mal.«

»Das heißt, du bist dabei?«, fragte Sara.

»Als ob ich dir etwas abschlagen könnte.«

»Okidoki, Cherry ist verantwortlich für das leibliche Wohl. Check. Dann müsstest du dich nur wegen Farben, Thema, Aufbau und so weiter mit der restlichen Orga absprechen.« Sara biss in den experimentellen kleinen Kuchen.

»Kein Problem. Wer macht die denn?«

Sara war plötzlich sehr damit beschäftigt, die braune Creme von ihren Lippen zu lecken. »Das ist echt lecker, habt ihr die neu im Sortiment?«

Aber Cherry ließ sich nicht ablenken. »Jetzt sag schon. Wer?«

Sara seufzte. »Wirst du schon sehen, wir sind in deiner Mittagspause verabredet.«

Cherry kniff misstrauisch die Augen zusammen. »Und wieso kannst du mir das nicht einfach sagen?«

»Die sind wirklich verdammt lecker. Ich finde, ihr solltet die in euer Programm aufnehmen.«

Cherry gab es auf, fürs Erste. Sie wusste, dass sie aus Sara nichts weiter herausbekommen würde. Allerdings hatte sie schon eine dumpfe Ahnung, was das bedeuten könnte. Und das machte es nur schwieriger, bis zu ihrer Pause abzuwarten.

Ankunft

Der helle Parkettfußboden war frisch poliert und glänzte, als Milo das Studio betrat. An drei Seiten erstreckten sich riesige Panoramafenster, die bis in die nächste Etage hinaufreichten und einen atemberaubenden Ausblick boten. Sie befanden sich im dreiundvierzigsten Stock, unter ihnen breitete sich links das kalte, stahlblaue Band des Hudson River aus und rechts das graubunte Häusermeer von New York City, nur tupfenweise durchbrochen von kleinen Bauminseln und winzigen Dachgärten.

In der Mitte des Raumes führte eine Wendeltreppe nach oben auf die Galerie, die sich als schmaler Gang an einer langen Reihe von gläsernen Büros entlangzog.

Milo fuhr sich mit der Hand durch das schwarze Haar und war völlig sprachlos. Ein hammerhartes Studio.

»Und, was sagst du?«, fragte Jake mit Stolz in der Stimme. Er hatte diese Location gefunden.

»Geile Bude.« Das war alles, was Milo dazu einfiel. Und es war absolut zutreffend. »Kostenpunkt?«, fragte er. Denn so, wie das hier aussah, sprachen sie ganz sicher von einer siebenstelligen Summe.

»Willst du gar nicht wissen. Aber wir sind schließlich zwölf Mann. Zusammen sollten wir das packen.«

Durch den Wettbewerb, über den Jake auf Umwegen auch seine Flamme kennengelernt hatte, waren die verantwortlichen Vlogger auf den Geschmack einer Kooperation gekommen und hatten beschlossen, einen Club zu gründen. *CrazyCreative* nannten sie sich – zumindest, wenn es nach Milo ging – und jetzt wollten sie alle gemeinsam ein Studio als Hauptquartier kaufen.

»Zwölf *Mann*?«, fragte Milo. »Kitty einen Kerl zu nennen, ist ja fast schon Gotteslästerung.« Milo machte eine wiegende Geste mit seinen Händen.

Jake verdrehte die Augen. »Du weißt, wie ich das meine. Zwölf menschliche Wesen, deren primäre und sekundäre Geschlechtsmerkmale in diesem Zusammenhang vollkommen irrelevant sind.«

»Na ja, also irrelevant wäre echt das Letzte, was mir bei den Dingern einfällt.« Sein Grinsen wurde noch breiter.

Natürlich wusste er genau, was Jake sagen wollte, aber er hatte nicht im Mindesten vor, das zuzugeben. Diese Art des Humors kam bei seinen Kumpeln gewöhnlich sehr gut an, also würde er einen Teufel tun und das Ganze *richtig verstehen*.

Jake schnaubte, statt weiter auf das Thema einzugehen. »Also, was sagst du? Bist du dabei oder nicht?«

Milo kratzte sich am Kinn und blickte aus dem riesigen Panoramafenster über die flache Skyline von Hoboken, die sich auf der anderen Flussseite bis zum eisblauen Horizont erstreckte. Je nach Kostenpunkt würde er sich etwas ausdenken müssen. Aber das war einfach zu stark, um *nein* zu sagen. »Volles Rohr, Alter.« Er schnipste mit den Fingern und hielt den Daumen hoch.

»Wir wollen uns später noch zusammensetzen, um einen Vertrag auszuhandeln«, sagte Jake und schob seine Hände in die Hosentasche.

Manchmal hatte sein blonder Freund verdammt merkwürdige Ideen. »Echt jetzt?«

»Na klar, oder würdest du Jason ohne etwas Schriftliches über den Weg trauen?«

»Ich trau dem Kerl nicht weiter, als ich ihn werfen kann. Wenn wir schon mal dabei sind, würde ich ihm zutrauen, dass er jeden Einzelnen von uns gehörig aufs Kreuz legt. Aber mehr auch nicht.«

»Siehst du. Genau deshalb gibt's einen wasserdichten Vertrag.«

»Wasserdicht? Wie viele Anwälte bringt Jason denn mit?«

»Null, das ist die Bedingung. Wir schreiben mit verständlichen Worten auf, was wir wollen und im Zweifelsfall entscheidet die Truppe rückwirkend per Mehrheitsentscheid, wie eine Formulierung ausgelegt werden soll.«

»Ganz schön scheiße, dass wir zwölf sind.« Da war ein gelegentliches Patt wohl nicht auszuschließen.

Jake zuckte mit den Schultern. »Als ob Peter sich jemals bei einer Abstimmung entscheiden könnte.«

»Haste auch wieder recht. Und wann gibt's die Einweihungsparty?«

»Sobald du sie organisiert hast.«

Damit hatte er jetzt nicht gerechnet. »Ich? Alter, wie kommst du denn darauf, dass ich die organisiere? Das ist Weiberkram. Soll Kitty das doch machen, die ist doch eh voll heiß auf diesen ganzen Dekoscheiß.«

»Lass sie das bloß nicht hören«, sagte Jake. »Sonst bist du bald um mindestens zwanzig Zentimeter kürzer.«

Milo verspürte das unbändige Bedürfnis, seine Männlichkeit in Sicherheit zu bringen und räusperte sich.

»Außerdem«, fuhr Jake fort, »hat sie doch gerade diese Challenge am Laufen. Mit der ganzen Organisation dafür ist sie schon mehr als ausgelastet. Und wir haben gedacht, weil du ja momentan sowieso keine Videos machst …«

»Hey, ich nehme mir eine künstlerische Auszeit, das ist alles.« Genau. Bestimmt. Auf jeden Fall.

»Wie dem auch sei. Du hast von uns allen am meisten Zeit.«

Außerdem würde er finanziell am wenigsten beitragen können. »Und was ist mit dir?«

»Ich hab da gerade ein anderes Eisen im Feuer«, sagte Jake und tiefe Grübchen zeichneten sich auf seinen Wangen ab.

Milo schnaubte. »Echt jetzt? Ihr seid immer noch nicht aus eurer Honeymoon-Phase heraus?« Sara und Jake waren nicht verheiratet, aber das war nur eine Frage der Zeit. Bis dahin verhielten sie sich wie zwei verliebte Teenager.

Leider musste er sich eingestehen, dass er ein wenig neidisch war. Aber auch nur ein bisschen, weil sich die Fans etwas schwertaten, seit Flaute auf seinem Kanal herrschte.

»Noch lange kein Ende in Sicht.« Jake grinste breit. »Aber diesmal geht's gar nicht darum, ich hab ein Video-Projekt in Vegas angeleiert. Es geht um Magier, Vampire und alles Drum und Dran. Das Show-Business aus der Insider-Perspektive.«

»Vampire?«, fragte Milo ungläubig. Trotzdem ein geiles Projekt. Schon alleine wegen Vegas.

Wenn er bloß eine Idee hätte, was er mit seinem Channel anfangen sollte. Aber das war alles nur temporär. Er musste bloß sein *Zing* wiederfinden, das gewisse Etwas, den großen Knall. Dann kamen auch wieder mehr Abonnenten und mehr Fans bedeuteten auch wieder mehr Gelegenheiten.

Vielleicht war das mit der Einweihungsparty ja gar keine so schlechte Idee. Wenn er Glück hatte, würde ihn das endlich aus seinem Trott herausholen. Ein neues Studio, ein neuer Anfang.

»Außerdem bin ich schon für die Vorspeise und den Hauptgang zuständig«, fügte Jake hinzu. »Das heißt, du musst dich nur noch um die Orga und den Nachtisch kümmern. Und selbst dafür haben wir schon jemanden im Auge.«

Milo seufzte. »In Ordnung … solange ich nicht kochen muss.« Dann hatte er eine Eingebung, ein breites Grinsen schlich sich auf sein Gesicht. »Sag mal, wenn ich die Orga mache, dann bin ich doch auch für das Unterhaltungsprogramm verantwortlich, oder?«

»Klar«, Jake grinste sein Grübchenlächeln, das die Weiber immer reihenweise in die Knie zwang.

»Okay, das klingt doch spitzenmäßig … wie viele Stripperinnen hättest du denn gerne? Zwölf? Für jeden eine?« Er wusste auch schon, wo er die Damen herbekommen würde. Es gab da diesen kleinen Laden …

»Keine Stripper«, sagte Jake fest.

»Nicht Stripper. Stripper*innen*«, betonte Milo den letzten Wortteil.

»Auch keine Stripper*innen*«, Jake blieb eisern.

»Ach, komm schon. Wenigstens eine Handvoll. Fünf?«

»Nein.«

»Drei?«

»Nein.«

»Bitte. Wenigstens zwei – Zwillinge, die zählen als eine.«

»Milo, es werden auch Frauen anwesend sein.«

»Eine?«, fragte er und setzte seinen Hundeblick auf.

»Nein!«

Na toll. Nicht mal der funktionierte. Zugegeben, durfte er auch gar nicht, Jake war ein Kerl. Trotzdem. Milo grummelte vor sich hin. »Okay, aber irgendetwas, das Spaß macht. Ich hock nicht den ganzen Nachmittag hier in der Bude rum und starr die Wände an.«

»Einverstanden.«

Milo klatschte in die Hände und rieb sie aneinander. Er würde sich irgendetwas völlig Abgefahrenes überlegen, etwas Großes, etwas Grandioses, etwas Einzigartiges …

Die Tür ging auf.

Jakes Freundin betrat mit Begleitung den Raum. Sara, die Brünette war ein bisschen schlaksig, warf sich sofort in Jakes Arme und säuselte ihm wahrscheinlich Anzüglichkeiten ins Ohr.

Cherry dagegen raubte Milo förmlich den Atem. Ihr blondiertes Haar hatte kirschrote, gefärbte Spitzen und war zu einem Pferdeschwanz hochgebunden, der über die samtweiche Haut in ihrem Nacken strich.

Bis auf die Haarfarbe hatte sie sich allerdings überhaupt nicht verändert, seit er sie zuletzt gesehen hatte.

Sie war nicht ganz so groß wie Sara, dafür umso kurviger. Ihre enganliegende Jeans betonte die satte Rundung ihres Hinterns und die wohlgeformten, unheimlich langen Beine.

Die dunkelrote Jacke hatte sie über die Schultern nach unten rutschen lassen, was eine ungehinderte Sicht auf die blassrosa Bluse ließ, die sich über ihrer üppigen Oberweite spannte. Milo wandte sich zum Fenster, um sich nicht allzu genau vorzustellen, was er darunter finden würde. Dabei fiel sein Blick auf Sara und Jake. »Hey, könnt ihr beiden euch nicht ein Zimmer nehmen?«

Wiedersehen

Cherry wäre fast das Herz stehengeblieben, als sie Milo in dem neuen Studio entdeckte. Groß, schlank, muskulös stand der da und sah einfach nur zum Anbeißen aus. Sein schwarzes Haar so seidig weich, dass es zum Anfassen einlud und seine dunklen Augen so braun wie Zartbitterschokolade.

Es müsste verboten sein, dass Menschen mit seinem Charakter so gnadenlos gut aussahen. Das weiße Hemd über der schwarzen Hose war trotz der niedrigen Außentemperaturen nur Zweidrittel zugeknöpft und gewährte einen Blick auf eine glatte, durchtrainierte Männerbrust.

Sie biss sich auf die Wange.

Natürlich sagte der Obermacho nicht einmal Hallo. Er wandte gleich seinen Blick ab und sprach mit Sara und Jake.

Nett, wirklich ausgesprochen nett.

Sie hoffte nur, dass ihr Orga-Partner bald hier auftauchte und sie sich dann wieder verdrücken konnte. Mit Milo wollte sie nicht mehr Zeit in einem Raum verbringen als unbedingt notwendig.

Ja, sie war lange sein Fan gewesen – und war es irgendwie immer noch. Aber nur von dem Milo, der in ihrem Kopf existierte. Einem Typen, der unter einer Fassade aus Machogehabe einen ganzen Ozean aus Gefühlen verbarg. Der einfühlsam sein konnte, sich öffnete und mehr auf die inneren Werte der Menschen gab als auf die Äußerlichkeiten.

Aber dieser Milo existierte natürlich nicht. Nicht in Wirklichkeit.

Hier gab es nur diesen … *Kerl*. Der sich bei ihrem ersten und einzigen Date vor fast einem Jahr nicht gerade mit Ruhm bekleckert hatte und es dann nicht einmal für nötig befunden hatte, sich bei ihr zu melden. Der zu jeder Gelegenheit anzügliche Kommentare abließ und jetzt Sara und Jake aufforderte, sich ein Zimmer zu nehmen.

»Meine Güte, es ist doch nur ein Kuss«, sagte Cherry.

Er starrte sie an und musterte sie von oben bis unten. Dabei fühlte sie sich wie bei einer Ganzkörper-Kontrolle. Superman, der mit seinen Röntgenaugen jedes winzige Fettpölsterchen inspizierte und auch jede noch so kleine Unvollkommenheit ans Tageslicht zerrte. Sie konnte förmlich spüren, wie seine Blicke über ihre Haut glitten und eine ungebetene Gänsehaut zog sich ihre Arme hinauf, über Schultern und Nacken nach hinten, den gesamten Rücken hinunter.

»Er hat gefummelt, ich hab's genau gesehen«, sagte Milo und dabei blieben seine Augen kurz an ihrer Taille hängen.

Ja, sie bestand aus mehr als Haut und Knochen! Und?

Sie pustete den Pony aus ihrer Stirn und ließ sich nicht einschüchtern, sondern sah ihn herausfordernd an. »Wenn's dich stört, dann guck eben woanders hin.« Und sie sprach ganz sicher nicht nur von Sara und Jake.

Damit wandte sie sich an ihre Freundin. »Ich hab nicht viel Zeit, Sara. Meine Mittagspause ist bald um und Annie ist allein im Laden. Wann kommt denn dieser Organisations-Futzi?«

Mit aufgerissenen Augen starrte Milo sie an, als hätte Cherry angefangen, Heuschrecken zu spucken und eine dumpfe Vorahnung breitete sich in ihrer Magengrube aus.

Sara ließ von ihrem Freund ab, legte die Hände auf den Rücken und sah verlegen zu Boden. »Er ist schon hier.« Ihr Blick fiel auf Milo.

Cherry schnappte nach Luft. Kein Wunder, dass Sara nicht gesagt hatte, um wen es ging.

Milo!

Sie sollte mit *Milo* zusammenarbeiten. Mit Milo dem Macho, Milo dem Weiberhelden, Milo dem Riesenblödmann, der sich zu fein gewesen war, auf ihre letzte Nachricht überhaupt zu antworten.

»Das ist nicht dein Ernst«, sagte Cherry bestimmt.

Sara kam schnell zu ihr rüber und legte ihr den Arm um die Schulter. »Ach komm schon, so schlimm ist er gar nicht.«

»Hey, ich bin auch noch hier«, kam es aus Milos Richtung. Aber Cherry würdigte ihn keines Blickes.

»Und immerhin musst du dich nur ein bisschen mit ihm koordinieren. Das Backen macht ihr ja eh bei euch im Laden.«

Cherry schob die Unterlippe vor und starrte Milo aus schmalen Augen an. Wahrscheinlich hatte Sara sogar recht. »Warum ausgerechnet der?«, fragte sie trotzdem.

»Weil er am wenigsten zu tun hat«, sagte Jake schlicht.

»Hey! Ich mach nur eine kreative Pause«, warf Milo ein.

Cherry sah ihn forschend an. Es stimmte, sie hatte schon lange keine Videos mehr von ihm gesehen. Erst vor Kurzem hatte sie sich darüber gewundert, es dann aber darauf geschoben, dass sie absichtlich einen Bogen um sein Social Media Profil machte.

»Bitte«, sagte Sara. »Es sind nicht mal zwei Wochen. Und er kann wirklich ganz nett sein. Nicht wahr, Milo.«

Der grummelte irgendetwas Unverständliches vor sich hin.

»Siehst du?«, fragte Sara.

Cherry war immer noch nicht ganz überzeugt. Aber am Ende war ihre persönliche Meinung von *dem Kerl* nicht von Bedeutung. *SweetCakes* konnte den Auftrag gut gebrauchen, ihre beste Freundin bat sie um Hilfe und wenn das bedeutete, dass sie sich knapp zwei Wochen mit einem Blödmann zusammenraufen musste, dann würde sie das gerade noch überleben … irgendwie.

»Ihr müsst euch ja nur ein bisschen absprechen und zur Not geht das auch per SMS. Aber deine Cupcakes sind einfach die besten. Es wäre ehrlich super, wenn du …«

»Ist ja schon gut, ich mach's.«

»Danke, Cherry!« Sara fiel ihr um den Hals. »Du bist die Beste.«

»Keiner fragt mich, was ich davon halte. Vielleicht hab ich ja 'ne viel bessere Idee für das Catering.«

»Okay, Milo. Was hältst du davon?«, fragte Jake und sah ihn herausfordernd an. »Und wen würdest du für das Catering vorschlagen?«

Cherry konnte sehen, wie Milos Gedanken rasten. Eine sexy Grübelfalte bildete sich zwischen seinen tiefschwarzen Brauen und ein winzig kleiner Teil von ihr hoffte, dass ihm niemand einfiel. Der Rest von ihr wäre natürlich sehr erleichtert gewesen, denn dann würde sie in naher Zukunft erst mal nichts mit ihm zu tun haben.

»Ich warte«, sagte Jake und grinste sein Grübchenlächeln, auf das Sara so unglaublich stand.

»Ich frag meine Mom«, platzte Milo heraus.

Jake lachte so plötzlich und so laut, dass Cherry zusammenzuckte.

Milo verschränkte die Arme. »Was ist daran so lustig?«

»Ich glaube, deine Mom würde sogar einen Topf mit Wasser anbrennen lassen, wenn sie den zum Kochen bringen sollte.«

»Ich hab nicht gesagt, dass sie kochen soll, ich lass sie das ganze Ding organisieren.« Plötzlich grinste er so breit, als hätte er einen zuckerfreien Muffin entwickelt, der auch noch schmeckte.

»Genau«, sagte Jake. »Damit wir im besten Fall den ganzen Abend mit einem Stock im Hintern herumsitzen und alten Wein aus Kristallgläsern schlürfen und sie im schlechtesten Fall am Ende das ganze Studio übernimmt.«

»So schlimm ist sie gar nicht«, sagte Milo und schob seine volle, weiche Unterlippe vor.

Jake lachte immer noch überschwänglich. »Ist sie doch.«

Milo grummelte etwas.

Jake beruhigte sich wieder. »Also«, sagte er. »Wenn du keinen besseren Vorschlag hast, nehmen wir Cherry. Sie arbeitet in einem entsprechenden Laden, hat so etwas schon öfter gemacht, ihre Cupcakes sind spitze und ein Deal ist ein Deal. Deal?«

Wieder brummte Milo.

»Okay, da wir das geklärt haben, müssen Sara und ich auch gleich weiter, wir haben da noch ein kleines Eisen im Feuer.«

Milos Augen funkelten plötzlich übermütig. »Eine Runde Boss und Sekretärin?«, fragte er und wackelte mit den Augenbrauen.

»Es geht um ein Video, du Scherzkeks«, sagte Jake.

»Ein Video von einer Runde Boss und Sekretärin?« Noch ein Augenbrauenwackler.

Cherry rollte mit den Augen und Sara lachte. »Ich wünsch dir viel Spaß mit unserem Casanova.«

»Danke auch«, stöhnte Cherry. »Du schuldest mir was.«

»Hey, das hab ich gehört«, sagte Milo.

Cherry biss sich auf die Zunge und konnte nur hoffen, dass sie das Ganze schnell hinter sich bringen würden.

***

Als die beiden aus der Tür waren, warf Cherry einen Blick auf die Uhr und fuhr sich nachdenklich mit dem Daumen über die Lippen.

Da klatschte Milo die Hände aneinander. »Und was machen wir beiden Hübschen jetzt? Auch 'ne Runde Boss und Sekretärin?«

Man kann es ja mal versuchen, was?

Trotzdem lief ihr ein heißer Schauer über den Rücken, wenn sie daran dachte. Aber das war natürlich dumm und rein körperlich. Sie hatte absolut nicht das leiseste Interesse an Mister Macho. Er hatte seine Chance gehabt und sie gründlich versaut. »Ganz sicher nicht«, antwortete sie fest.

»Hey, wer wird denn gleich so ernst sein. Keine Panik. Eisberge hole ich mir sicher nicht ins Bett, die hinterlassen immer solche Pfützen, wenn sie unter meinen Fingern schmelzen.« Er zwinkerte und der Schauder sammelte sich knisternd in ihrem Bauch.

Macho Casanova.

»Okay«, fuhr er fort. »Dann würde ich sagen, dass wir schnell loslegen, damit wir beide möglichst bald wieder unserer Wege ziehen können, was meinst du?«

Das Knistern in ihrem Magen ging aus.

Moment! Das war gut, oder?

Dummes Durcheinander. Eigentlich sollte sie seine Ablehnung völlig kalt lassen. Tat sie aber nicht … nicht ganz.

Egal, er wollte sie loswerden … umso besser. Aber leider wurde es nicht ganz so einfach. »Nein.«

»Bitte?« Er zog die Augenbrauen hoch und ein kleiner Teil von ihr freute sich diebisch, weil er Widersprüche wohl normalerweise nicht gewohnt war. Die ganzen Fanhäschen überschlugen sich wahrscheinlich geradezu, um ihm zu gefallen.

Aber Cherry nicht – nicht mehr.

Sie hätte zu gerne auch mal einen dummen Spruch abgelassen. Aber sie war nun mal gut erzogen. Denn wenn ihr Vater wüsste, dass sie sich unhöflich verhielt, würde er ihr bei nächster Gelegenheit die Ohren lang ziehen … oder viel eher ein *Star Wars* Verbot erteilen – was in seinen Augen tödlicher Verdammnis gleichkam.

Also riss sie sich zusammen. »Tut mir leid, aber dafür hab ich jetzt keine Zeit. Ich muss zurück zur Arbeit.«

»So lange wird das schon nicht dauern.«

»Glaub mir, so etwas braucht immer länger, als man denkt.«

»Und wenn schon, dann kommst du eben ein paar Minuten zu spät.«

»Im Gegensatz zu dir hab ich einen Boss. Und weil ich meinen Job gerne mache und ihn auch behalten möchte, muss ich mich an die vorgeschriebenen Arbeitszeiten halten.«

Eigentlich hätte sie erwartet, dass er jetzt anfing zu prahlen. Immerhin war das eine ziemlich gute Vorlage, um seine Selbstständigkeit in den Vordergrund zu stellen. Nach ihrem letzten Stand hatte er immerhin 1,2 Millionen Abonnenten auf seinem Kanal.

Bei Jake waren es fast viermal so viele und der verdiente damit genug, um seinen kompletten, ziemlich exklusiven Lebensunterhalt zu finanzieren.

Milo schob das Kinn vor. »Hey, nur, weil man keinen Boss hat, heißt das nicht, dass man nichts zu tun hat. Im Gegenteil, meistens hat man sogar mehr Arbeit, weil man nämlich die vom eigenen Boss auch noch mitmachen muss.«

»Wenn man denn dann gerade überhaupt arbeitet«, sagte sie und spielte auf seine *kreative Pause* an … was auch immer das genau bedeutete.

Seine Lippen wurden schmal. »Ich warte nur darauf, dass mein *Zing* wieder auftaucht, das ist alles.«

Zing?

Das ging doch alles am Thema vorbei. »Wie du meinst. Auf jeden Fall muss ich jetzt wieder los.«

»Ist ja schon gut, dann eben heute Abend.« Seine Stimme klang kalt und abweisend.

Hatte sie ihn verletzt? War das wirklich möglich?

Milo, der große Macho, war getroffen?

Wieso?

Steckte vielleicht mehr hinter seiner Auszeit, als er zugeben wollte?

Doch darüber konnte sie sich jetzt keine Gedanken mehr machen. Annie war alleine im Laden und brauchte sicher Unterstützung.

Und das hier … das ging ihr jetzt schon gehörig auf den Senkel. »Du hast recht. Wir sollten es zügig hinter uns bringen. Wenn du heute Abend im *SweetCakes* vorbeischaust, besprechen wir alles Nötige. Du kannst dir ja schon mal ein paar Gedanken zum Thema und so machen.«

Er sah sie verständnislos an. »Das Thema ist Einweihungsparty.«

Sie schüttelte den Kopf. »Vielleicht solltest du auch mal eine Suchmaschine bemühen, um dir klarzuwerden, was zu so einer Organisation alles dazugehört.«

»Denkst du eigentlich, das ist die erste Party, die ich veranstalte?«

»In der Tat, so sieht es für mich aus.«

»Ist es aber nicht.«

»Okay. Dann überlegst du dir, was du genau willst und wir sehen uns heute Abend.« Damit drehte sie sich um und ging nach draußen.

»Okay. Wir sehen uns, Süße«, rief Milo ihr hinterher und sie rollte mit den Augen, drehte sich aber nicht um, sondern ging einfach weiter.

Musste aber auch unbedingt das letzte Wort haben, der Typ.

Unglaublich.

Kaum war die Tür hinter ihr zugefallen, schwappte eine Welle kühler Erleichterung über sie hinweg.

Sie konnte gar nicht so genau sagen, warum. Aber es war wesentlich einfacher, nicht in seiner Nähe zu sein.

Jetzt musste sie nur noch heute Abend überstehen und den Rest der Vorbereitungen würde sie schon irgendwie alleine hinbekommen.

Mann, oh Mann.

Sara schuldete ihr wirklich etwas.

Nachrichten

Milo schlenderte durch die oberen Büroräume. Jeder einzelne hatte eine atemberaubende Aussicht über die Stadt. Hunderte und aberhunderte von Hochhäusern in den unterschiedlichsten Größen ragten wie Zähne aus Glas und Beton unter ihm auf.

Als er im Eckbüro ankam, stützte er sich mit den Händen gegen das Glas und starrte nach unten.

Ein gähnender Abgrund, nur allzu bereit, ihn zu verschlucken.

Wir sehen uns, hatte sie gesagt.

Diese Art *wir sehen uns* kannte er gut. Das sagte seine Mutter immer, wenn sie am Ende doch nicht vorhatte, zu einer Verabredung aufzutauchen.

Cherry wollte das Ganze eindeutig so schnell wie möglich hinter sich bringen. So viel stand fest.

Umso besser, oder?

Ihm ging es schließlich genauso.

Er stieß sich ab, ging zu dem gläsernen Schreibtisch, der hinter ihm stand und ließ sich in den riesigen, schwarzen Ledersessel fallen, der sich unter seinem Gewicht drehte.

Auf der Tischplatte klebte ein weißes Papier, darauf stand in gedruckten Buchstaben *Reserviert* und darunter Jasons Unterschrift.

Milo schnaubte.

Eingebildeter Schnösel. Er griff nach dem Papier, das mit Tesafilm befestigt war, knüllte es zusammen und warf es durch den Raum.

»Reservier meinen Hintern, du …« Er drehte sich wieder zum Schreibtisch, aber auf der gläsernen Tischplatte stand in schwarzem Edding geschrieben:

Reserviert.
Das gilt auch für dich, Milo.

Milo brummte. Er beugte sich vor, um das Zeug mit der Hand wegzuwischen, aber da sah er den winzigen Spruch darunter:

Vergiss es, der ist wasserfest.

Blöder, miespuckeliger Büroklammerverbieger.

Milo warf sich entnervt nach hinten.

Es war einfach zum Kotzen. Vor einem Jahr hatte sein Leben noch ganz anders ausgesehen. Da waren ihm die Frauen scharenweise hinterhergerannt, seine Abonnentenzahlen täglich in die Höhe geschossen und er hatte sich in einem ebenbürtigen Rennen mit den meisten anderen aus der Clique befunden … aber dann.

Er dachte an das Blind-Date mit Cherry, das Jake ihm damals vermittelt hatte. Erst war er skeptisch gewesen. Aber er hatte noch nie einen Fan hängen lassen. Erst recht keinen mit Holz vor der Hütte. Umso begeisterter war er gewesen, als er die Schnecke zum ersten Mal gesehen hatte. Super heiße Kurven, der pure Zucker.

Allerdings war sie auf seine üblichen Sprüche nicht so angesprungen wie erwartet. Und beim Dessert hatte sie dann aufgehört mit ihm zu sprechen.

Der perfekte Eisblock.

Spätestens da war ihm klar geworden, dass jede weitere Minute mit ihr pure Zeitverschwendung war. Sie gehörte einfach nicht zu seinem üblichen Beuteschema, das war alles. Also hatte er die Reißleine gezogen.

Wozu sich Mühe machen, wenn die Tussi sowieso nicht an seinem Körper interessiert war, sondern nur an tiefschürfenden Gesprächen?

Das war nichts für ihn. Er war ein Mann der Tat und keine Memme, die sich stundenlang über den Sinn des Lebens und die Schönheit der Natur auslassen konnte.

Er öffnete die Schubladen des Schreibtischs und suchte nach einem Stift. Tatsächlich fand er einen roten Edding.

Der war zwar nicht so breit wie der von Jasons Spruch, aber er würde reichen. Milo biss sich auf die Zunge und malte konzentriert einen wunderschönen zweiten Spruch auf den Tisch: *Fick dich!*

»Hah! Nimm das, du Angeber!«

Er schmiss den Stift auf den Tisch, legte die Füße hoch und verschränkte die Arme im Nacken.

Ein ziemlich geiler Stuhl.

Vielleicht sollte er einfach beide Möbelstücke in einen anderen Raum bugsieren.

Aber das war ihm dann doch zu viel Arbeit.

Genau wie Cherry damals.

Wozu über die Stränge schlagen, wenn so viele süße Kirschen weiter unten am Baum hingen. Er grinste über seinen eigenen dämlichen Witz. Aber wenn er jetzt so darüber nachdachte, hatte das Date etwa zur gleichen Zeit stattgefunden, als ihm auch sein *Zing* abhandengekommen war. Das war natürlich purer Zufall.

Auf jeden Fall, wenn sie jetzt keinen Bock auf ihn hatte, dann sollte ihm das nur recht sein. Eine Sache weniger, um die er sich Gedanken machen musste.

Oder?

Ganz so leicht ließ sich dieser *Zufall* dann doch nicht wegdiskutieren. Denn je mehr er darüber nachdachte, desto deutlicher wurde ihm, wie sehr diese dumme kleine Begebenheit an seinem Ego kratzte.

Und wenn das der Grund war, weshalb er keine Videos mehr machen konnte? Wenn es allein *ihre* Schuld war, dass sich sein *Zing* verkrümelt hatte?

Das war unmöglich!

Keine Frau der Welt besaß die Macht, Milo Quinterez aus der Bahn zu werfen. Und erst recht kein Fan, der sich nachher als Eisblock herausstellte.

Nein, das durfte nicht sein.

Doch die Wahrheit lachte ihm so direkt ins Gesicht, dass er es einfach nicht ignorieren konnte.

Aber wie sollte er das wieder in Ordnung bringen?

Die Antwort war absolut simpel und stand vor ihm auf dem Schreibtisch.

Sex!

Er würde sie rumkriegen und er würde ihr so richtig zeigen, wo der Hammer hing. Und wenn sie ihn dann anbettelte, ihn zu heiraten und mit ihm Kinder zu machen, war alles endlich wieder im Lot.

Dann würde sich auch sein *Zing* wieder einstellen und der echte Milo war zurück.

Ein Mann.

Stark, schön und gnadenlos gut.

Das musste einfach funktionieren.

Es musste!

Denn die Alternative war undenkbar. Die würde nämlich bedeuten, dass er ein absoluter Loser war und für den Rest seines Lebens keinen Pott mehr aufs Deckelchen bekommen würde.

Nein!

So würde er nicht enden.

Es war an der Zeit, sein Leben wieder bei den Hörnern zu packen und in die richtigen Bahnen zu lenken.

Er würde seinen Kanal neu beleben, die Partyszene unsicher machen und der Welt zeigen, dass sie sich auf was gefasst machen konnte. Hier kam Milo Quinterez, Mann der Männer und Stier der Stiere. Und damit malte er noch einen riesen großen Phallus auf Jasons Schreibtisch.

***

Cherry zog das Blech aus dem Ofen. Scharfer Schmerz zuckte durch ihren Handballen und sie stellte das heiße Ding so schnell ab, dass ein paar der kleinen Kuchen aus ihren Formen sprangen.

»Alles okay?«, rief Annie von vorne.

»Klar! War nur Haut.« Was bedeutete, dass sie keine Hilfe beim Aufwischen brauchte. Cherry ging zur Spüle und hielt die Hand unter kaltes Wasser. Das kam davon, wenn man unkonzentriert war.

Eigentlich versuchte sie, nicht weiter an Milo zu denken. Aber das letzte *Süße* hallte immer noch in ihrem Kopf und schäumte ungehalten am Eingang ihrer Speiseröhre.

Außerdem schwirrten ihr die ganze Zeit neue Ideen für das süße Buffet der Einweihungsfeier durch den Kopf und sie wusste nur zu genau, dass die erst aufhören würden, wenn sie sich ein paar Notizen machte.

Das wiederum machte aber nur Sinn, wenn sie wenigstens die ungefähren Rahmenbedingungen kannte.

Seufzend zog sie ihr Handy aus der Tasche. Sie suchte seine Nummer aus den Untiefen ihres Telefonbuchs und schrieb Milo eine SMS, während immer noch Wasser über die andere Hand lief.

Cherry: An welches Farbschema hast du gedacht?

Milo77: ???

Cherry: Es gibt unendlich viele Cupcakesorten. Es wird einfacher, welche auszusuchen, wenn ich dein Farbschema kenne.

Milo77: Keine Ahnung?

Hieß das *keine Ahnung, welche Farbe* oder bedeutete das, er wusste nicht mal, was ein Farbschema überhaupt ist?

Männer!

Nein, um genau zu sein *Milo*. Jake wüsste das sicher. Sie seufzte. Dann musste sie es eben einfacher formulieren.

Cherry: Welche Farbe soll die Deko haben?

Milo77: Welche Deko?

Cherry schüttelte den Kopf.

Cherry: Die Blumen, zum Beispiel.

Milo77: Welche Blumen?

Cherry: Die auf den Tisch kommen?

Milo77: Welcher Tisch?

Sie starrte auf seine Worte. Dieser …

Cherry: Jetzt veräppelst du mich.

Milo77: Ein bisschen.

Sie schnaubte.

»Alles okay?«, fragte Annie.

»Nicht dramatisch, nur ziemlich nervig«, antwortete Cherry und damit meinte sie nicht nur die Brandblase.

Sie drehte das Wasser ab, da kam eine weitere Antwort rein.

Milo77: Aber an Blumen oder sowas hatte ich echt nicht gedacht. Was nimmt man denn da?

Eine ernsthafte Frage? Sie überlegte, ihn auflaufen zu lassen. Aber dann dachte sie an ihre gute Kinderstube und riss sich zusammen.

Wer weiß, mit genug Geduld konnte sie aus ihm ja vielleicht doch einen vernünftigen Kerl machen. Keinen, in den man sich verliebte, aber zumindest jemanden, mit dem man sich einigermaßen ordentlich unterhalten konnte.

Cherry: Ich würde einfach in einen Laden gehen und mich beraten lassen. Aber du solltest definitiv vorher überlegen, was dein Budget so hergibt.

Milo77: Budget?

Vielleicht doch keine *ganz* vernünftige Unterhaltung.

Cherry: Es reicht.

Damit begann sie die Törtchen vom Blech zu heben und zur Dekoration nebeneinander aufzureihen.

Milo77: Scheiße, Mann, das ist echt viel mehr Arbeit, als ich gedacht habe.

Es juckte ihr in den Fingern, ihm ihre Hilfe anzubieten. Natürlich nur, um den ganzen Mist schneller hinter sich zu bringen. Aber wohin würde das führen?

Nirgendwohin, genau wie letztes Mal. Irgendwann würde er den nächsten dicken Klopper loslassen, ihr wieder erzählen, wie fett und hässlich sie doch war und damit sein wahres Ich entblößen.

Zugegeben, er hatte sie nicht wörtlich fett genannt, aber es hatte gereicht, um sie in ein tiefes, schwarzes Loch zu stürzen, aus dem sie nur mit einem dicken Sixpack Cupcakes und einem ordentlichen Schnulzenmarathon wieder herausgekommen war.

Sie ging nach hinten, in den kleinen Lagerraum, in dem Doug auch seinen kleinen Schreibtisch untergebracht hatte und griff nach einem Paket Zucker. Die Palette war schon fast aufgebraucht, sie mussten Nachschub bestellen.

Milo77: Hey, ich hab eine tolle Idee. Ich kenn da ne süße Schnecke, die in 'nem Cupcakeladen arbeitet. Die würde mir sicher gerne helfen.

Blödmann.

Sie ging zum Schreibtisch und suchte in dem Durcheinander nach einem Notizzettel, um Doug an die Bestellung zu erinnern.

Milo77: Keine Reaktion?

Cherry: Ich bin keine Schnecke.

Milo77: *Zucker*schnecke. Außerdem, wer sagt, dass ich von dir gesprochen habe? 8)

Gab es da noch andere?

Und wenn schon. Warum auch nicht. Das war Milo. Wahrscheinlich hatte er an jedem Finger eine und gerade noch ein halbes Dutzend andere Chatfenster offen, in denen er sich vergnügte.

Cherry: Okay, dann ist ja gut. Denn wenn du tatsächlich etwas von mir wolltest, müsstest du langsam anfangen, *Bitte* und *Danke* zu sagen und dein lächerliches Machogehabe abzustellen. Von daher würde das mit uns beiden sowieso nichts werden.

Sie schrieb ihre Nachricht für Doug auf einen kleinen Zettel, dabei fiel ihr eine Rechnung in die Hände. Eigentlich ging sie das nichts an, aber die Zahl darauf war so hoch, dass sie … ihr Handy zwitscherte.

Milo77: Ist das eine Herausforderung?

Cherry wurde ganz warm. Sie schluckte. Und legte das Papier wieder zur Seite. Schnell tippte sie.

Cherry: Eine Tatsache.

Milo77: Liebe Cherry, würdest du dich eventuell bereiterklären, mir bei dem restlichen Krempel unter die Arme zu greifen, um die bevorstehende Einweihungsparty zum absoluten Superburner des Jahrhunderts zu machen?

Milo77: Bitte :)

Cherry biss sich auf die Lippe. Eigentlich war es dumm, ja zu sagen. Sie hatte keinen Grund. In den vergangenen Monaten war sie ihm erfolgreich aus dem Weg gegangen.

Andererseits hatte er Bitte gesagt. Und sollte die Feier ein Erfolg werden, dann würde das vielleicht noch den einen oder anderen Auftrag für *SweetCakes* mit sich bringen und nach der fetten Rechnung von eben konnten sie jeden Auftrag verdammt gut gebrauchen.

Sie seufzte.

Cherry: Okay.

Milo77: Fett!

Cherry: Macho.

Milo77: Sorry. Aber das lässt sich nicht so einfach abstellen.

Cherry: Dann bin ich draußen.

Milo77: Scheiße, Mann, ich geb mir Mühe, okay.

Cherry hob zweifelnd die Brauen.

Als hätte er das auf die Entfernung sehen können, kam umgehend die nächste Antwort hinterher.

Milo77: Sorry, ohne Scheiße … kann ich wenigstens Mann sagen? Und Alter?

Cherry: Solange keine Fäkalien oder Geschlechtsteile in deiner Sprache vorkommen, geht das glaube ich in Ordnung.

Milo77: Zuckerschnecke?

Cherry: -_-

Milo77: Ist ja gut. Ohne Zucker? :p

Schon wieder dieser blöde Seitenhieb. Sollte er seine komischen Diätvorstellungen doch für sich behalten. Cherry ging mit dem Zuckerpaket in der Hand wieder nach vorne und setzte es unsanft auf die Ablage.

Sie kniff sich in ihr Hüftgold. Warum musste das verdammte Zeug auch so gut schmecken? Aber diesmal würde sie sich von seinen blöden Vorstellungen, wie eine Frau auszusehen hatte, nicht so treffen lassen.

Es kamen vier Nachrichten, dicht hintereinander, während sie in Seelenruhe die Schokocreme für die Törtchen anrührte, bevor sie sich erbarmte, noch einmal nachzusehen.

Milo77: Okay, auch ohne Schnecke.

Milo77: Noch da?

Milo77: Hallo?

Milo77: Sorry. Ich geb mir echt Mühe, okay?

Cherry: Und was bekomme ich dafür?

Milo77: Meine grenzenlose Dankbarkeit und Zeit, die du mit meinem atemberaubenden Astralkörper verbringen kannst. 8)

Blöder, eingebildeter … Fatzke.

Cherry: Das klingt nicht gerade berauschend.

Milo77: Hey!

Sie grinste vor sich hin. War gar nicht so leicht, selbst eine Abfuhr einzustecken. Und es fiel ihm sicher nicht leicht, zu akzeptieren, dass es Leute gab, die nicht von seinem Aussehen geblendet wurden – zumindest nicht ganz.

Milo77: Okay, wie wäre es mit einem Essen.

Cherry: Hatten wir schon.

Milo77: Und? War doch nett.

Cherry: …

Milo77: Nicht?

Cherry: Schon.

Das Essen war super gewesen. Bis zum Nachtisch …

Milo77: Also. Ein fettes Essen, mit mir und meinem Astralkörper, was sagst du?

Und er hielt sich immer noch für unwiderstehlich. Dabei hatte sie wirklich absolut keine Lust, ihre vergangene Begegnung zu wiederholen. Sie hatte eine Idee für den Übermacho.

Cherry: Nur, wenn du kochst.

Milo77: Never ever. Ich bin doch nicht schwul.

Strike!

Moment mal …

Cherry: Was hat Kochen mit Schwulsein zu tun?

Milo77: Alles.

Schwachkopf. Andererseits, schön, dass es so einfach war, ihn loszuwerden.

Cherry: Essen plus Nachtisch. Ein Kirschkuchen. Und ich gehöre ganz dir.

Sie grinste vor sich hin.

Milo77: Alternativen?

Schon besser.

Cherry: Ich bin ein großes Mädchen. Sagen wir einfach, ich darf ein paar Visitenkarten verteilen und

Werbung für den Laden machen, dann sind wir quitt.

Milo77: Wie langweilig.

Cherry: Deal?

Milo77: Deal.

Sie legte das Handy endlich zur Seite, als ihr einfiel, dass sie immer noch nicht das Farbschema kannte. Irgendwie war es schwierig, mit ihm eine zielführende Diskussion zu führen.

Ihr Handy zwitscherte noch einmal.

Milo77: Bis später Süße.

Cherry verdrehte die Augen, aber ließ es für heute gut sein.

Test

Es war schon ziemlich dunkel, als Milo die 11th Bleeker Street hinunterging. Er hielt auf das vierstöckige Backsteinhochhaus an der Ecke zu. Vor dem Eingang stand ein blauer Briefkasten, rechts daneben ein Ginkgo-Baum, dessen gelb gewordenen Blätter sich auf dem regenfeuchten Bürgersteig verteilten, es roch nach feuchtem Asphalt, Staub und Herbst.

Ein Schild an der weiß umrandeten Glastür erklärte den Laden für *Geschlossen*, aber davon ließ er sich nicht abhalten.

Sobald er die Türe geöffnet hatte, fühlte er sich, als wäre er in der Zeit zurückgereist und irgendwo in den zwanziger oder dreißiger Jahren gelandet. Mintgrüne Wände, weißer Boden mit schwarzen, gekachelten Blümchen und mittendrin ein gläserner Tresen, der fast bis auf Brusthöhe mit kunstvoll verzierten Törtchen gefüllt war. Links an der Wand hingen bunte, selbstgenähte Schürzen und hinten glänzte das Chrom eines mannshohen Ofens neben den Arbeitsflächen.

Auf einer kleinen Schiefertafel neben der Kasse wurden die heutigen Angebote angepriesen. *Peppermint-Surprise* stand da in großen, verschnörkelten Buchstaben.

Cherry sah nicht einmal auf, als die kleine Türglocke klingelte. Sie war allein im hinteren Teil des Ladens und beugte sich mit einem Spritzbeutel über eine frische Ladung Cupcakes.

Dabei spannte sich ihre Jeans über dem köstlich runden Hinterteil und Milo fühlte sich in seinem Vorhaben bestätigt. Eine ganz stinknormale Tussi, die abgeschleppt werden wollte. Nichts weiter.

»Hi, Süße. Was geht?«, fragte er und setzte sein ultimatives Aufreißerlächeln auf.

Cherry straffte sich und warf ihm einen Laserblick zu. »Ich dachte, du wolltest dich zusammenreißen?«

Er zuckte lässig mit den Schultern und lächelte. »Kein Zucker, keine Schnecke. Ein bisschen Spaß wird ja wohl noch erlaubt sein.«

Sie schüttelte den Kopf. Aber wenn er sich nicht schwer irrte, dann spielte ein winziges Lächeln auf ihren kirschrot geschminkten Lippen.

»Ich bin noch nicht ganz fertig«, sagte sie. »Das hier ist komplizierter, als ich mir das vorgestellt habe.«

Dem konnte er sich nur anschließen. Aber wenn das bedeutete, dass er sein Leben wieder auf die Reihe bekam, dann würde er jede Herausforderung meistern.

Dass sein Aufenthalt hier ein bisschen länger dauerte, konnte ihm deshalb nur recht sein. Dann hatte er mehr Zeit, um das Terrain zu sondieren.

»Was wird das denn?«, fragte er unschuldig und nickte zu den blassbraunen Törtchen hinüber, auf die sie gerade ein Cremehäubchen setzte.

»Vanille-Kirsch-Cupcakes.«

»Aha. Klingt irgendwie langweilig.« Das war nicht als Beleidigung gemeint, sondern einfach nur das Erste, was ihm in den Sinn kam.

»Danke auch«, brummte sie und schien ernsthaft getroffen.

Gut gemacht, Milo. Direkt das erste Fettnäpfchen mitgenommen.

»Sorry, ich dachte nur, die hätten normalerweise coolere Namen.« Er wies auf die Tafel. »*Peppermint-Surprise* klingt um einiges spannender.«

»Ich weiß.« Sie seufzte. »Normalerweise bräuchte ich wirklich etwas Spannenderes. Aber in denen da war so viel Pfefferminze drin, dass man nichts Anderes mehr geschmeckt hat und jetzt weiß ich nicht, ob das überhaupt so eine gute Idee war … also hab ich Pfefferminze und Schokolade weggelassen. Das Resultat sind diese rosa Dinger hier.«

»Sieht doch ganz sexy aus, hat was von Brüsten.«

Schon wieder dieser Laserblick. »Kannst du eigentlich auch an irgendetwas anderes denken?«, fragte sie genervt.

»Nein«, war seine prompte Antwort und er krönte sie mit einem Grinsen, von dem er wusste, dass es Eisberge zum Schmelzen bringen konnte. Normalerweise. »Wozu auch?«, fragte er.

Aber sie ging nicht darauf ein. »Reich mir mal bitte das Messer da drüben.«

Eigentlich hielt er nichts von Küchenarbeit. Aber ein Messer anzureichen, würde ihn schon nicht umbringen oder gleich zur Putzfrau mutieren lassen. Außerdem gab das vielleicht Pluspunkte. Also reichte er ihr das riesige Besteck.

Cherry teilte den kleinen Kuchen und betrachtete kritisch das Innere.

»Und? Zufrieden mit dem Ergebnis?«, fragte er und griff nach einem Eisportionierer, der über dem Tisch hing, nur um etwas zu tun zu haben. Dabei fiel sein Blick auf eine Kamera, die direkt daneben in einem Fach vor sich hin staubte. Ein paar Kabel und ein Gorillapod lagen verheddert daneben.

»Im besten Fall hätte ich sie für die Einweihungsfeier nehmen können. Aber so wie es aussieht, denke ich nicht, dass sie einen Wettbewerb gewinnen würden.« Trotzdem schob sie sich ein kleines Stück des Kuchens in den Mund, kaute und sah nachdenklich zur Decke.

»Wofür ist die?«, fragte er und deutete auf die Kamera.

Cherry schluckte und antwortete nicht direkt. Stattdessen zupfte sie noch ein Stück des Kuchenteigs ab.

»Wahrscheinlich hast du recht«, sagte sie schließlich und damit hatte sie seine volle Aufmerksamkeit. Die Worte waren so gepresst aus ihrem Mund gekommen, als hätte sie trockenes Kaffeepulver schlucken müssen. »Die hier sind wirklich zu langweilig.«

Und obwohl ihm die Worte auf der Zunge zergingen, konnte ihn das nicht davon ablenken, dass sie gerade das Thema wechseln wollte. »Du hast meine Frage nicht beantwortet.« Er zog die Kamera aus dem Regal.

Cherry seufzte. »Ich wollte einen Koch-Channel starten, okay? Aber das ist schon über ein halbes Jahr her, ich hab noch kein einziges Video gedreht und überhaupt wäre das komplette Zeitverschwendung, weil es schon etwa zwei Trilliarden davon gibt.«

Das war seine Chance. Denn wenn er von irgendetwas Ahnung hatte, dann von Videos und wie man sich selbst in Szene setzte. Zumindest *war* er gut darin gewesen.

Schwamm drüber.

Er konzentrierte sich auf seine Mission. »Ist doch wurscht, wie viele schon existieren. *Deinen* gibt es noch nicht.« Er lachte. »Stell dir vor, jeder, der gerne Videos oder Bücher oder Musik machen möchte, lässt es gleich bleiben, nur, weil es irgendjemand anders schon vor ihm getan hat. Nee, danke. Ich bin sehr froh, dass *Modern Talking* nicht die Letzten waren, die jemals ein Musikvideo rausgebracht haben. Es lebe die Vielfalt.«

Er drehte die Kamera herum, prüfte den Akku und wunderte sich über die plötzliche Stille. Als er aufsah, starrte Cherry ihn fassungslos an.

»Was?« Er legte den Kopf zur Seite. »Sind mir gerade ein Paar Brüste auf der Stirn gewachsen?«

»Nein, aber für einen Augenblick hätte ich schwören können, dass da tatsächlich ein tiefsinniger Gedanke aus deinem Mund gekommen ist. Und das musste ich erst mal verdauen.«

»Nur, weil ich einen Astralkörper besitze, heißt das nicht, dass ich kein Hirn habe. Ich ziehe nur für gewöhnlich vor, es nicht zu benutzen.« Er grinste breit.

»Du hast schon einen minimalen Schuss, oder?«

Sein Grinsen wurde breiter. »Vielleicht, andere halten mich für gerissen, weil ich selbst auf kleiner Flamme noch heller leuchte als so manches Flutlicht.«

»Und eingebildet bist du gar nicht.«

»Nein.« Er fuhr sich mit der Hand durchs Haar und sah zufrieden, wie ihr Blick der Geste folgte. »Also, was hält dich wirklich davon ab, deinen eigenen Channel zu starten?«

Sie rührte nachdenklich in der rosafarbenen Creme herum. »Die Belichtung ist mies«, sie warf ihm einen vielsagenden Blick zu, aber er ignorierte den Seitenhieb.

Dann fuhr sie fort. »Außerdem ist der Ton kaum zu verstehen und dieses komische Noppending kippt mir ständig um.«

»Das *Noppending* nennt sich Gorillapod«, sagte er. Den Dildo-Kommentar schluckte er mühevoll herunter. So etwas kam bei ihr offensichtlich überhaupt nicht gut an. Anschließend gratulierte er sich selbst überschwänglich für seine atemberaubende Selbstdisziplin. »Und sein absoluter Vorteil ist, dass er gar nicht *stehen* muss.« Er biss sich auf die Lippe und konzentrierte sich auf den technischen Aspekt des kleinen, flexiblen Stativs, schraubte die Kamera darauf fest und klemmte die Beine an eins der Regalbretter. »Voilà, Mademoiselle, ihrä Kamära ischt färtisch sür Aufnahmäh.«

Cherry schüttelte sich. »Das klingt aber nicht Französisch, sondern eher, als hättest du einen Waschlappen im Mund.«

Auch den Kommentar zum Geschick seiner Zunge ließ er stecken. Falsches Zielpublikum. Ein bisschen unschuldiger gefällig?

»Ich finde, es klingt verdammt *heiß*.« Den letzten Buchstaben zog er als ein Zischen in die Länge und führte dabei den Zeigefinger an seine Brust.

Diesmal lachte sie, aber riss sich gleich wieder zusammen. Doch leugnen konnte sie es jetzt nicht mehr, er hatte sie zum Lachen gebracht. Und das war der erste Schritt in das Herz einer Frau – wahlweise in ihren Schlüpfer.

»Das ändert aber weder etwas am Ton noch an der Belichtung«, stellte Cherry fest und tat besonders geschäftsmäßig.

»Richtig. Aber es gibt immer viele gute Gründe, etwas *nicht* zu tun. Finden wir einfach einen Weg, um das Beste draus zu machen.«

***

Cherry hätte es niemals zugegeben, aber er hatte ihr Interesse geweckt. Der Koch-Channel lag ihr schon so lange am Herzen, sie hatte sich bisher nur nicht getraut, richtig damit anzufangen. Trotzdem versuchte sie, unbeteiligt zu tun. Sie wollte ihn ja nicht auch noch ermutigen.

»Gibt's hier ein Büro?«, fragte Milo.

Es war ihr schleierhaft, was er mit dieser Frage bezwecken wollte. Aber Cherry deutete auf die Tür im hinteren Bereich. »Da sollen wir uns aber eigentlich nicht aufhalten.«

»Ich will mich auch nicht aufhalten, ich will nur was nachsehen.«

Cherry wusste absolut nicht, was sie von ihm halten sollte. Jetzt noch weniger als bei ihrem ersten Date.

Auf der einen Seite führte er sich auf wie der allerletzte Steinzeitmensch, dann schien er sich plötzlich richtig Mühe zu geben und zwischendurch wirkte er sogar fast schon philosophisch.

Gehörte das zu seiner Masche?

Was allerdings voraussetzen würde, dass er sie ins Bett bekommen wollte und damit ließ sich sein bisheriges Verhalten absolut nicht zusammenbringen.

Denn bei ihrem Date, da hätte er sie haben können. Im Nachhinein war ihr fast schon peinlich, dass sie sich ihm so an den Hals geworfen hatte.

Aber in ihr hatte die ehrliche Hoffnung geglüht, dass hinter seiner Fassade mehr steckte als … als ein Steinzeitmensch eben.

Zumindest bis zu seinem dämlichen Spruch beim Dessert. Auch wenn der nur impliziert hatte, dass sie dick war, ihr hatte das mehr als gereicht.

Sie versuchte, nicht weiter darüber nachzudenken und kratzte die Buttercreme aus der Rührschüssel in einen kleineren Behälter. Sie würde ihm mit der Einweihungsfeier helfen, das war alles.

Als er zurückkam, hielt Milo die Schreibtischlampe in der Hand.

»Was willst du denn damit?«

»Die Belichtung verbessern.«

»Und das hilft?« Sie sah ihn skeptisch an. Eigentlich weniger wegen der Lampe als wegen seiner plötzlichen Hilfsbereitschaft.

»Wir werden ganz sicher kein Aufnahmestudio hieraus zaubern, aber wir können die Situation zumindest verbessern.« Er fand eine Steckdose und stellte die Lampe auf den Boden.

»Wenn du mich damit von unten anleuchtest, sehe ich aus wie das Monster aus dem Schlamm.«

Er stellte sich grinsend und viel zu dicht neben sie. »Wäre immerhin eine Verbesserung, oder?«

Cherry hatte die Hände voller Buttercreme und nicht übel Lust, aus *ihm* das Schlammmonster zu machen. Aber sie beschränkte sich darauf, ihn mit der Hüfte ein wenig unsanfter als nötig zur Seite zu stoßen.

Er lachte nur. »Ich will dir gar nichts. Hier, sieh mal«, sagte er und deutete nach oben. »Du hast schon das Licht von der Deckenlampe, das macht einen harten Schatten unter deinem Kinn, mit dem hier wollen wir das nur ein bisschen kompensieren.«

Er probierte verschiedene Positionen aus, bevor er zufrieden war.

»Und was den Ton angeht, die meisten Kochvideos werden sowieso im Zeitraffer gezeigt. Wer will dir schon zwei Stunden beim Möhrenschneiden zusehen. Das heißt, du legst nachher eine Tonspur drüber, fertig. Dafür brauchst du nur ein halbwegs passables Mikrophon samt Schnittprogramm und schon bist du mit deinem eigenen Kanal unterwegs.«

Er drückte die Aufnahmetaste, während Cherry versuchte, ein bisschen Ordnung zu schaffen und ihr Bestes gab, um die Kamera zu ignorieren.

Als er die kurze Sequenz für sie abspielte, musste sie zugeben, dass das Bild ziemlich okay war. Allerdings konnte man deutlich erkennen, dass es die Arbeit von einem Amateur war. »Da hab ich aber schon wesentlich bessere Videos gesehen.«

Er zuckte mit den Schultern. »Kann schon sein. Aber warst *du* in einer von den Aufnahmen?« Er grinste.

Als sie schwieg, sprach er völlig unbeirrt weiter. »Siehst du. Jeder hat mal klein angefangen. Babys können auch nicht laufen, trotzdem hören sie nicht auf, es zu probieren. Es muss nicht perfekt sein. Vor allem am Anfang kommt es darauf an, dass du es überhaupt machst. Kennst du KittyBlue?«

Sie sah ihn fragend an.

»Sie ist eine von den Vloggern, die damals den Spendenmarathon mit Win-A-Date veranstaltet haben.«

Cherry wusste nur zu genau, wovon er sprach. Schließlich war sie so an ihr Date mit Milo gekommen, auch wenn das noch ein paar Umwege gebraucht hatte. Sie nickte.

»Auf jeden Fall hat sie mittlerweile fast zehn Millionen Abonnenten und ihr Kamera-Equipment ist so teuer, dass du umkippst, wenn du dir den Preis nur anguckst. Im Ernst, ich hab ihr Setup neulich erst gesehen. Das glaubst du erst, wenn du davorstehst. Aber so war es natürlich nicht immer. Weißt du, wie sie angefangen hat?«

Cherry machte ein bisschen Platz auf dem Tisch, um einen neuen Versuch für die Buttercreme zu starten. Vielleicht war Kiwi eine Idee. Als farblicher Kontrast zum Kuchenteig.

»Nein, aber ich wette, du wirst es mir jeden Augenblick erzählen.«

»Sie hat mit ihrem Handy angefangen. Mit so einem Ding hier hat sie es an ihren Kühlschrank gehängt und einfach losgelegt. Ihre ersten Videos waren sicher nicht perfekt, aber sie waren originell und noch viel wichtiger, sie haben ihr Spaß gemacht.«

Cherry konnte die Begeisterung in seiner Stimme hören und war fasziniert, dass solche Worte aus Milos Mund kommen konnten. Steckte da vielleicht doch ein echter Mensch mit einer Seele unter all den Schichten Macho?

»Die Spiegelreflex-Kamera, die Zweitkamera, das Riesenstativ, die Standleuchten, die Softboxen, das ist alles nach und nach dazugekommen. Aber das, was sich nicht geändert hat, sind ihre Videos und der Spaß, den sie daran hat. Und das merken die Zuschauer.«

Cherry hatte in der Bewegung innegehalten und starrte ihn nachdenklich an.

Er räusperte sich und blickte kurz über seine Schulter, als erwarte er jemanden zu entdecken, der hinter ihm stand. »Was?«, fragte er schließlich.

»Nichts. Es ist nur …«

»Was?«

Sie konnte ihm schlecht sagen, dass er sie beeindruckt hatte, oder? Da würde er sich nur sonst etwas drauf einbilden. Und sein Ego war definitiv schon groß genug.

»Kannst du mir bitte den Löffel da reichen.«

Er schien enttäuscht. Oder bildete sie sich das nur ein?

Wahrscheinlich.

»Wofür machst du eigentlich den ganzen Aufwand? Ist das für die Feier?«, fragte er.

»Nein … nur bedingt. Ich hab mir vorgenommen, beim diesjährigen *CuteCupcakeContest* mitzumachen«

»Ein Wettbewerb?«

Cherry wurde ganz kribbelig, wenn sie nur daran dachte. »*Der* Wettbewerb für Cupcake-Bäcker. Das Ereignis schlechthin. Total super! Jedes Jahr treffen sich Dutzende und Hunderte von Backbegeisterten zu einer riesigen Messe. Dort gibt es wirklich alles. Backzubehör, Rezepte, ausgefallene Zutaten und als absoluter Höhepunkt wird ein Wettbewerb veranstaltet, für den natürlich Cupcakes gebacken werden müssen. Der Gewinner bekommt nicht nur einen saftigen Geldpreis, sondern das Rezept wird auch in der *MyStyle* gefeatured, ganz groß vorne auf dem Cover. Das ist schon mein drittes Jahr, in dem ich teilnehme und diesmal will ich es unbedingt schaffen, wenigstens unter die besten drei zu kommen.«

Er hatte den Kopf zur Seite gelegt und sah sie an, als wäre sie ein Alien. »Und, hast du eine Chance?«, fragte er.

Ihre Schultern sackten nach unten. »Ich weiß es nicht.« Sofort straffte sie sich wieder, denn sie wusste, mit der Einstellung würde sie sicher nicht gewinnen. »Ich werde es auf jeden Fall versuchen.« Entschlossen rührte sie die pürierten Kiwis in die frische Creme.

Milo stand mit dem Rücken gegen die Arbeitsfläche und setzte sich mit einem kleinen Sprung darauf. »Und was machst du mit der Kohle?«, fragte er.

Hatte er ernsthaft Interesse an der Antwort? »Ich möbele den Laden hier auf.«

»Aber der gehört doch gar nicht dir, oder?«

»Na und. Ich arbeite aber jeden Tag hier. Und ich wünsche mir schon seit hundert Jahren einen neuen Ofen. Der hier ist noch aus der Steinzeit.«

»Und was, wenn dich dein Boss morgen rausschmeißt?«

»Erstens wird er das nicht tun. Zweitens nehme ich den Ofen im Zweifelsfall einfach mit. Und drittens bin ich Doug ziemlich dankbar dafür, dass er den Laden führt, ich hätte wirklich keine Lust dazu, mich um die Papiere und den ganzen Kram zu kümmern. Ich stehe lieber in der Küche und backe.«

»Doug. Aha«, sagte Milo und zog die Brauen hoch.

Zucker

Irgendwie störte es sie, dass er andeuten wollte, sie würde sich an ihren Chef ranschmeißen. Dafür war Doug viel zu selten da. Wenn, dann schloss er sich in letzter Zeit sowieso immer in seinem Büro ein. Aber natürlich ging Milo das einen feuchten Käse an und deshalb entschied sie sich, den Kommentar einfach zu ignorieren.

»Auf jeden Fall muss ich dafür erst einmal gewinnen.«

»Mit Kirsch-Vanille-Cupcakes?« Er lugte skeptisch in ihre Schüssel.

»Ich weiß, das wird nicht reichen …« Sie probierte an der Kiwi-Creme und war sich sicher, dass auch die nicht den nötigen Pfiff hatte. Aber ihr fiel momentan auch nichts Anderes ein, wie sie die Dinger aufpimpen sollte.

»Wieso machst du nichts mit Alkohol? Sangria Cupcakes, dann hast du die Jury auf jeden Fall im Sack.«

»Ich bin nicht sicher, ob das erlaubt ist, letztes Jahr hat jemand …« Sie stockte und sah in sein amüsiertes Gesicht. »Du willst mich auf den Arm nehmen?«

»Vielleicht.«

Aber sein schelmisches Grinsen war so umwerfend, dass es ihr wirklich schwerfiel, es ihm übel zu nehmen.

»Ich hatte gerade an Kiwi gedacht, aber irgendwie glaube ich nicht …«

Milo griff nach der Obstschale und stibitzte sich eine Frucht.

»Hey, lass die Finger von meinen Orangen.«

»Ich hatte meine Hände nicht mal in der Nähe deiner Orangen, glaub mir, das hättest du gemerkt.« Er schmunzelte und hüpfte vom Tisch.

»Du weißt genau, was ich meine, ich brauch die Sachen für mein Wettbewerbsrezept.«

»Schon gut, reg dich ab, es war nur ein ganz kleines Stück Orange und eine Erdbeere, okay?«

»Erdbeeren und Orange?« Cherry überlegte. »Das könnte passen.«

Sie rührte mit den Orangen einen neuen Kuchenteig an und schob die Förmchen in den Ofen. Die Erdbeeren pürierte sie für eine frische Buttercreme.

»Hat dein Chef eigentlich nichts dagegen, wenn du einfach seine Küche ausraubst?«, fragte Milo.

Cherry grummelte vor sich hin, weil sie ein schlechtes Gewissen hatte.

»Bitte? Ich hab dich nicht verstanden«, sagte Milo.

»Schon. Aber ich hab die Zutaten selber gekauft und für den Strom lass ich ihm auch etwas da. Ich würde auch in meine Wohnung gehen, aber da ist die Küche so winzig, dass ich mich kaum um mich selber drehen kann.« Außerdem war es in dem kleinen Apartment so unheimlich still, seit Sara zu Jake gezogen war. Sie hoffte nur, dass morgen unter den Anwärtern für die Untermiete jemand dabei war, der wenigstens halbwegs etwas taugte.

»Wir haben eine gigantische Küche im Studio«, sagte Milo viel zu beiläufig und warf einen unschuldigen Blick in die Obstschale.

Cherrys Herz machte einen Satz. Wenn die nur halb so eindrucksvoll war wie der riesige Empfangsraum, dann war sie zum Niederknien und Cherry würde alles geben, um sie auszuprobieren.

Aber sie wollte nicht nachfragen, sondern setzte lieber ein rosa Cremehäubchen auf einen der blassgelben Kuchen. Das sah richtig hübsch aus. Leider waren keine Erdbeeren mehr zur Deko übrig, aber sie setzte einfach eine Kirsche oben drauf und bot Milo das Törtchen zum Probieren an. Aber der schüttelte mit dem Kopf. »Nein. Danke.«

»Ach ja, du isst ja keinen *Zucker*.« Endlich hatte sie es zur Sprache gebracht, dieses blöde Statement, dass er ihr damals reingewürgt hatte. Und jetzt würde er endlich zugeben müssen, dass er sie nur hatte piesacken wollen.

»Und? Du sagst das, als ob das total bescheuert wäre.«

Sie starrte ihn an. War das sein Ernst?

In Windeseile spulte sie ihr Date noch einmal vor ihrem inneren Auge ab.

Alles war soweit super gelaufen, das Essen hatte gut geschmeckt und dann war der Nachtisch gekommen, ein Traum von einem Dessert. Cherry hatte zu spät bemerkt, dass er noch keins hatte, entschuldigte sich, mit Löffel schon im Mund und dann hatte er genau diesen Spruch gelassen. Von wegen, dass er ja keinen Zucker äße. Und Cherry war vor Scham fast im Boden versunken. Schließlich hatte sie gerade Kirschcreme auf den Lippen, Schokolade im Mund und einen Bauch, der so zum Bersten gespannt war, dass sie Angst hatte, ihr Kleid würde sich verabschieden. Wer hätte da bitteschön *nicht* geglaubt, dass er sie fett fand? Oder gefräßig? Oder beides?

Vor allem, weil der Wortlaut sie auch noch an jemand ganz anders erinnert hatte.

Jetzt war die Frage, ob er es *wirklich* ernst meinte.

Konnte es stimmen, dass Milo der Macho keinen Zucker zu sich nahm? Hatte er auch damals schon die Wahrheit gesagt?

Zumindest besaß er ziemlich offensichtlich nicht ein Milligramm Körperfett. Das sprach für diese These.

Oder wollte er jetzt bloß nicht zugeben, dass er damals Blödsinn geredet hatte, um konsequent zu bleiben?

Sie starrte ihn an. »Und was isst du dann überhaupt noch?« Schließlich konnte man jedes beliebige Lebensmittel aus dem Supermarktregal ziehen und mit ziemlicher Sicherheit stand irgendwo *Zucker* auf dem Etikett.

»Alles, in dem kein Zucker drin ist, offensichtlich.«

Ihre Eingeweide zogen sich zusammen, weil nun tatsächlich die Möglichkeit bestand, dass alles ihre Schuld war. »Als ob Zucker so schlimm wäre«, nuschelte sie vor sich hin, weil sie es einfach nicht glauben wollte.

»Ich geh doch nicht jeden Tag für zwei Stunden ins Fitnessstudio, nur, um mich dann mit Zucker vollzuhauen. Weißt du eigentlich, wie viel ich zusätzlich trainieren muss, um die Kalorien wieder loszuwerden? Abgesehen davon, dass es Leute gibt, die glauben, dass Zucker Krebs erzeugt.«

»Das heißt, du hast Angst, dass dich dieser kleine Cupcake hier tatsächlich umbringt?«

»Auf jeden Fall kann er mein Leben verkürzen.« Milo klang todernst. Wenn das stimmte, dann hatte er sie damals vielleicht doch nicht beleidigen wollen.

Hah! Das machte sein Schweigen danach aber nicht ungeschehen. Aber es ließ es ihn zumindest ein klein wenig netter dastehen.

Trotzdem war es blanker Unfug. Sie stemmte die Hände in die Hüften. »Im Endeffekt kann man von allem sterben, wenn man zu viel davon zu sich nimmt. Ich kann sogar sterben, wenn ich zu viel Wasser auf einmal trinke. Cupcakes schmecken dabei wenigstens gut.«

»Überleg doch mal. Wie viel Zucker hast du da reingetan? Wenn ich richtig gezählt habe, waren das fast ein halbes Kilo für 12 Cupcakes?«

Mit dem Puderzucker zusammen? … »Könnte hinkommen«, gab Cherry unwillig zu.

»Das sind fast 200 Kalorien nur vom reinen Zucker. Dazu kommt noch der Fruchtzucker und was weiß ich, was du da sonst noch reinmischst. Dafür stehst du eine ganze Stunde auf dem Stepper und bist nachher bei null angekommen. Sorry, das ist es mir nicht wert.«

»Zwingt dich ja keiner, den ganzen Cupcake auf einmal zu essen.« Obwohl sie nur zu genau wusste, was passierte, wenn sie selber einmal angefangen hatte. »Aber du könntest ihn wenigstens probieren, statt gleich zum Prediger zu mutieren.«

»Du hast gefragt, warum ich keinen Zucker esse, ich habe geantwortet, das ist alles.«

»Ja, indem du mich quasi zum Massenmörder abstempelst, weil ich mit meinem Zucker Leute umbringe.« Sie wusste, dass sie nicht nur ein bisschen überreagierte.

»Fein! Hier!«, er griff nach dem Cupcake und biss so ein großes Stück ab, dass sich die Buttercreme bis zu seiner Nase hinauf verteilte und an seiner Oberlippe hängenblieb, während er kaute. »Tschupfriebem?«

Cherry starrte ihn an. Das hatte sie nicht gewollt. Ihr Vater würde ihr was erzählen. »Nein«, sagte sie ruhig. »Nein, ich bin nicht zufrieden.« Es wurde Zeit, dass sich wenigstens einer von ihnen beiden wieder wie ein Erwachsener verhielt. »Es tut mir leid, dass ich so überreagiert habe. Es ist dein gutes Recht, keinen Zucker zu essen und auf deinen Körper so zu achten, wie du das für richtig hältst. Ich hätte dich nicht drängen sollen und es tut mir leid.«

Milo hatte innegehalten, ein dicker Klecks rosa Creme tropfte auf seine Hose und er sah sie aus großen Augen an. Er kaute schnell zu Ende und schluckte.

»Kein Ding. Und weißt du, gelegentlich hab ich echt nichts gegen was *Süßes*.« Er grinste breit und Cherry verdrehte die Augen.

»Hast du vielleicht ein Tuch?«, fragte er.

Sie drehte sich um und warf ihm ein Handtuch entgegen. Vielleicht ein bisschen zu fest und vielleicht mitten ins Gesicht gezielt. Aber er fing es lachend auf und wischte sich den Mund und Hose ab.

»Danke, *Süße.*«

Sie beschloss, ihn einfach zu ignorieren, warf einen Blick auf das Durcheinander, das sie noch vor sich hatte und dann auf die Uhr.

»Was denn?«, fragte er.

»Es tut mir leid, aber ich schätze, du bist umsonst gekommen. Das hier hat einfach zu lange gedauert, ich muss noch aufräumen und hab morgen Frühschicht …« Und sie wollte vorher noch ins Fitnessstudio. »Das heißt, es wäre wahrscheinlich besser, wenn wir das Ganze verschieben.«

»Gib's zu, du willst nur mehr Zeit mit meinem Astralkörper verbringen.«

Er leckte sich lasziv über die Lippen und Cherry tat ihr Möglichstes, um nicht zu schmelzen.

Sie musste sich immer wieder daran erinnern, mit wem sie es zu tun hatte. Deshalb tat sie ganz unschuldig. »Ich wollte dich nur nicht bitten, mir beim Aufräumen zu helfen.«

»Ach, und wieso nicht?«

»Weil deine Hände nicht so aussehen, als ob du jemals etwas anderes damit angefasst hättest als Bräunungscreme.«

»Hey, das ist alles Natur.«

»Du willst mir also ernsthaft helfen, die Küche zu putzen?«

»Tut mir leid, das kann ich nicht machen. Milo Quinterez in der Küche beim Putzen, das geht gar nicht. Allerdings ist das auch gar nicht notwendig.«

Widerlicher, blöder, eingebildeter …

»Denn.« Er hob den Zeigefinger. »Ich kann etwas viel Besseres. Ich zeig dir einen Trick.«

Cherry hatte nicht die geringste Lust, seinen *Trick* vorgeführt zu bekommen. Denn der beinhaltete garantiert wieder irgendwelche Anzüglichkeiten.

»Komm, hopp, hopp, ab mit dir nach hinten«, sagte Milo und scheuchte sie vor sich her.

»Wenn du ernsthaft glaubst, dass ich mit dir in eine dunkle Kammer gehe, in der du mich zufällig befummeln kannst, dann …« Okay, *das* war überheblich. Denn eigentlich wollte er ja gar nichts von ihr, oder?

Aber warum war er dann hier?

Nur wegen der Einweihungsfeier natürlich … über die sie noch kein Wort gesprochen hatten.

»Wer hat gesagt, dass ich mitkomme?« Ein breites Grinsen hockte in seinem Gesicht und Cherrys Eingeweide konnten sich gar nicht schnell genug verknoten, weil sie sich so in die Nesseln gesetzt hatte.

»Außerdem hab ich es gar nicht nötig, irgendjemanden gegen seinen Willen zu *befummeln*. Die Mädels kommen schon von ganz alleine. Also, husch, husch, geh nach hinten und dann zeig ich dir meinen ganz persönlichen Supertrick.«

Sie ließ sich von ihm ins Büro schieben und dann ging die Türe zu. Es war stockfinster, weil die Schreibtischlampe ja noch draußen war. Es dauerte geschlagene drei Minuten, bis ihr einfiel, dass sie einfach den Lichtschalter betätigen konnte und dann war es ihr so peinlich, dass sie beschloss, absichtlich im Dunkeln zu bleiben.

Draußen klapperte irgendetwas, es gab ein Poltern und dann … Stille.

Milo riss die Tür auf. »Tatatataaa!«, rief er und Cherry starrte in die Küche.

Es war alles aufgeräumt. So schnell?

»Wie hast du …?«

»Ich sag doch, es ist ein Zaubertrick.« Seine dunklen Augen funkelten vor diebischer Freude.

Dann ging ihr ein Licht auf und sie verschränkte die Arme. »Ich werde nicht zufällig morgen das gesamte dreckige Geschirr verkrustet unter irgendeinem Schrank wiederfinden, oder?« Sie sah ihn prüfend an.

»Nein Ma'am. Kein Schrank, reinste Zauberei.«

Sie wollte ihm noch immer nicht glauben.

»Darf ich Ihnen nun ein Taxi rufen, gnä' Frau?«

Eigentlich wäre das für die kurze Strecke absolut nicht notwendig. Aber es war dunkel, sie war müde und er hatte es angeboten. »Das wäre sehr nett«, sagte sie und konnte gar nicht anders, als ihm staunend hinterherzusehen, während er nach draußen ging. Milo, der Übermacho hatte die Küche aufgeräumt und in Rekordzeit gespült? Das war unmöglich.

Da fiel ihr Blick auf die Kamera. Ihr Herz machte einen aufgeregten Hüpfer, als sie das kleine rote Lämpchen leuchten sah. Sie beendete die Aufnahme und spielte das Video im Suchlauf durch. Da!

Tatsächlich. Mit schnellen, geschmeidigen Bewegungen räumte Milo der Macho die Sachen in die Spülmaschine.

Okay, das Blech kam auch hinein, aber woher sollte er wissen, dass sie die immer von Hand spülten?

Nur, um ganz sicherzugehen, öffnete sie die Spülmaschine. Tatsächlich. Er hatte das Geschirr sogar sortiert. Nur den Startknopf hatte er vergessen. Sie zog die Bleche heraus, legte sie zum Einweichen in die Spüle, prüfte das Reinigungsmittelfach und schaltete gerade die Maschine ein, als das kleine Glöckchen über der Tür läutete.

»Hey, du hast geschummelt.« Er tat beleidigt.

»Danke fürs Aufräumen«, sie lächelte zurück.

»Erzähl das ja keinem. Sonst müsste ich dich umbringen.« Er schmunzelte bereits wieder, aber erstarrte, als er die Kamera in ihren Händen sah. Seine Gesichtszüge entglitten ihm.

»Du hast das auf Band?«, fragte er ein wenig heiser und schluckte.

Sie grinste. »Du hast vergessen, sie auszuschalten.«

»Aber du zeigst das keinem, oder?« Er klang völlig verzweifelt. Fast so, als ob sie ihn bei etwas Verbotenem erwischt hätte.

»Wieso sollte ich?«

Seine Brust hob und senkte sich unter einem tiefen Atemzug.

»Das Taxi wartet«, sagte er, sah aber immer noch nervös auf die Kamera.

Sie kam auf ihn zu, um nach draußen zu gehen, und er fixierte immer noch den kleinen schwarzen Kasten. »Hier«, sie hielt ihm das Gerät entgegen.

»Das ... ich ... du brauchst nicht ... dann hast du doch immer noch kein Video.« Er sah auf.

Tiefbraune, samtweiche Schokoladenaugen. Und ein unverkennbares Kribbeln in ihrer Magengrube. So ein Mist.

»Kein Problem. Nimm sie einfach, lösch, was dir nicht gefällt und schick mir den Rest per Mail.« Sie konnte die Erleichterung förmlich sehen, die sich in seinem ganzen Körper ausbreitete, während er die Kamera in seine Hosentasche gleiten ließ.

»Danke«, sagte Milo und Cherry nickte lächelnd.

Sie ging nach draußen, schloss den Laden ab und Milo hielt ihr tatsächlich die Tür zum Taxi auf.

Gerade kam sie zu dem Schluss, dass in ihm ja vielleicht doch irgendwo ein ganz netter Kerl steckte, da tippte er sich in einem feschen Gruß grinsend an die Stirn. »Wir sehen uns, *Süße*«, und schloss schwungvoll die Tür.

Cupcakes

Milo wanderte durch das nächtliche Summen von New York. Die Straßenbeleuchtung tauchte den dunklen Bürgersteig in ein blasses Orange und in den Häusern leuchteten hunderte von Fenstern wie verschwommene Sterne.

Autos rauschten an ihm vorbei und zeichneten mit ihren Rücklichtern rote Spuren in die Nacht. In einem davon saß gerade Cherry und fuhr nach Hause.

Er hatte die Hände in die Hosentaschen geschoben und spürte die kleine Kamera unter seinen Fingern.

Was hatte er sich nur dabei gedacht?

Er hätte aufpassen müssen. Wenn Cherry ihm die Kamera nicht wiedergegeben hätte … die ganze Welt würde ihn jetzt für ein *Mädchen* halten.

Milo das Mädchen.

Oh nein! Das kam gar nicht in die Tüte.

Nachdenklich drehte er das Plastikgehäuse in seinen Fingern. Cherry hatte ihn allerdings nicht ausgelacht. Im Gegenteil, es hatte ihr gefallen – zumindest bildete er sich das ein.

Normalerweise wusste er ziemlich genau, wo er bei den Damen stand. Aber bei Cherry war das anders.

Milo hatte geplant, sie völlig vom Hocker zu reißen. Allerdings war er sich nicht wirklich sicher, ob das auch geklappt hatte.

Ein paarmal hatte sie auf ihn reagiert, auf einen Spruch, eine Geste, einen Witz. Aber zwischenzeitlich hatte ihn das Gefühl nicht losgelassen, als ob sie Angst vor seiner Nähe hätte.

Nein, egal, wie er es drehte und wendete, er hatte keinen Schimmer, was er von diesem Abend halten sollte. Außerdem hatte er nicht das geringste Bedürfnis, schon nach Hause zu gehen.

Also bog er auf den West Side Highway ab und schlenderte am nachtschwarzen Wasser des Hudson River entlang, der neben ihm gegen die Ufermauer schmatzte.

Was war eigentlich mit dieser Zuckersache los? Die war ihr ja komplett gegen den Strich gegangen. Fast, als hätte er sie persönlich beleidigt.

Ein Pärchen kam ihm händchenhaltend entgegen. Ihre Hand in seiner.

Alles in allem war der heutige Abend im besten Fall durchwachsen gewesen.

Und das Merkwürdigste an der Sache?

Es machte ihm nichts aus.

Also, es machte ihm schon etwas aus, dass sie ihm nicht gleich schmachtend in die Arme gefallen war. Aber es war völlig in Ordnung, dass er jetzt noch mehr Zeit mit ihr verbringen musste. Irgendwie freute er sich sogar darauf und das war definitiv … sehr, sehr merkwürdig.

***

Die Wohnung war winzig. Ein Schuhkarton.

In dem Wohn-Schlaf-Esszimmer war gerade genug Platz für zwei Betten, ein Nachtkästchen und einen mikroskopischen Wohnzimmertisch.

Auf ihrer Seite lag ein dickes, kirschrot bezogenes Federbett, rechts dagegen gab es nur eine blanke Matratze, die sie anzustarren schien.

Cherry schloss die Türe hinter sich und vermisste Sara. Gerade jetzt, nach so einem seltsamen Abend hätte sie wirklich jemanden zum Reden gebraucht.

Aber morgen würde sich das ja hoffentlich wieder ändern. Mit einem klein bisschen Glück hätte sie dann endlich wieder einen vernünftigen Zimmernachbarn.

Sie legte gerade ihre Jacke ab, als das Handy leise zwitscherte. Wahrscheinlich Sara, die wissen wollte, wie es gelaufen war.

Merkwürdig wäre die leicht untertriebene Antwort. Höchst merkwürdig.

Auf der einen Seite hatte Milo all ihre Vorurteile bestätigt und auf der anderen komplett über den Haufen geworfen.

Sie seufzte und zog ihr Handy aus der Tasche.

Milo77: Wieso eigentlich Cupcakes?

Cherry sah verständnislos auf den Bildschirm. Erstens, wieso schrieb ihr *Milo* eine Nachricht und zweitens, was bitte war das für eine Frage?

Ihr wurde ein Download angeboten. Das Video von eben. Der Teil, in dem Milo putzte, fehlte natürlich. Sie nahm die Datei an und ignorierte fürs Erste die merkwürdige Frage.

Cherry: Danke.

Milo77: Ich meine, du könntest doch auch alles andere backen oder kochen. Kuchen, Plätzchen, Pizza … Warum gerade Cupcakes?

Eigentlich gar keine so uninteressante Frage. Dummerweise fanden die meisten Menschen ihre eigentliche

Antwort ziemlich langweilig. Deshalb entschied sie sich für die nächstbeste Alternative.

Cherry: Ganz einfach, weil Cupcakes schon mal die Welt gerettet haben.

Milo77: Genau.

Das klang selbst als schwarze Buchstaben auf weißem Bildschirm ironisch.

Cherry: Doch, haben sie. Okay, vielleicht nicht die ganze Welt. Aber vor einer Weile hat der britische Geheimdienst eine Webseite mit Bombenanleitungen für Terrorangriffe geknackt. Und dann haben sie alles durch Rezepte für Cupcakes ersetzt :)

Sie zog die Schuhe aus und ging ins Bad, um sich abzuschminken und die Zähne zu putzen. Dabei legte sie das Handy neben sich.

Milo77: Und? Hat sich einer gewundert, dass die Dinger gar nicht explodieren?

Trotz der Zahnbürste im Mund musste sie grinsen.

Cherry: Wahrscheinlich nicht. Aber stell dir vor, alle Terroristen wären jetzt nur noch damit beschäftigt Cupcakes zu backen. Das wäre doch nett, oder?

Sie spuckte aus und spülte sich den Mund.

Milo77: Und ernsthaft?

Nachdenklich legte sie den Kopf zur Seite. Wieder eine dieser Merkwürdigkeiten. Er wollte das tatsächlich wissen?

Cherry: Erstens sind sie hübsch, zweitens unglaublich lecker und drittens bedeutet jeder Cupcake, dass es etwas zu feiern gibt.

Milo77: Jeder?

Cherry: Geburtstag, Hochzeit, Einweihungsparty …

Sie kämmte ihr Haar und flocht einen langen Zopf für die Nacht, dass nur noch die roten Spitzen wie eine Kerzenflamme am Ende herausschauten.

Milo77: Aber du kannst doch auch einfach so für zwischendurch einen Cupcake kaufen, oder nicht?

Cherry: Vielleicht. Aber selbst dann hast du meistens einen besonderen Anlass. Entweder du bekommst Besuch von netten Freunden, hast einen Test besonders gut bestanden oder willst dir einfach mal etwas Gutes tun. In jedem Fall gibt es meistens eine schöne Gelegenheit, die damit verbunden ist. Und dadurch, dass ich die Cupcakes backe, fühle ich mich, als ob ich zumindest ein kleiner Teil von diesen Ereignissen bin. Außerdem … ich weiß, das klingt vielleicht verrückt, aber man muss sie nicht anschneiden.«

Schnell schlüpfte sie in ihren Schlafanzug und kroch unter die warme Decke. Ihre Klamotten ließ sie auf dem Boden liegen. Erstens brauchte sie die sowieso gleich morgen wieder und zweitens musste es doch wenigstens irgendeinen Vorteil haben, dass Sara nicht neben ihr schlief und ihr wegen jeder noch so kleinen Unordentlichkeit auf den Keks ging.

Milo77: Wie meinst du das denn?

Cherry: Na ja, wenn du einen Kuchen essen möchtest, dann musst du ihn anschneiden, um ein Stück davon zu bekommen. Aber ein Cupcake, das ist ein kleines Gesamtkunstwerk, das du dir, so wie es ist, auf den Teller setzen kannst.

Milo77: Reinbeißen musst du aber trotzdem.

Cherry zuckte mit den Schultern, während sie ihre Antwort tippte.

Cherry: Ich hab nicht behauptet, dass es logisch ist.

Sie stand noch einmal auf und löschte das Licht.

Als sie zurückkam, zwitscherte das Handy auf ihrem Kopfkissen.

Milo77: Es war übrigens lecker.

Ungläubig starrte Cherry auf den Bildschirm und konnte nicht fassen, was er da geschrieben hatte.

Das konnte er ja wohl nicht ernst meinen. Erst machte er einen Riesenaufstand von wegen, dass er keinen Zucker isst und dann so etwas?

Sie wusste nicht, was sie antworten sollte. Oder ob sie überhaupt antworten sollte. Vielleicht sprach er ja doch nicht von dem Cupcake?

Milo77: Nur vielleicht ein bisschen trocken in der Mitte.

Kam direkt hinterher. Sie schnaubte. Okay, er meinte es offensichtlich doch ernst.

Cherry: Kein Wunder, wenn du keinen Zucker isst, bist du nichts Gutes mehr gewohnt … Was isst du eigentlich?

Milo77: Essen?

Cherry: Scherzkeks.

Milo77: Was denn sonst?

Cherry: Du weißt genau, was ich meine.

Milo77: Nein.

Oh, sie konnte ihn genau vor sich sehen, wie er auf der Küchentheke saß und schelmisch vor sich hin grinste.

Cherry: Wenn du keinen Zucker zu dir nimmst, was isst du dann? Es ist doch in so gut wie allem, was schmeckt, auch Zucker drin.

Milo77: Eben.

Sie legte den Kopf zur Seite. Wie meinte er das denn?

Schnell las sie zurück und überflog, was sie geschrieben hatte.

Cherry: Das bedeutet, du isst gar nichts mehr, was schmeckt? Das ist doch Quälerei.

Milo77: Erstens gibt es genügend Gemüse und Obst, das auch ohne Zucker hervorragend schmeckt, und zweitens kommt das ja wohl auf meine Einstellung an.

Cherry: Du kannst entscheiden, ob dir etwas schmeckt?

Beneidenswert.

Milo77: Nicht ganz. Aber ich kann entscheiden, warum ich etwas esse und wie wichtig mir der Geschmack dabei ist.

Cherry: Aha.

Milo77: Sei nicht so sarkastisch.

Cherry: Ich bin nicht sarkastisch.

Milo77: Bist du wohl.

Cherry: Bin ich nicht.

Milo77: Aha.

Cherry: Jetzt bist *du* sarkastisch.

Milo77: Nein.

Cherry: Okay. Also, warum isst du?

Milo77: Um meinen Körper bestmöglich mit Nährstoffen zu versorgen, natürlich. Schließlich hab ich nur einen und ich hab vor, möglichst lange auf diesem Planeten zu weilen und das am besten ohne Schmerzen oder irgendwelche Krankheiten. Der Geschmack ist deshalb ziemlich zweitrangig.

Sie war kurz davor, ein weiteres *Aha* hinterherzuschieben, riss sich aber zusammen. Das klang zumindest, als hätte es Hand und Fuß.

Trotzdem, sie könnte das nicht.

Cherry: Ich finde, essen darf und sollte sogar Spaß machen. Ich sag ja gar nicht, dass du tonnenweise Zucker in dich reinstopfen musst, aber zwischendurch sollte es erlaubt sein, etwas zu essen, das einfach schmeckt. Für die Seele.

Milo77: Wenn ich sage, dass es mir nicht um den Geschmack geht, dann bedeutet, das nicht, dass ich keinen habe. Ich steh voll auf süße Dinger.

Sie fragte sich, ob er in der Lage war, eine Unterhaltung zu führen, ohne ein einziges Mal auf Brüste hinzuweisen.

Cherry: Du wiederholst dich.

Milo77: Scheiß Autokorrektur. Süße Dinge, Sachen eben. Gerade deshalb esse ich keine. Denn ich weiß genau, wenn ich einmal in den Cupcake beiße, bin ich damit nicht zufrieden … ich esse sicher das komplette Ding, bevor ich aufhören kann … und wenn ich dann nicht joggen gehe, gehe ich auf wie ein Streuselkuchen.

Er gab Schwäche zu? Der große, harte Frauenheld Milo gab ernsthaft eine Schwäche zu?

Sie starrte auf die Zeilen und fragte sich, ob das Absicht gewesen war. Dann vermutete sie, dass sie vielleicht mit jemand anderem verbunden war und prüfte die Kontaktinformationen. Aber es war Milo. Oder zumindest die Nummer, die sie damals unter seinem Namen gespeichert hatte.

Cherry: Hefekuchen.

Die Antwort kam ganz automatisch.

Milo77: Streuselkuchen, Hefekuchen, wie auch immer.

Cherry: Also hat es dir wirklich geschmeckt?

Die Antwort dauerte endlose 54 Sekunden. Eine halbe Ewigkeit für zwei kleine Buchstaben.

Milo77: Ja.

Cherry: Denkst du, sie hätten eine Chance bei einem Wettbewerb?

Milo77: Ich war noch nie bei einem.

Cherry tippte ihre Antwort und ihr Finger schwebte lange über der Sendentaste. Das war dumm. Er hatte ihr im Laden doch bewiesen, wie er sein konnte. Bei ihrem Date, in seinen Videos. Er war ein Macho, er war stolz darauf und es war dumm, sich auch nur ansatzweise auf ihn einzulassen.

Aber dann dachte sie wieder an seinen Zaubertrick und den Hinweis auf seine Schwäche. Ein winziger Lichtblick und ihr Finger drückte zu.

Cherry: Wenn du willst, kannst du ja mitkommen.

Milo77: Und was mache ich dann da?

Cherry: Cupcakes probieren.

Milo77: Nein, ernsthaft.

Cherry: Ich bin ernst. Du willst doch euer Event organisieren und dir ein Dessertmenü aussuchen. Wie willst du das machen, wenn du keine Ahnung hast, was du möchtest.

Die Termine lagen eigentlich viel zu dicht beieinander, als dass ihre Begründung Sinn gemacht hätte.

Warum schreibst du es dann hin, Cherry?

Aber jetzt gab es kein Zurück mehr.

Cherry: Und wenn du wirklich nichts probieren willst, dann reicht es ja, wenn du dir die Cupcakes anschaust. Ich teste sie dann auch für dich :)

Der Smiley dahinter war Selbstschutz. Wenn er sie fett nennen wollte, dann lieber jetzt und hier per SMS, wenn sie sicher in ihrem Zimmer saß.

Milo77: Okay.

Kein Scherz? Kein Macho-Spruch?

Sie schickte ihm den Termin und die Adresse und blieb misstrauisch. Aber auch danach kam kein dummer Spruch.

Vielleicht war er ja doch nicht ganz so ätzend, wie sie nach ihrem letzten Date gedacht hatte.

Gerade wollte sie das Handy weglegen, da zwitscherte es noch einmal.

Milo77: Bis später, *Süße*.

Er konnte es einfach nicht lassen.

Fitnessstudio

In ihren Ohren hämmerte *Queen* mit *Don't stop me now* auf voller Lautstärke, um das grauenvolle Gedudel des Fitness-Studios zu übertönen. Cherry stand auf dem Laufband.

Schweiß lief ihr unter dem T-Shirt den Rücken herunter und sie starrte auf die Uhr ihres Handys, zählte die Sekunden, bis sie stehen bleiben durfte und diese Tortur für heute endlich vorbei war.

Ihre Freundin Sara joggte so gut wie jeden Morgen am Hudson River entlang. Aber Cherry konnte das nicht. Sie hasste es, wenn sie jeder Schritt weiter von wo-auch-immer wegbrachte. Denn egal, wie fertig sie war, egal wie sehr ihre Muskeln schmerzten, sie musste ja am Ende doch immer noch irgendwie nach Hause zurück.

Sie wusste, dass Sara diesen Druck gerade mochte. Sie selber konnte damit nichts anfangen. Ein Laufband hatte den unschlagbaren Vorteil, dass man in jeder Sekunde einfach sagen konnte, ich hab die Nase voll, ich hör auf. Und wenn man abstieg, dann war man keine zwanzig Zentimeter von dem Ort entfernt, an dem man angefangen hatte.

Zugegeben, dafür gab es keine frische Luft, keine niedlichen Hunde, die einem entgegenkamen und kein Plätschern des Hudson Rivers an der Seite. Aber dafür hatte es andere Vorteile. Der Automat mit isotonischen Getränken und die Dusche waren nur zwei davon.

Sie rannte weiter auf der Stelle und versuchte, nicht in den Spiegel an der gegenüberliegenden Wand zu sehen.

Aber leider ließ sich das nicht ganz vermeiden. Und jedes Mal, wenn es doch passierte, fühlte sie sich … ätzend.

Sie sah die Pölsterchen an den Hüften und fühlte sich unförmig. Sie erahnte die wabbelige Haut an ihrem Bauch und fühlte sich hässlich. Sie erfasste den Umfang ihrer Oberschenkel und hielt sich für einen Elefanten. Und wenn sie ganz viel Pech hatte, fiel ihr Blick auch noch auf ihren voluminösen Hintern und sie fühlte sich einfach nur fett, fett, fett.

Dabei war ihr BMI schon lange in Ordnung. Seit sie kurz nach der Schule angefangen hatte, regelmäßig ins Fitnessstudio zu gehen, waren die Pfunde geschmolzen. Nicht schnell, nein, weiß Gott nicht. Langsam, sehr langsam, aber stetig.

Trotzdem fühlte sie sich immer noch wie das dicke kleine Mädchen aus der Highschool.

Sara behauptete, sie wäre nur weich und kurvig und an manchen Tagen glaubte sie das sogar. Schließlich hatte sie tatsächlich eine Taille und es sollte Menschen geben, die auf große Brüste standen.

Milo zum Beispiel. Sie lachte bitter.

Typen mit einem Gottkomplex und der Bindungsfähigkeit von Kokosmehl.

Eine Nachricht poppte auf ihrem Handybildschirm auf.

Milo77: Hey, Zuckerschnecke.

Zucker … Blödmann.

Sie rannte verbissen weiter und würde nicht antworten, sondern ihr Training beenden. Jetzt erst recht!

Als der Wecker klingelte, stieg sie vom Laufband und trocknete sich Stirn und Nacken mit ihrem Handtuch. Dann griff sie nach dem Handy. Milo hatte noch weitere Nachrichten geschickt.

Milo77: Bist du sauer?

Milo77: Okay. Einen wunderschönen Guten Morgen, ihr allerhöchst ehrwürdiges Fräulein Hoheit Prinzessin Tausendschön. Ich hoffe, Sie haben gar köstlich geruht und sind aus den süßesten Träumen mit mildester Grazie erwacht.

Milo77: Hallo?

Milo77: Nein, ich hab keinen im Tee.

Milo77: Okay, du schläfst also noch. Sag das doch gleich. Wenigstens hast du jetzt was zum Lachen, wenn du aufwachst 8)

Cherry schmunzelte.

Trotzdem Blödmann.

Aber das Grinsen ließ sich nicht von ihren Lippen vertreiben.

Sie tippte in ihr Handy, während sie einen großen Schluck Wasser aus ihrer Flasche trank.

Cherry: Ich war nicht im Bett.

Millo77: Schade. War ne hübsche Vorstellung.

Cherry: Wie räuspert man sich elektronisch?

Milo77: Hchrm??

Cherry: Klingt so bescheuert, das könnte fast funktionieren. Also dann: Hchrm!

Milo77: Ist ja schon gut. Ich beherrsch mich ja. Dann bin ich aber nur halb so witzig.

Cherry: Hchrm.

Milo77: Was gibt's denn jetzt da zu räuspern, bitteschön?

Cherry: Nichts. Aber das hat ebenso gut funktioniert.

Milo77: Aha.

Sie sammelte ihre Sporttasche ein und machte sich auf den Weg Richtung Umkleide.

Cherry: Was kann ich für dich tun?

Milo77: Nichts. Ich wollte nur Guten Morgen sagen.

Und Cherrys Herz machte einen ungefragten Hüpfer. Einfach nur so? Man sagte doch nicht einfach nur so Guten Morgen, oder? Wenn, dann nur, weil der andere einem irgendetwas bedeutet, oder?

Sie scrollte nach oben, fand den Kommentar mit dem Bett und hörte auf, sich etwas darauf einzubilden. Seine ganz gewöhnliche Anmache.

Was überhaupt keinen Sinn machte … beim nächsten Mal würde sie ihn einfach darauf ansprechen, warum er sich nach ihrem ersten Date nicht mehr gemeldet hatte. Vielleicht konnten sie den Blödsinn dann hinter sich lassen und diese Einweihungsparty wie zwei Erwachsene organisieren.

Cherry: Okay: Guten Morgen.

Milo77: Gut geschlafen?

Cherry: Tief und fest.

Milo77: Nackt?

Cherry: Hchrm!

Milo77: Sorry.

Besser. Sie gab sich Mühe, auf dem Weg zu den Umkleidekabinen niemanden umzurennen.

Milo77: Und? Warst du nackt?

Cherry: Das mit dem Räuspern funktioniert wohl doch nicht so gut, was?

Milo77: Wieso? Ich hab mich entschuldigt. Aber immerhin hatte ich die Frage vorher schon gestellt. Da kann ich doch noch auf ne Antwort hoffen.

Einer kindischen Eingebung folgend antwortete sie.

Cherry: Nein.

Milo77: Schade.

Cherry: Nein, ich meine *nein* war die Antwort.

Milo77: Oh.

Milo77: Schade 8)

Cherry grinste und hätte fast die Frau umgelaufen, die gerade aus der Umkleide heraustrat. Sie setzte sich auf eine Bank und hatte gleich die nächste Nachricht im Posteingang.

Milo77: Wir haben gestern noch überhaupt nicht über das eigentliche Thema gesprochen.

Cherry: Stimmt. War mir auch schon aufgefallen.

Die Einweihungsfeier war vor lauter Backen, Filmen und Aufräumen völlig hinten runtergefallen.

Milo77: Also, was sagst du, in der Mittagspause im neuen Studio? Soll ich dich abholen?

Oho. Kavalier konnte er also auch.

Cherry: Sorry, ich kann nicht. Mein neuer Mitbewohner kommt vorbei.

Zumindest war er nach dem Vorstellungsgespräch *hoffentlich* ihr neuer Mitbewohner. Der bisherige E-Mailkontakt war auf jeden Fall ganz vielversprechend.

Diesmal brauchte Milo länger für eine Antwort und Cherry ging schon mal unter die Dusche. Als sie wieder herauskam, war der Bildschirm immer noch leer.

Seltsam.

Cherry: Bist du noch da?

Milo77: Klar.

Noch seltsamer.

Milo77: Wann ist dein Freund denn wieder weg?

Sie rieb sich gerade das Haar trocken und hielt mitten in der Bewegung inne. War das sein Ernst?

Er fragte sie nach ihrem *Freund*?

War er etwa eifersüchtig?

Nein, Moment, vielleicht interpretierte sie mehr da hinein, als eigentlich war. Aber wenn es wirklich nur eine simple Frage war, warum dann die lange Pause?

Weil Milo der Macho wahrscheinlich gerade mit einer seiner *Zuckerschnecken* rummacht. Deshalb.

Cherry: Wenn er ein Blödmann ist, hoffentlich direkt.

Milo77: ??

Cherry: Ich suche einen neuen Mitbewohner, weil Sara doch ausgezogen ist. Aber bis jetzt hab ich nur Nieten gezogen. Eine neurotische Altenpflegerin mit einem Medikamentenköfferchen so groß wie ein Schulbus – ich will lieber nicht wissen, was die da drin hatte. Dann ein bärtiger Typ, der roch, als hätte er seit mindestens zwei Jahren keine Dusche mehr von innen gesehen. Und zu guter Letzt eine Studentin mit Sauberkeitsfimmel, die erst ganz nett schien, sich aber auf meinen Rückruf nicht wieder gemeldet hat.

Wahrscheinlich war die Bude ihr nicht sauber genug gewesen. Aber Cherry war nun einmal nicht die beste Putzfrau auf Erden.

Milo77: Und wer ist heute dran?

Cherry: Er heißt Gerry, ist 32 Jahre alt. Arbeitet bei einer Krankenversicherung und geht in seiner Freizeit gerne Fliegenfischen.

Milo77: Nein, jetzt mal ehrlich.

Cherry: Das ist mein purer Ernst. Genau so stand das in seiner Bewerbung.

Milo77: Du hast sie Bewerbungen schreiben lassen?

Cherry: Sicher. Sonst hock ich ja nur noch in meiner Bude und guck mir Leute an. Außerdem hat das damals super funktioniert, so bin ich auch auf Sara gestoßen.

Milo77: Aber die Putzneurotikerin und Mister Stink haben es trotzdem in die zweite Runde geschafft?

Cherry: Hey, das konnte ich schließlich nicht *riechen*. Außerdem hab ich jetzt einen neuen Punkt in meinen Fragebogen aufgenommen: Wann hast du dich das letzte Mal geduscht. :)

Milo77: Mach ich gerade.

Ein ungefragtes Bild flackerte vor Cherrys innerem Auge auf und sie beeilte sich, ihren Föhn herauszukramen.

Milo77: Dann viel Spaß mit Mister Fisch!

Spaß, dass sie nicht lachte. Bisher hatte sie wirklich nur Pech mit ihren Bewerbern gehabt. Schlimm genug, einen Kerl überhaupt in Erwägung ziehen zu müssen. Immerhin bestand die Gefahr, dass er sich als kompletter Vollpfosten oder schlimmer, als zweiter Milo herausstellte.

Dummerweise wurde ihr finanzielles Polster langsam knapp und so blieb ihr nichts Anderes übrig, als Däumchen zu drücken und das Beste zu hoffen.

Mister Fisch

Cherry saß auf der kirschroten Bettdecke und starrte auf die Tür. Sie hatte extra noch ein bisschen aufgeräumt, damit ihr hoffentlich-neuer Mitbewohner keinen kompletten Schock erlitt, wenn er die Wohnung betrat. Allerdings hatte sie auch nicht zu viel getan, damit er sich nicht einbildete, sie würde es hier so sauber halten wie in einem Ausstellungsraum.

Jetzt blieb ihr nur zu warten. Es stand auf jeden Fall schon einmal fest, dass er zu spät kam. Blöd für ihn, am Ende der Mittagspause würde sie nämlich einfach wieder gehen. Schließlich konnte sie Annie nicht so lange allein im Laden lassen.

Sie seufzte. Diesmal war die Geschichte mit dem neuen Zimmernachbarn wirklich kompliziert. Wenn sie nicht bald jemanden fand, dann würde es langsam auch ein bisschen eng mit der Miete. Ihr Konto ächzte schon unter der Zusatzbelastung. Da zwitscherte ihr Telefon.

Milo77: Und? Was sagt Mister Fisch? Soll ich dich retten kommen?

Cherry: Milo in schimmernder Rüstung?

Milo77: Wieso nicht.

Cherry: So merkwürdig verlockend das wäre, du brauchst dich nicht bemühen. Bisher sagt er rein gar nichts.

Milo77: Hast du ihm die Sprache verschlagen?

Sie grinste. Oh, Komplimente konnte der Kerl. Das musste sie ihm lassen.

Cherry: Nein, er ist noch gar nicht hier.

Milo77: Nicht gerade pünktlich, der Knabe. Ich dachte, er wäre Banker.

Cherry: Versicherungsvertreter. Und ich glaube, es waren die Maurer, die immer pünktlich sind.

Milo77: Warum eigentlich die Maurer? Was haben die davon, pünktlich zu sein?

Cherry: Keine Ahnung, vielleicht, weil sie dann verlässlich wirken und eher einen Job bekommen?

Es klingelte an der Tür.

Cherry: Er ist da.

Sie drückte den Summer und machte auf. Der junge Mann, der die Treppe heraufkam, war schlaksig und blass. Nichts im Vergleich zu Milo.

Hey, seit wann hatte sie angefangen, Männer mit *Milo* zu vergleichen?

Auf jeden Fall trug er eine braune Hornbrille, die ihm auf die Nasenspitze runtergerutscht war und versuchte ein Lächeln.

»Hi, ich bin Gerry.«

Er hielt ihr die Hand entgegen und als Cherry sie schüttelte, hatte sie das Gefühl, einen toten Fisch in den Fingern zu halten. Sie war froh, als die Höflichkeit es gestattete, wieder loszulassen.

»Willst du dich kurz setzen oder lieber erst die große Tour?«, fragte sie.

Aber er blieb stehen und blickte sich um. »Es gibt kein Wohnzimmer?«, fragte er und näselte ein bisschen.

Cherry schüttelte den Kopf.

Sie schielte auf ihr Handy, als es zwitscherte.

Milo77: Ich hab nachgesehen. Meine Suchmaschine behauptet, die Maurer waren pünktlich beim *Aufhören* mit ihrer Arbeit, nicht beim Anfangen. Also könnte er doch ein Maurer sein, wenn er zeitig wieder geht.

Gerry ging die zwei Schritte, die er brauchte, um vor der Küchenzeile zu landen. Merkwürdiger Kerl.

Sie tippte so unauffällig wie möglich mit einer Hand.

Cherry: Pssst.

Aber es kam sofort eine Antwort.

Milo77: Wieso? Kann er mich hören?

Gerry bückte sich gerade und inspizierte die Unterschränke.

Sie nutzte seine Ablenkung.

Cherry: Nein, aber ich muss sonst lachen. Ich steck dich jetzt in die Tasche.

Milo77: Uh, Baby!

Milo77: Hast du eigentlich Vibrationsalarm? Dann ruf ich dich gleich mal an.

Cherry: Wag es ja nicht!

Schnell schob sie das Handy in ihre Hosentasche.

»Hast du keinen Ofen?«, fragte Gerry, der gerade wieder zu ihr trat.

»Nein. Nur so ein elektrisches Ding, bau ich nur auf, wenn ich es auch brauche. Das könntest du aber mitbenutzen.«

Er nickte abwesend.

»Also, du suchst nach einer Wohnung«, begann Cherry. »Bist du gerade erst in die Stadt gezogen?«

»Nein.«

Sie wartete darauf, dass er weitersprach, aber er blickte sie nur stumm an. Gesprächig war er ja nicht gerade.

»Kann ich das Bad sehen?«, fragte er.

»Sicher.«

Sie öffnete die Tür in das winzige Zimmer. Neben der Dusche war nur Platz für Toilette, Waschbecken und einen kleinen Hocker.

»Wir haben leider keine Badewanne.«

»So etwas brauche ich nicht.«

Ein Asket? Sara hatte sich immer nach einer Wanne gesehnt, als sie noch hier gewohnt hatte. Mit Wehmut erinnerte Cherry sich an ihre gemeinsamen Tagträume von sprudelnden Jacuzzis. Vielleicht war es doch keine so gute Idee, Männer überhaupt als Mitbewohner in Betracht zu ziehen.

Mit Gerry konnte sie sicher keinen Liebesroman-Marathon veranstalten.

Andererseits schien er bisher noch der normalste Anwärter zu sein.

Er ging wieder in das winzige Wohnschlafzimmer und setzte sich auf das leere Bett.

»Und wie läuft das jetzt?«, fragte er.

Sie zuckte mit den Schultern. »Normalerweise erzählst du mir ein bisschen von dir und wenn alles passt, kannst du diese Woche noch einziehen.« Damit setzte sie sich ihm gegenüber auf ihr Bett.

»Es läuft eigentlich ganz gut bei mir«, sagte er. »Ich hab einen neuen Job«, damit fuhr er sich durch das schüttere Haar. »Das Trinken hab ich auch besser unter Kontrolle. Weißt du, es geht bei mir gar nicht so sehr um den Alkohol. Es geht um die Einsamkeit. Ich geh in eine Bar oder ein Restaurant, einfach, weil da Leute sind. Aber wenn man einmal da ist, kann man auch nicht nur dasitzen. Dann bestelle ich mir eben einen Wein oder ein Bier und bevor ich mich versehe … das hat mich schon den ein oder anderen Job gekostet … sieben, um genau zu sein … aber es ist besser geworden in letzter Zeit, und deshalb suche ich ja auch eine Mitbewohnerin, gegen die Einsamkeit. Dann wird es besser, verstehst du?«

Cherry bekam große Augen und nickte. Okay … so viel nackte Wahrheit hatte sie dann doch nicht erwartet. Eine stechende Gänsehaut biss sich in ihren Rücken hinein.

Ein Alkoholiker und dann auch noch ein Kerl?

Seine Offenheit in allen Ehren, aber wollte sie, dass er keine zwei Meter neben ihr in einem Bett schlief?

Ihr Herz pochte lauter in ihrer Brust, als ihr Hirn es für notwendig hielt. Vielleicht tat sie ihm ja unrecht.

Im Zweifel für den Angeklagten hieß es doch … oder?

»Danke«, er beugte sich nach vorne und legte ihr die Hand auf das Knie.

Sie zuckte ein bisschen, aber er zog die Hand nicht zurück. »Ich bin dir echt dankbar. Du glaubst gar nicht, wie schwer es ist, in New York eine vernünftige Wohnung zu finden. Und du bist echt nett.« Seine Stimme war heiser und raspelte ein bisschen feucht. Cherry wollte nicht wissen, was das zu bedeuten hatte. Nicht nur Alkoholiker, sondern auch Raucher? Schlimmeres?

»Ich … äh … weißt du … ich werde es mir überlegen und ich melde mich dann wieder bei dir.« Sie stand auf und er ließ seine Hand fallen – endlich.

»Aber … du willst mich nicht … hab ich recht? … Was hab ich falsch gemacht? Ich war doch ehrlich« Er kam ebenfalls hoch. »Ich kann mich entschuldigen, wirklich. Oder ist es wegen dem Bier? Das war wirklich nur zur Beruhigung, weißt du, ich war so nervös, bevor ich hergekommen bin.«

»Bier? Nein … ähm … ich erwarte heute Abend noch zwei Bewerber ich … deshalb kann ich mich nicht gleich entscheiden.«

Puh! Gut mitgedacht, Cherry!

»Mitbewerber? … Nein, bitte, das kannst du mir nicht antun.« Er griff nach ihrer Hand und Cherry zog sie hastig weg.

»Ich muss jetzt echt wieder zur Arbeit. Aber ich hab ja deine Telefonnummer, ich melde mich dann bei dir.« Eilig drehte sie sich zur Tür, nur schnell raus hier.

Aber er griff erneut nach ihrem Arm und diesmal erwischte er sie. »Nein, bitte.« Er hielt sie fest und sie wollte sich losreißen, aber seine Finger klammerten sich um ihr Handgelenk wie Stahlseile.

Ihr Herz raste mit eisernen Hufschlägen durch ihre Brust.

»Es tut mir wirklich leid«, sagte er mit flehender Stimme. »Ich hab wieder alles falsch gemacht. Ich hätte mich anders verhalten sollen. Aber ich kann das besser. Bitte, du musst mir eine zweite Chance geben. Ich kann nicht wieder da rausgehen, ich werde noch verrückt. Und du bist so nett und so weich und so hübsch. Lass es uns doch einfach versuchen. Du wirst schon sehen, dass ich gar kein so übler Kerl bin.«

Sie starrte auf den Arm, den er immer noch festhielt und spürte, wie ihr die Situation ganz langsam entglitt, wie ein glitschiger *Fisch*. »Bitte, lass mich los. Ich muss wirklich wieder zur Arbeit.«

»Nein!« Plötzlich war sein Gesicht Wut verzerrt. Aber er beruhigte sich sofort wieder. »Nein, warte bitte, ich tu alles was du willst, alles …« Dabei senkte er seine Stimme zu einem dunklen Grollen und zog sie zu sich heran.

Cherry drehte ihren Arm, so wie sie es vor hundert Jahren in einem Selbstverteidigungskurs gelernt hatte, machte einen Hechtsprung ins Badezimmer, knallte die Tür hinter sich zu und schloss ab.

Knall

Ihr Herz raste, ihr Atem ging schnell und flach und ihr Magen hatte sich zu einem harten, kalten Klumpen zusammengezogen. Sie lehnte mit dem Rücken gegen die Tür und konnte spüren, wie er an dem Knauf rüttelte.

»Hey, komm schon, mach auf. So war das doch gar nicht gemeint. Wir finden schon eine Lösung.«

Ganz sicher nicht. Cherry fuhr sich mit der Hand durchs Haar. Du meine Güte, was hatte sie sich da bloß eingebrockt?

Sie zog ihr Handy heraus und war kurz davor 911 zu wählen. Als sie Milos Nachricht las.

Milo77: Und, ist er heiß?

Natürlich war so etwas das Einzige, dass ihn interessierte. Und ganz einfach so war die Angst verflogen, zumindest für einen Sekundenbruchteil, bis sie wieder das Rütteln hinter sich im Holz spürte.

Cherry: Heiß auf mich … leider. Der wollte mich bespringen.

Milo77: Hast du ihm in die Eier getreten?

Das hätte sie vielleicht besser tun sollen. Dummerweise war in ihrem Kopf nicht viel Platz für logisches Denken gewesen.

Cherry: Noch nicht. Durch die Tür ist das schwer.

Milo77: Ah, dann hast du ihn schon rausgeschmissen. Braves Mädchen.

Cherry: Leider nein. Ich hab mich im Badezimmer eingesperrt.

Milo77: Und jetzt?

Cherry: Ich warte, bis er weg ist.

Aber eigentlich war das keine Option. Erstens hatte sie keine Lust, dass er ihre Bude durchwühlte, während sie hier drin hockte. Zweitens musste sie dringend wieder zur Arbeit und vor allen Dingen brauchte der Kerl dringend eine Lektion, damit er nicht irgendwann einfach wieder vor ihrer Tür stand.

Also blieb nur die Polizei oder Eigeninitiative. Und weil die Polizei nur eine temporäre Lösung war – wer zum Henker fürchtete sich schon vor einem Stück Papier, auf dem *Verfügung* stand – wühlte sie kurzentschlossen in dem kleinen Schrank unter dem Waschbecken herum.

Triumphierend fand sie eine riesige Dose Haarspray. Im Fernsehen hatte sie mal gesehen, dass man daraus einen Flammenwerfer basteln konnte. Aber dummerweise hatte sie kein Feuerzeug. Außerdem war sie sich nicht sicher, ob das in so einem kleinen Raum wirklich eine gute Idee war.

Er rüttelte wieder an der Tür.

»Jetzt komm schon raus! Oder soll ich die Tür eintreten?«

Ihr Herz machte einen wütenden Sprung und versuchte, aus ihrer Brust herauszuhechten. Irgendetwas musste ihr doch einfallen. Ihr Blick fiel auf das winzige Fenster, aber da passte sie im Leben nicht durch. Selbst Sara würde da steckenbleiben.

Verzweifelt suchte sie nach irgendetwas, dass sie als Waffe benutzen konnte. Während ihr Herz in jeder Sekunde schneller zu galoppieren schien.

Sie wollte sich gerade verzweifelt auf den Hocker fallen lassen, da rummste etwas gegen die Tür. »Lass mich rein, du Schlampe!«

Adrenalin schoss ihr in den Kopf und dann fiel es ihr wie Schuppen von den Augen. Der Hocker!

Das war die einzige Waffe, die sich in diesem Raum befand. Die und ein Föhn. Aber den konnte sie ihm im besten Fall an den Kopf werfen – falls sie denn traf.

Also nahm sie den Hocker hoch, hielt ihn wie ein Schutzschild vor ihre Brust, die Metallbeine von sich wegzeigend und wappnete sich für den Zusammenprall.

Vielleicht war die Polizei doch nicht so eine schlechte Alternative. Sie zog ihr Handy aus der Tasche und sah eine verpasste Antwort.

Milo77: Bin schon unterwegs.

In dem Augenblick wurde eine Türe aufgeschlagen und knallte mit unglaublicher Wucht gegen eine Wand. Es musste die Wohnungstüre sein, denn das Bad war noch zu.

Cherry hielt die Luft an. Was war das? War Mister Fisch jetzt völlig durchgeknallt?

Und dann hörte sie eine vertraute Stimme. »Hallo Honey, ich bin wieder dahaaa!« Das war Milo! Milo war in der Wohnung.

In ihrem ganzen Leben war Cherry noch nie so erleichtert gewesen, einen anderen Menschen zu hören.

Sofort war sie an der Badezimmertür und lugte nach draußen.

Ihr Mund stand so weit offen wie die Laderampe eines Großraumfrachters.

»Da staunst du was?«, fragte Milo.

Das konnte er wohl laut sagen. Und auch Mister Fisch machte große Augen. »Wer zum Teufel ist das denn?«

Aber Milo beachtete ihn gar nicht. »Ich weiß, ich weiß, der Job war spitze. Aber ich hab mir gedacht, Scheiß auf die Kohle, für meine wahre Liebe lass ich alles sausen.«

Cherry stellte den Hocker ab, sie hatte nicht die blasseste Ahnung, wovon er sprach und Mister Fisch schien es genauso zu gehen. »Was soll das heißen?«, fragte der schlaksige junge Mann.

Milo ging immer noch nicht auf ihn ein, sondern war mit wenigen Schritten direkt vor Cherry.

»Milo, ich …«, setzte sie an. Obwohl sie keine Ahnung hatte, was sie sagen sollte.

Er ließ sie nicht zu Ende sprechen, sondern breitete die Arme aus. »Vergeben und vergessen?«

Cherrys Herz schlug immer noch unschlüssige Purzelbäume, sie warf einen hastigen Seitenblick auf Mister Fisch, der mit baumelnden Händen dastand und die Welt nicht mehr verstand. Dann wandte sie sich kurzentschlossen Milo zu und öffnete die Arme.

»Alles vergeben«, sagte sie, so freudestrahlend, wie sie nur konnte.

»Oh, Honey, lass dich küssen.«

Ihr Puls, der gerade versucht hatte, sich zu beruhigen, raste mit neuer Kraft los. Der gemeine Hund musste die Situation natürlich gleich ausnutzen. Sie funkelte ihn böse an. Aber er legte seine Arme um sie und senkte sie schwungvoll in eine filmreife Kusspose. Seine Lippen kamen in atemberaubender Geschwindigkeit näher, weich und leicht geöffnet. Ein Prickeln breitete sich über ihren gesamten Körper aus, huschte bis in ihren Kopf hinauf, sammelte sich auf ihrer Zunge und dann … glitt sein Gesicht an ihrem vorbei, sein heißer Atem strich über ihr Ohr und er murmelte.

»Tu, als würde es dir gefallen.«

Ihr Herz pochte in halsbrecherischer Geschwindigkeit durch ihre Brust, sie spürte seine Wärme an ihrem Hals und weil sie keine Ahnung hatte, was sie sonst machen sollte, seufzte sie leise. Er sah sie an und lächelte so dicht vor ihrem Mund, dass jede falsche Bewegung einen Kuss bedeutet hätte. Cherrys Atem ging flach, sie versuchte, sich zu erinnern, warum das hier gar keine gute Idee war. Doch da stellte er sie schon wieder auf die Beine und strich ihr eine Strähne liebevoll, fast zärtlich hinter das Ohr. Dabei zogen seine Finger heiße Spuren über ihre Haut und in ihren verräterischen Lippen summte es wie ein honigsüßer Bienenschwarm.

»Ich bin so froh, dass ich dich wiederhabe«, sagte Milo und wandte sich nun zum ersten Mal an Mister Fisch. »Und wer ist dein neuer Freund hier?«

Cherrys Herz stolperte ein wenig unbeholfen über den plötzlichen Themenwechsel und es fiel ihr schwer, einen klaren Gedanken zu fassen. »Das … er … ist Gerry …«

»Hi Gerry, schön dich kennenzulernen. Das hier ist meine Verlobte. Weißt du, wir erwarten ein Kind.« Damit legte er seine Hand auf ihren Bauch. Sie zuckte und jetzt hätte sie ihn am liebsten geohrfeigt. Ganz so schlimm war es mit ihrem Bauch dann wohl doch noch nicht.

Gerry grunzte nur und sah so aus, als würden ihm gleich die Augen aus dem Kopf fallen.

»Kein Problem«, sagte Milo. »Ich kenn das, meine Süße ist atemberaubend. Verschlägt einem immer wieder die Sprache. Aber genau deshalb wäre es echt super, wenn du uns jetzt alleine lassen könntest. Weißt du, wir wollen die Zeit ausnutzen, wo man noch nichts von dem Kind sieht, wenn du verstehst, was ich meine.« Und er wackelte mit seinen Brauen.

Gerade noch so die Kurve gekriegt … Kerl!

Damit schob Milo den hageren und völlig verwirrten Gerry auch schon aus der Wohnung und schloss die Tür hinter ihm. Beziehungsweise er lehnte sich dagegen, denn das Schloss war komplett im Eimer.

»Was war *das* denn?«, fragte Cherry.

»Eine Rettungsaktion natürlich.« Er zog sein Handy heraus und wählte eine Nummer.

Die Aufregung in ihrer Brust glich einem Sturm, der keine Ahnung hatte, ob es in Ordnung war, sich schon zu legen. Ihr Blick fiel auf das Schloss.

»Wohl eher eine Türzerstöraktion.« Was jetzt? Der Schlüsseldienst brauchte sicher Stunden. Außerdem gab es da noch die ein oder andere Kleinigkeit zu klären. »Und wir sind also verlobt?« Sie sah ihn skeptisch an.

»Ich weiß, das ist nicht gerade förderlich für meinen Ruf. Aber ich wollte sichergehen, dass der Kerl nicht auf die Idee kommt, noch einmal hier aufzutauchen.« Damit öffnete er kurz die Tür und lugte nach draußen. »Zumindest sind wir ihn los.«

»Und was sollte das bitte mit dem Baby?« Dabei senkte sie die Hände in einer schützenden Geste vor ihren Bauch, um den direkten Blick auf ihren Speck zu verbergen.

Aber Milo scrollte gerade durch irgendeine App auf seinem Handy. »Hey, ich wollte nur auf Nummer sicher gehen. Verlobte kann man abknallen. Babys sind da schon schwieriger.« Er hob das Handy ans Ohr und Cherry wollte noch etwas sagen. Aber er hielt seine Hand in einer Geste hoch, die sie zum Schweigen bringen sollte. Er sprach kurz und legte sofort wieder auf. »In zehn Minuten ist jemand hier, der es dir repariert. Ich zahle.«

»Wie hast du …?«

Er machte eine Geste, die darauf hindeutete, dass man mit der entsprechenden Bezahlung alles erreichen kann.

Sie öffnete den Mund, um zu widersprechen, überlegte es sich dann aber anders. Emanzipation hin oder her, Retter in schimmernder Rüstung hin oder her, er hatte die Tür kaputt gemacht und sie war im Augenblick nicht gerade auf Rosen gebettet.

Sie atmete aus und mit der Luft verflüchtige sich auch die gesamte Anspannung aus ihrem Körper. Verpuffte in einer Wolke aus Erleichterung.

»Danke«, sagte sie.

Er fuhr sich in einer abwesenden Geste durchs Haar und steckte das Handy wieder weg. »Kein Ding. Ich kenn einen Typen bei der Schlüsselfirma.«

»Nein, ich meine für die Rettungsaktion.« Erschöpft ließ sie sich auf ihr Bett fallen.

»Die Türzerstöraktion meinst du wohl«, wiederholte er grinsend ihren Spruch von eben.

»Ja, die auch.« Sie biss sich auf die Lippe. »Ich hatte echt Schiss, als ich da im Bad gehockt habe. In Gedanken hab ich schon Flammenwerfer aus Haarspray gebastelt.«

»Zum Glück hast du's nicht gemacht. Stell dir vor, die hübschen Haare wären in Flammen aufgegangen.« Er ließ sich neben ihr in die Kissen fallen. »Und was machen wir beiden Hübschen jetzt? Bis der Schlüsseldienst auftaucht?« Er grinste anzüglich.

Sie schenkte ihm ihren bösen Blick und er lachte. »Ist ja schon gut, ich kann mich auch benehmen.«

Sie räusperte sich. »Ach, wirklich?«

»Wenn ich mich anstrenge. Okay?«

»Das will ich sehen.«

Er stützte sich mit den Händen nach hinten ab, legte die Füße übereinander und starrte an die Decke. »So. Einverstanden?«

Irgendwie gar nicht. Er sah nämlich göttlich aus, so wie sich das weiße Hemd an seine Brustmuskeln und den flachen Bauch schmiegte und sie hätte jeden Betrag gewettet, dass er das nur allzu genau wusste. Sofort wanderten ihre Gedanken zu dem Kuss, der keiner gewesen war. Dabei prickelten ihre Lippen und sie versuchte angestrengt, an etwas Anderes zu denken.

»Wieso warst du eigentlich so schnell hier?«, fragte sie, um sich selber abzulenken.

Er legte den Kopf zur Seite. »Ich war zufällig gerade in der Gegend.«

»Ach, rein zufällig?«

»Hättest du lieber, dass ich sage, ich war auf dem Weg, um eine süße Schnecke zu besuchen, von der ich gerne ein Stück naschen möchte?« Er sah sie herausfordernd an.

Cherry biss sich auf die Wange, als ihr Puls beschleunigte und ihre Lippen leise prickelten.

Das hier war immer noch Milo, mit dem sie hier sprach. Der Casanova, der sie doch eigentlich nicht mochte. »Nein«, sagte sie, mit wesentlich weniger Nachdruck, als sie es gerne gehabt hätte.

»Schade«, sagte er mit einem anzüglichen Grinsen und wandte seinen Blick wieder zur Decke.

Wahrheit

Er hatte sie küssen wollen. Alles in ihm hatte danach geschrien, die Situation schamlos auszunutzen, seine Lippen auf das volle, weiche Rosa ihres Mundes zu legen und mit seiner Zunge …

Milo schloss kurz die Augen und atmete tief durch. Wenn er nicht sofort damit aufhörte, musste er sich ganz dringend auf den Bauch legen.

Er hatte die Sache nur deshalb nicht durchgezogen, weil er sich nicht aufdrängen wollte und weil Mister Fisch im Raum gewesen war.

Deshalb war er kein Schwächling und er genierte sich auch nicht.

Nein. Ganz sicher nicht.

Aber wenn, dann sollte dieser Kuss ganz allein ihm gehören. Obwohl er gar nicht genau sagen konnte, warum das wichtig war.

Er musste das alleine hinbekommen, kein Mister Fisch im Hintergrund, kein Zwang, nur sein stahlharter Astralkörper und er.

Er war heilfroh, als endlich der Schlüsseldienst auftauchte und kurz das Schloss austauschte.

Natürlich hätte er jetzt wieder gehen können. Aber ihm war nicht danach. Er hatte von Anfang an darauf gehofft, dass sie noch Zeit für einen Kaffee in ihrer Mittagspause hätte.

Natürlich nur, um vielleicht ein wenig über die Vorbereitungen zur Feier zu sprechen. Er hatte da nämlich schon eine ziemlich coole Idee. Und weil sie angeboten hatte, ihm zu helfen, konnte er sie ja vielleicht dazu bewegen mitzukommen und dabei ein paar Fortschritte in Richtung ihrer Unterwäsche machen. Nichts weiter.

Rein körperlich.

Sein Wunsch, mit ihr zusammen zu sein, hatte nicht im Geringsten etwas damit zu tun, dass er gerne in ihrer Nähe war. Er hatte auch überhaupt keinen Gefallen daran, zu beobachten, wie ihr weißblondes Haar in der Herbstsonne glitzerte oder wie die roten Spitzen über ihre milchig weißen Schultern strichen. Oder wie ihre blauen Augen leuchteten, wenn sie von einem neuen Cupcake-Rezept sprach.

Das war alles völlig zweitrangig. Ihn interessierten nur Titten und Ärsche und sein *Zing*.

Genau, Alter … genau.

***

Cherry hatte ihren Schal in die Handtasche gestopft und die Hände tief in die Jackentaschen geschoben, während sie bei strahlend blauem Herbsthimmel gemeinsam den Waverly Place hinuntergingen.

Hier reihten sich hohe, schmale Häuser aneinander, rote Backsteinfassaden, stuckverzierte Fensterbögen und Treppen, die in den Bordstein hinein zu winzigen Kellergeschäften führten.

Riesige Bäume in sattem Gelb und glühendem Rostbraun säumten die Straße mit ihrem dichten Blätterdach.

Wind zupfte an Cherrys Zopf und sie warf immer wieder einen Seitenblick zu ihrem Begleiter. Der ging völlig ohne Jacke nur im weißen Hemd durch die frische Herbstluft neben ihr her.

Milo war verdammt still geworden, sogar schon bevor der Schlüsseldienst gekommen war. Trotzdem hatte er darauf bestanden, sie zum Laden zu begleiten ... falls Mister Fisch doch noch einmal auftauchen sollte. Und Cherry fragte sich immer wieder, was er eigentlich von ihr wollte.

Erst meldete er sich monatelang nicht, dann hatte er überhaupt keine Lust, die Einweihungsparty mit ihr zusammen zu organisieren und warf mit Machosprüchen um sich. Plötzlich versuchte er doch nett zu sein, rettete sie vor Mister Fisch und ... küsste sie ... *fast*.

Ihre Finger wanderten zu ihrem Mund, aber sie ertappte sich rechtzeitig und tarnte die Bewegung, indem sie sich eine Haarsträhne hinter das Ohr schob.

Sie musste endlich aufhören, darüber nachzudenken.

Selbst wenn er sie wirklich attraktiv fand – was irgendwie immer noch verdammt unwahrscheinlich schien – hatte das hier keine Zukunft. Er war immerhin Milo der Macho. Der hätte sie schneller wieder fallengelassen, als sie gucken konnte.

Eigentlich hatte sie vorgehabt, ihn zu fragen, was damals schiefgelaufen war. Aber jetzt ... war das undankbar, nachdem er sie ja gerettet hatte?

Also atmete sie tief durch und versuchte erst einmal mit etwas Unverfänglichem die Stille und ihre Gedanken zu durchbrechen.

»Warum machst du eigentlich keine Videos mehr?« Das war das Erste, was ihr einfiel und schien genauso gut geeignet, wie jedes andere Thema.

Aber offensichtlich hatte sie damit einen Nerv getroffen, denn Milo schob die Hände tiefer in die Hosentaschen, bevor er antwortete. »Mach ich wohl.«

Und dabei klang er wie ein trotziger kleiner Junge. Was war das denn für eine merkwürdige Reaktion? »Ich hab heute früh aber nichts gesehen.« Schon seit Monaten war auf seinem Kanal nichts mehr hochgeladen worden.

Er sah sie nachdenklich an. Vielleicht, weil er das Loch in ihrer Antwort gefunden hatte. Denn natürlich bedeutete dieses Wissen, dass sie Interesse an ihm gezeigt hatte, in dem sie heute Morgen auf seinem Channel nachgeschaut hatte.

»Ich bin auf der Suche nach meinem *Zing*, okay?«, sagte er schließlich.

»Was ist denn ein *Zing*?« Sie legte den Kopf zur Seite und sein Blick folgte den Haarsträhnen, die dabei über ihre Schulter fielen.

»Der *Zing* eben. Eine neue Idee, ein genialer Einfall, der Kuss der Muse«, sagte er, als wäre das völlig offensichtlich.

Bei dem Wort *Kuss* huschte sein Blick kurz zu ihrem Mund, das konnte doch nicht alles Einbildung sein.

Er flirtete mit ihr und das schon die ganze Zeit. Anders konnte man es einfach nicht beschreiben.

Andererseits flirtete Milo grundsätzlich mit allem, was Beine und *Möpse* hatte und zwar unabhängig vom körperlichen Umfang. Sie brauchte sich da also nichts drauf einzubilden.

Außerdem ließ seine Ausdrucksweise immer noch mehr als zu wünschen übrig, auch wenn zwischendurch immer mal wieder dieser Typ durchflackerte, der sich Mühe gab, der mitdachte und der dem Menschen ähnelte, in den sie sich irgendwann einmal verliebt hatte.

Dieser einfühlsame und teilweise philosophische Kerl, der sich aus noch unbekannten Gründen irgendwo unter der Oberfläche eines Ultramachos versteckte.

Und der aus unerfindlichen Gründen vor ihr geflohen war …

Es war an der Zeit, ihr Vorhaben umzusetzen und endlich reinen Tisch zu machen.

Sie ballte die Hände in den Taschen zu Fäusten, atmete tief durch und … sprang. »Warum hast du dich damals eigentlich nicht mehr gemeldet?«

Er sah sie fragend an.

»Nach unserem Date … du hast einfach nichts mehr von dir hören lassen.« Nicht einmal, als sie ihm noch einmal geschrieben hatte.

»Ist das dein Ernst?«

»Sonst würde ich wohl nicht fragen, oder?«

»Du findest es wirklich merkwürdig, dass ich mich nicht mehr gemeldet habe, nachdem du bei unserem Essen den Eisberg gespielt hast?«

»Eisberg?« Sie blinzelte verwirrt.

»Antarktis, um genau zu sein.«

Cherry sah ihn ungläubig an. So schlimm war es nun auch wieder nicht gewesen. »Ich fand unser Date eigentlich ganz nett.«

»So hast du dich aber nicht verhalten.«

Cherry spürte Schmirgelpapier in ihrer Lunge. »Am Ende vielleicht … als du mich eine fette Kuh genannt hast, da bin ich still geworden. Aber vorher hatten wir doch eine gute Zeit.«

Er kratzte sich am Hinterkopf. »Reden wir von demselben Nachmittag? Ich kann mich nicht erinnern, überhaupt schon mal jemanden *eine fette Kuh* genannt zu haben. Außer meiner Schwester, vielleicht. Aber die weiß selber, dass sie bloß ein Knochengestell ist.«

»Natürlich reden wir von demselben Date. Ich hab meinen Nachtisch bekommen und *du* wolltest keinen … okay, vielleicht hast du mich nicht wörtlich *fett* genannt. Aber was soll ich bitte schön denken? Ich hab den Mund voller Kirschcreme und du fängst an, deine Antizucker-Rede zu halten. Das ist doch wohl nichts anderes als eine längliche Beschreibung für das Wort *fett*.«

Er verdrehte die Augen. »Dass Frauen aber auch immer alles gleich persönlich nehmen müssen.«

Sie blies sich den Pony aus der Stirn. »Selbst, wenn ich überreagiert habe …« Sie überlegte kurz. »Und ich sage nicht, dass ich das habe!« Obwohl sie natürlich ganz offensichtlich überreagiert hatte. »Das war der einzige Grund, weshalb du dich nicht mehr gemeldet hast? Im Ernst?«

»Klar. Wenn du mich anschweigst, ist es ja wohl ziemlich eindeutig, dass du mich nicht ausstehen kannst.«

Das konnte unmöglich der einzige Grund sein. Eine dunkle Erinnerung aus viel älterer Vergangenheit regte sich in ihrem Kopf.

Er hätte ja wenigstens mal nachfragen können, woran es denn lag. Wäre innerhalb von zwei Minuten geklärt gewesen … wahrscheinlich … vielleicht auch nicht. »Dass Männer aber auch immer alles gleich persönlich nehmen müssen«, sagte sie.

»Hey, das war mein Spruch.«

»Eben.« Sie seufzte. »Ich kann meinetwegen noch verstehen, dass du gedacht hast, ich könnte dich nicht leiden. Aber du hast ja nicht mal auf meine SMS reagiert, als Sara die Aktion im Central Park gestartet hat. Dabei hattest du das doch alles erst losgetreten.«

Sie kamen an einem kleinen Buchladen vorbei, eine blonde Bedienung balancierte gerade ein Tablett mit Kaffeetassen und Büchern zwischen den weißen Tischen auf dem Bürgersteig durch.

Sie schwiegen, während sie an den Gästen vorübergingen.

»Es war mir unangenehm, okay?«, sagte Milo, als sie außer Hörweite waren. »Schließlich war Jake verdammt sauer auf mich wegen der Aktion mit dem Video.«

»Warum hast du es überhaupt online gestellt, ohne zu fragen.«

»Ich hab ja gefragt … er hatte *nein* gesagt.«

»Nochmal die Frage, warum hast du es dann online gestellt?« Denn normalerweise traute sie ihm vieles zu, aber nicht, dass er absichtlich die Privatsphäre von anderen missachtete.

Nicht mal den Kussmoment hatte er ausgenutzt.

»Für gute Freunde muss man manchmal Dinge tun, die sie selbst nicht machen können.«

Was sollte das bitteschön genau bedeuten? Sie sah ihn prüfend an. Aber er hatte die Augen stur auf die Betonplatten vor seinen Füßen gerichtet und sah nicht so aus, als wollte er das genauer erläutern.

Immerhin klang es so, als ob er es wirklich gut gemeint hätte. Vielleicht hatte Milo der Macho ja doch irgendwo ein Herz in seiner Brust.

Sie seufzte, während sie schon wieder schweigend nebeneinander her trotteten. Also war am Ende alles irgendwie ein Missverständnis gewesen.

Allerdings hatte sie ihm nicht genug bedeutet, um es aufzuklären. Was ja nicht wirklich verwunderlich war, schließlich war das ihr erstes Treffen gewesen.

»Und, was machst du jetzt, um dein *Zing* wiederzufinden?«

Er zuckte mit den Schultern. »Was soll ich schon machen? Warten eben.«

»Aber das ist doch kein Plan.«

»Wieso nicht?«

»Wenn du etwas willst, dann musst du deinen Hintern in Bewegung setzen und etwas unternehmen. Hast du mir nicht genau das gesagt, als es um meine Videos ging? Und glaubst du vielleicht, Thomas Edison hätte irgendwann die Glühbirne entwickelt, wenn er sich nur auf seinen Hosenboden gesetzt und darauf gewartet hätte, dass ihm zufällig ein Licht aufgeht?«

»Ach, hör mir bloß mit dem auf.«

Jetzt war Cherry völlig verwirrt.

Als er ihren fragenden Blick sah, machte er eine wegwerfende Handbewegung. »Ich muss Hundesitting machen, wenn Sara und Jake sich aus der Stadt verkrümeln. Schließlich wollen sie ja nach Vegas fahren, während ich mich um die Party kümmern darf.«

Ach so, er sprach von *dem Edison*, Jakes weißem Schäferhund. »Wegen der Doku, über diesen Magier … *Ethan Incredible*? Ich find die Idee super«, sagte Cherry. Sara hatte gestern Abend noch einmal angerufen und von ihrem *heißen Eisen* erzählt, das sie mit ihrem Kurzbesuch in Vegas vorbereiten wollten.

»Und du weißt das, weil …?«

»Weil Sara mit mir spricht? Und weil mein Cousin Brady den Magier kennt, so ist Sara erst auf die Idee mit der Doku gekommen.«

»Auf jeden Fall eine Frechheit. Die amüsieren sich und wir dürfen schuften.«

»Du lenkst bloß ab. Edison, Hundesitting, Magier und Vegas, das hat alles nichts mit deinem *Zing* zu tun. Also, was willst du machen, um es zurückzuholen?«

»Vielleicht könnte ich ja ein bisschen Unterstützung gebrauchen.« Er wackelte grinsend mit den Augenbrauen.

Cherry wollte ihn gerade zurechtweisen, aber vor ihnen hatte sich eine Menschentraube auf dem Bürgersteig gebildet und sie erkannte mit Schrecken, dass die alle vor dem *SweetCakes* standen.

Sie beschleunigte ihren Schritt, schob sich unsanft durch die Menge ins Innere des Ladens. Es war die Hölle los.

Menschen riefen durcheinander, drängten sich dicht an dicht vor der Kasse, schimpften, zeterten, dazwischen drehte sich Annie wie ein Kreisel, um allen gerecht zu werden und irgendwo schrie ein Kind.

Cherry sah sich um, da saß der kleine Timmy weinend auf dem Fußboden in einer Pfütze aus matschigem Cupcake, aus dem Ofen drang Qualm und Annie war kurz vor einem Zusammenbruch.

Schluss. Aus. Ende.

Hier musste Ordnung rein.

Cherry trat energisch hinter den Tresen. »Annie, übernimm den Ofen, Kuchen rausholen, saubermachen. Meine Damen und Herren, entschuldigen Sie bitte die Verzögerung, ein Cupcake pro Person geht aufs Haus. Alle Bestellungen bitte noch einmal an mich.« Gerade wollte sie sich an den kleinen Jungen wenden, ihm einen neuen Cupcake in die Hand drücken und zu seiner Mutter in den hinteren Bereich setzen. Aber er war verschwunden. Cherry blieb das Herz stehen, aber nur gerade lange genug, um zu entdecken, dass Milo den kleinen Kerl hochgenommen hatte und gerade eine völlig bescheuerte Grimasse zog, bis der Junge aufhörte zu weinen.

Okay, soweit, so gut. Ein Problem weniger, um das sie sich kümmern musste. Sie krempelte die Ärmel hoch, nahm die Bestellungen entgegen und war mitten in ihrem Element.

Hilfe

Milo war ziemlich beeindruckt. Ein Weltuntergang, den Cherry mit wenigen, klaren Befehlen in ein geordnetes Chaos verwandelte.

Und auf dem Fußboden ein weinender Junge. Der kleine Kerl sah herzerweichend traurig aus. Doch die junge Frau, die Milo wegen des verzweifelten Blicks zu dem Kleinen für die Mutter hielt, stürzte gerade in die Küche, um einen Großbrand zu vermeiden.

Also pflückte er den vielleicht zweijährigen Jungen aus seiner Puddingpfütze heraus.

Der war überhaupt gar nicht begeistert, von einem fremden Mann hochgenommen zu werden. Aber Milo setzte ihn schnell auf einen Stuhl in der Nähe des Tresens und schnitt die bescheuertste Grimasse, die ihm in den Sinn kam.

Wenigstens hörte der Junge auf zu weinen.

»Hey, ich bin Milo und wie heißt du, Alter?« Er hielt ihm die Hand zum Abklatschen entgegen, aber der kleine Kerl schaute ihn nur aus übergroßen Augen an. Milo versuchte noch eine Grimasse, aber es kam kein Lachen.

»Fein, heutzutage hält mich sowieso niemand mehr für witzig. Hier.« Er fischte eine Serviette vom Tresen und hielt sie dem Jungen entgegen. »Du hast dich vollgematscht.«

Großes Blinzeln.

»Ich find auch, sieht irgendwie stylisch aus. Aber ich glaub, die Mädels stehen nicht so auf Sahne im Gesicht. Was meinst du, sollen wir mal auf die Toilette gehen? Männer machen so etwas, weißt du. Schweiß wegwischen, so tun, als wäre nichts gewesen, weitermachen.«

Der Junge sah ihn immer noch groß an.

»Guck, da hinten ist deine Mama. Komm, wir gehen mal da vorbei.« Damit setzte er den Jungen auf dem Boden ab, griff nach seiner Hand und führte ihn nach hinten.

Die Frau hatte gerade einen Haufen verkohlter Muffins aus dem Ofen gezogen und drückte mit der Hüfte die Tür zu. »Danke«, flüsterte sie. Dann zog sie eine riesige geblümte Tasche hinter dem Ofen heraus und drückte sie Milo in die Hand. Sofort wendete sie sich wieder den verunglückten Kuchen zu.

Milo öffnete die Tasche, entdeckte Windeln und Wechselkleidung, Feuchttücher und Fläschchen. Halb angewidert sah er den kleinen Kerl an. »Wehe, du hast dir in die Hose geschissen, das kannst du dann alleine sauber machen.«

Der Junge griff ohne hinzusehen nach einer bunten Kette, die von seinem Pullover herunterbaumelte, stopfte sich den Schnuller in den Mund und sah Milo aus großen blauen Augen an.

Der seufzte ergeben. »Fein, komm, lass uns gehen. Aber das bleibt unter uns, verstanden?«

* * *

Endlich wurde es ein bisschen ruhiger. Cherry bediente gerade den letzten Kunden im Laden und blickte sich um.

Annie hatte den Boden aufgewischt, die verbrannten Cupcakes entsorgt und neue in den Ofen geschoben, die schon anfingen zu duften.

Milo hockte mit Timmy an einem Tisch. Der Junge hatte frische Klamotten an und ein riesengroßes Grinsen im Gesicht, während Milo die Zuckerstreuer vor ihm in wilden Gesten hin- und her bewegte. Dabei schienen die Glasgefäße so eine Art Rockstar zu sein, zumindest machte Milo gitarrenähnliche Geräusche und wenn sie sich nicht schwer täuschte, dann sang er sogar leise mit.

Während sie den Absolut-kein-Übermacho so in sein Spiel vertieft sah, war es schwer zu glauben, dass er normalerweise ein riesengroßer Chauvi sein konnte.

Ohne auch nur eine Sekunde zu zögern, hatte er sich um den Jungen gekümmert. Seitdem hatte er alles getan, um ihn bei der Stange zu halten, während seine Mutter und Cherry den Laden am Laufen hielten.

Oder gehörte das auch zu seiner Masche?

»Was war eigentlich los?«, fragte sie Annie in einem etwas ruhigeren Moment. »Warum ist Timmy hier?«

»Oh, frag bloß nicht.« Sie fuhr sich durch das zerzauste Haar, fand einen halb verlorenen Gummi und begann die Zöpfe mit ihren Fingern zu kämmen. »Es war sowieso schon gerammelt voll und dann stand plötzlich meine Tagesmutter vor der Tür. Timmy hätte sich angeblich nicht beruhigen lassen und die ganze Zeit geschrien. Dann ist sie einfach wieder gegangen und hat mich mitten in diesem Chaos stehengelassen.« Sie band sich die Zöpfe wieder zu und fuhr mit den Händen erschöpft durch ihr Gesicht. »Ich wollte Timmy einen Cupcake geben, damit er sich beruhigt und ich vielleicht ein paar Kunden abarbeiten konnte. Weißt du, um wenigstens ein bisschen System in den Wahnsinn zu bekommen. Ich weiß, pädagogisch nicht sehr wertvoll, aber was sollte ich denn machen?« Sie ließ sich völlig erschöpft gegen die Arbeitsfläche sinken. »Dann ist der arme Kerl auch noch hingefallen und hat sich mitten in den Kuchen gesetzt.

Aber ich hatte die Muffins im Ofen vergessen und … es war die Hölle. Ich weiß wirklich nicht, was ich gemacht hätte, wenn du nicht aufgetaucht wärst. Und dein Freund hat sich so lieb um den Kleinen gekümmert.«

Cherry hörte den prüfenden Unterton in Annies Stimme.

»Er ist nicht *mein* Freund«, sagte Cherry und beobachtete, wie Milo den Zuckerstreuer tanzen ließ. »Er ist nur *ein* Freund.« Unabhängig davon, wie er sich vorher benommen hatte, diesen Titel hatte er sich heute mehr als verdient. Und irgendwie fühlte es sich gut an, ihn so zu nennen.

»Egal, auf jeden Fall weiß ich nicht, wie wir das ohne ihn hätten schaffen sollen. Und ich hab erst recht keine Ahnung, was ich ohne eine Tagesmutter anfangen soll. Jetzt muss ich wieder von vorne auf die Suche gehen und erzähl mir doch mal einer, wann.«

»Bring ihn doch fürs Erste einfach mit«, schlug Cherry vor.

Annie lachte. »Hat dein *Freund* etwa vor, hier jeden Tag vorbeizukommen und Babysitter zu spielen?«

Zeit genug hätte er wahrscheinlich, solange er auf der Suche nach seinem *Zing* war.

»Eher nicht. Aber wenn es nicht anders geht, lässt er sich ja vielleicht überreden. Wir kriegen das schon irgendwie hin. Vielleicht trennen wir Timmy einen kleinen Bereich ab oder wir lassen ihn im Büro spielen. Doug ist doch sowieso die meiste Zeit nicht da. Bring einfach genug Spielzeug mit oder vielleicht kann er dir ja beim Backen zugucken, meinetwegen kann er sogar mitmachen. Allerdings solltest du ihm dann wahrscheinlich einen Ganzkörperanzug besorgen. Sonst kannst du dich mit Klamotten-Wechseln dranhalten.« Sie lächelte aufmunternd.

»Meinst du wirklich, das geht?«, fragte Annie hoffnungsvoll.

»Wir kriegen das schon irgendwie hin.«

»Und was ist mit Doug? Der hat sich doch schon öfter aufgeregt, wenn ich Timmy mitgebracht habe.«

»Ist ja nur temporär, bis du wieder eine Tagesmutter hast. Sonst müsstest du dir ja für die Suche frei nehmen, und wir haben niemanden als Ersatz. Doug hätte eigentlich schon vor einer ganzen Weile noch mehr Leute einstellen sollen. Zwei Leute für einen Laden in dieser Lage, das ist doch ein Witz.«

»Wahrscheinlich hast du recht … Danke.« Sie drückte Cherry kurz und dann setzte sie sich zu ihrem Jungen an den Tisch. Der war ganz aufgeregt. »Mama, Okschta!«, quiekte er und hielt ihr den Rockstar, auch bekannt als Zuckerstreuer, entgegen.

Cherry lächelte und als ihr Blick auf Milo fiel, sah sie, wie der genüsslich die Hände hinter dem Kopf verschränkte und sich mit einem selbstgefälligen Grinsen nach hinten lehnte. Dabei kippte der Stuhl und er fing sich nur gerade so, bevor er mit dem Hintern auf den Boden knallte.

Cherry konnte sich ein Lachen nur knapp verkneifen und kümmerte sich geschäftig um den nächsten Kunden, der gerade hereinkam, während Milo sich selbst und sein angeknackstes Ego wieder zusammenraufte.

Es war schon irgendwie seltsam, aber sie war verdammt glücklich, dass er hier war.

* * *

Der letzte Kunde war vor ein paar Minuten gegangen und Cherry hatte das Türschild bereits auf *Geschlossen* gedreht.

Timmy saß mit einem Käsebrötchen in der Hand auf einem Stuhl. Er kaute, während ihm ganz langsam die Augen zufielen und sein Kinn immer wieder nach vorne kippte.

Man konnte richtig zusehen, wie er immer weiter nach hinten rutschte und Milo schnappte ihn, bevor er fallen konnte.

»Ich glaub, der Zwerg ist durch«, verkündete er mit fachmännischer Miene.

Er nahm den Knirps auf den Arm, aber der rührte sich nicht mehr, hielt einfach nur sein Brötchen in der Hand und schlief kauend weiter.

Annie drückte gerade einen Lappen aus und schien hin- und hergerissen zu sein.

»Geh ruhig, ich mach den Rest schon sauber«, sagte Cherry.

»Wirklich? Ich könnte auch …«, setzte sie an. Aber der besorgte Blick zu dem Kleinen sagte alles.

»Jetzt hau schon ab«, schimpfte Cherry mit gespielt bösem Unterton.

»Du bist die Beste«, sagte Annie, drückte sie noch einmal und nahm Milo den Jungen vom Arm.

»Schlaf gut, Kurzer«, sagte Milo und hatte ein kleines Lächeln im Mundwinkel. Der Junge schlief anstandslos auf der Schulter seiner Mutter weiter.

Ein leises *Okschta* kam noch aus seinem Mund.

»Danke«, flüsterte Annie in Milos Richtung. Obwohl der leise Tonfall sicher nicht nötig gewesen wäre. Der Junge sah aus, als ob ihn nicht einmal ein Rockkonzert wecken könnte.

Milo hielt der jungen Mutter sogar die Tür auf. Aber Cherry entging nicht sein Blick, der mit unerschütterlicher Präzision auf Annies Hintern weilte. Aus unerfindlichen Gründen störte sie das mehr, als es das heute Morgen oder vor ein paar Tagen noch getan hätte.

»Hchrm«, räusperte sie sich, während die Türe klingelnd wieder zufiel.

»Was denn? Ein niedlicher kleiner …«

»Hintern?«

»Hey, das hast *du* gesagt.« Aber er grinste über das ganze Gesicht.

Amüsiert schüttelte sie den Kopf. »Danke«, sagte sie.

»Dafür, dass ich auf ihren Hintern gucke? Kein Ding, immer wieder gern.«

Sie ignorierte das geflissentlich. »Dass du mit Timmy geholfen hast. Das war wirklich nett von dir.«

»Kein Ding. Der Kurze ist voll der Burner. Wird irgendwann mal 'n riesen Rockstar, das kann ich dir sagen. Die Stimme hat er schon.«

Cherry konnte Sonnenschein in seiner Stimme hören, während er von dem Jungen sprach und lächelte.

»So …« Er legte die Hände mit einer ausladenden Geste in den Nacken. »Das heißt also, du schuldest mir was?«, fragte er und wippte lässig auf die Fersen.

Sie verdrehte die Augen, aber, wenn man es genau nahm, dann hatte er wohl recht. Deshalb antwortete sie mit einem sehr entschlossenen: »Wahrscheinlich.«

»Sehr gut.« Er legte ihr den Arm um die Schulter. Und Cherry duckte sich nicht weg, sondern spürte angenehme Wärme durch ihren Körper fluten. Obwohl sie sich ein bisschen zur Seite drehte, damit er keine Chance hatte, ihren Hüftspeck zu berühren.

»Lass mich raten«, sagte sie. »Du brauchst Hilfe beim Hundesitting.«

Ob er doch ihre Fettpölsterchen bemerkt hatte? Denn er ließ sie wieder los und machte eine wegwerfende Geste. »Quatsch. Auf zwei kleine Hündchen kann ich schon alleine aufpassen. Hierbei geht's um wichtigere Dinge. Ich hab nämlich eine Idee für die Party, aber alleine kann ich das nicht testen.«

»Was denn für eine Idee?«, fragte Cherry und furchte misstrauisch die Brauen, während sie in den hinteren Bereich ging, um den letzten Rest aufzuräumen.

»Wir können ja schlecht die ganze Zeit in der Bude hocken und Däumchen drehen«, sagte Milo und klang, als müsste er ihr erst noch erklären, dass eins plus eins zwei ergibt.

»Ich dachte, das wäre das, was man bei einer Einweihungsfeier so macht? Dafür ist sie doch da, um die neue Wohnung kennenzulernen.« Sie legte die Bleche zum Einweichen in die Spüle.

»Vielleicht bei normalen Menschen. Aber wie lange kann man schon brauchen, um sich einen Eingangsbereich, ein paar Aufnahmestudios und eine Handvoll Büros anzugucken. Außerdem waren doch fast alle schon mal da. Nein. Wir haben hier einen Haufen Vlogger, die da aufeinander hocken und nichts lieber tun möchten, als die Veranstaltung auf Video aufzunehmen. Aber wie spannend ist es bitte, Leute dabei zu filmen, wie sie sich die Ärsche in einem Studio platt sitzen?«

Sie sparte sich ein Räuspern. »Gar nicht?«

»Richtig.« Es fehlte nur, dass er ein *braves Mädchen* hinterherschob.

»Okay, an was hast du gedacht?«, fragte Cherry und begann die Spülmaschine einzuräumen.

»Paintball«, sagte er triumphierend und tat, als würde er ein imaginäres Gewehr auf sie richten.

»Wie bitte?«

»Na, wo man mit diesen Pseudogewehren rumrennt, mit denen man Farbe verschießt.«

»Ich weiß, was eine Paintgun ist. Aber du kannst in der Wohnung doch keine Farbe verteilen.«

»Wer redet denn von der Wohnung?« Wie selbstverständlich begann er, ihr Teller und Besteck anzugeben. Cherry registrierte das fasziniert, war aber bemüht, sich nichts anmerken zu lassen.

»Du willst also deine Einweihungsfeier außerhalb der Wohnung veranstalten, die du einweihen möchtest?«, fragte sie stattdessen.

»Wieso nicht?«

»Und was ist mit den Cupcakes, willst du die auf dem Weg verstreuen und eine Schnitzeljagd veranstalten?«

Er grinste. »Wieso nicht?«

Cherry schnaubte.

»Schon gut. Ich hab gedacht, wir treffen uns im *CrazyCreative,* sagen ein paar einleitende Worte und es gibt eine Führung durch alle Büros. Dann machen wir einen Abstecher zum Paintball-Gelände, da gibt's auch ein paar Getränke und wenn wir wieder zurückkommen, machen wir ein bisschen Musik, essen Cupcakes und irgendwas Vernünftiges.«

»Was ist denn bitte etwas Vernünftiges?«

»Na, etwas mit Biss. Du kannst erwachsenen Männern doch keinen Süßkram vorsetzen und erwarten, dass sie davon satt werden.«

Sie rollte mit den Augen. »Wollte Jake nicht Pizza machen?«

»Ich glaube, Sara hatte so etwas gesagt.« Er nickte.

»Na bitte.«

»Also abgemacht? Du, ich und ein Paintballfeld« Er reichte ihr den letzten Teller.

Es ging um sein *Zing*, das war es, oder um die Einweihungsparty oder um beides. Es ging nicht im Mindesten um sie. Trotzdem fühlte Cherry ein leises Kribbeln, das sich eindeutig auf diese Verabredung freute. Deshalb seufzte sie nur sehr halbherzig, bevor sie antwortete. »Abgemacht.«

»Astrein!«

Cherry schüttelte amüsiert den Kopf. »Aber vielleicht wäre es gut, wenn wir uns noch ein paar Gedanken über die anderen Punkte der Party machen, bevor du dich gleich wieder verkrümelst.«

»Alles, was du willst, Süße«, antwortete er und lehnte sich lässig an den Tresen.

Das würde sicher ein anstrengendes Gespräch werden.

Cherry

Am Ende hatte er ihr doch noch geholfen aufzuräumen. Aber wirklich nur ein ganz kleines bisschen. Schließlich wollte er sich nicht nachsagen lassen, dass er ein Faulpelz sei. Das war schließlich fast so schlimm wie eine Memme … fast.

Und nach ihrem Gespräch hatte er ein paar brauchbare Ansätze für die Party. Die waren natürlich alle von ihr gekommen. Schließlich hatte kein echter Mann Ahnung von Tischdekoration und Farbkombinationen.

Als er in seine Wohnung trat, ging sein Handy los und kündigte mit der Melodie von *Another one bites the dust* von *Queen* eine neue Nachricht an. Als ob seine Mutter es gerochen hätte, dass er sich mit Weiberkram beschäftigt hatte.

Betreff: *Versager*
Schon wieder eine Rechnung bekommen.
Das war das letzte Mal.
Reiß dich am Riemen.
Besorg dir einen vernünftigen Job.
Elvira.

Er ließ sich mit dem Gesicht voran in sein Bett fallen und stöhnte.

Das wurde ja immer besser.

Keine Frage, er musste sich langsam überlegen, wie es weitergehen sollte.

Aber es war ein verdammt langer Tag gewesen. Und eigentlich hatte er überhaupt keine Lust, sich große Gedanken zu machen.

Leider kannte er seine Mutter viel zu gut. Die würde nicht lange fackeln, sondern ihm eiskalt den Hahn abdrehen. Eher gestern als heute.

Mühevoll drehte er sich herum und zog den Laptop auf seinen Schoß. Er scrollte durch das Rohmaterial, seiner Videos. Das sah nicht gerade vielversprechend aus.

Um genau zu sein, besaß er an unverbrauchtem Material nur das Video von Cherrys Kamera. Das beinhaltete eine nicht sehr vorteilhafte Halb-von-hinten-Ansicht, während er ihr beim Backen zusah.

Das Telefon klingelte wieder und am liebsten wäre er gar nicht drangegangen, aber diesmal schallte *Light my Fire* von *The Doors* unter seiner Bettdecke heraus und das bedeutete, Cherry hatte eine Nachricht geschickt.

Von sich aus?

Er zog sein Handy zu sich heran. Sie hatte ihm ein paar Kurzaufnahmen von eben angehängt, wie er mit dem kleinen Timmy am Tisch saß und Luftgitarren-Zucker-Rockkonzert spielte.

Milo lächelte. Der Kurze hatte ihm wirklich Spaß gemacht. Er hätte es niemals öffentlich zugegeben, aber er fand Kinder super.

Die hatten so etwas Bodenständiges an sich. Sie waren immer ehrlich, egal wie hart das sein mochte. Und mit Äußerlichkeiten konnte man ihnen nichts vormachen.

Der Kurze hatte *ihn* gemocht. Nicht seine Designer-Hose, nicht seinen Astralkörper. Einfach nur Milo, der mit Zuckerstreuern Live-Konzerte veranstalten konnte.

Er fragte sich, was seine Abonnenten wohl dazu sagen würden, wenn er dieses Video zeigte. Keine Damen mit dicken Hupen, keine Witze auf Kosten anderer, einfach nur ein Video von Milo, wie er Zuckerstreuer über den Tisch tanzen ließ.

Nein, damit bekam er sicher keine Klicks. Oder gerade doch. Damit wurde man sicher hervorragend zum Gespött des ganzen Internets. Für etwa vierundzwanzig Stunden. Nur, um dann anschließend als kompletter Loser im Meer der Vergessenheit unterzugehen.

Nein, was er brauchte, das war ein großer Knall. Wenn er seinen Channel wieder starten wollte, dann brauchte er etwas Großes. Vielleicht sogar die Einweihungsfeier, oder ein Paintgunfight oder ... irgendetwas Gewaltiges, Buntes, Leuchtendes, mit Neonfarben und echter Live-Musik.

Er grübelte vor sich hin. Ja, das war es, was die Leute wollten. Keine halbgaren Amateur-Mitschnitte aus einem kleinen Cupcakeladen. Sie wollten nicht die ungefilterte Wirklichkeit. Sie wollten nur die Kirschen auf dem Sahnehäubchen, die ihnen vorgaukelten, dass andere ein viel besseres Leben hatten.

Dann konnten sie sich selber noch viel mieser in ihrer Brühe fühlen und brauchten sich keine Mühe mehr geben, da herauszukommen. Die anderen hatten es ja sowieso alle viel einfacher und viel besser.

So ein Scheißdreck.

Er sollte auf seine eigenen Ratschläge hören ... klein anfangen, wie Cherry. Vielleicht war es wirklich an der Zeit, etwas an dieser Kirschmentalität zu ändern und die ungefilterte, langweilige Realität in genießbare Häppchen zu verpacken. Damit nicht immer nur die schönen Ausnahme-Momente gezeigt wurden, sondern das Leben an sich.

Entschlossen öffnete er sein Schnittprogramm.

Was, wenn er das wirklich durchzog?

Das Leben, live.

Klickzahlen? Gleich Null.

Aber schließlich wäre das zur aktuellen Zahl keine Verschlechterung.

Im Augenblick konnte es eigentlich nur noch besser werden.

Er schnitt ein Stück von Cherrys erstem Video ab. Darauf war nur er selbst zu sehen, in einem schlechten Winkel, halb von hinten. Durch den ungünstigen Schatten sah es fast aus, als hätte er ein Doppelkinn.

Er! Ein Doppelkinn.

Dann schrieb er einen Titel drunter.

In der Küche. Das Leben, live.

Ein zweites kurzes Video, wie er in den Cupcake biss und Buttercreme von seinem Kinn tropfte.

Er hätte gerne noch eine Nahaufnahme von dem Fleck hintendran gehängt. Aber davon gab es kein Bild. Er könnte jetzt eins nachholen, aber gestellt war nicht live … egal, wie gut es gepasst hätte.

Buttercreme. Das Leben, live.

Ein drittes kurzes Video. Halb unscharf, von weit entfernt, damit man den Zwerg nicht erkennen konnte. Ein tanzender Zuckerstreuer auf einem Tisch.

Zuckerstreuer-Rock. Das Leben, live.

Das war mehr *er*, als er jemals in seinem Leben mit der Welt geteilt hatte.

Das war echt. Ungestellt. Und beängstigend.

Keine Schnitte. Keine gekonnten Winkel. Einfach aus dem Leben.

Der Titel gefiel ihm nicht.

Das Leben, live. Klang erstens bescheuert und zweitens, wenn nicht live, dann wie bitteschön sonst?

Er klickte auf Cherrys Channel, der bis gestern noch leer gewesen war.

Heute hatte sie tatsächlich ihr Video online gestellt. Der Titel lautete: *Trockene Orangen-Erdbeer-Cupcakes mit Kirsche drauf.*

Milo grinste.

Wenn das nicht ehrlich war, dann wusste er es auch nicht.

Unter dem Video stand Cherrys Aufruf nach Verbesserungsvorschlägen. Irgendein Torfkopf hatte einen dummen Kommentar dagelassen, der auf Cherrys Hintern anspielte. Ansonsten blieb es still.

Wenn er ehrlich war, dann hätte so ein Spruch vor einer Weile noch von ihm kommen können.

Aus irgendeinem Grund störte er ihn jetzt. Und um das auszugleichen, wollte er selbst einen Kommentar schreiben. Aber wie konnte der aussehen?

Wie wäre es mit einem süßen Kuss?

Grinsend erinnerte er sich an den Beinahe-Kuss in ihrer Wohnung. Aber als er seine Worte noch einmal durchlas, fand er sie genauso anzüglich wie die von dem Kerl mit dem Hintern-Kommentar.

Also löschte er die Zeile und dachte angestrengt nach. Was wäre denn eine wirklich gute Idee? Was könnte man tun, um den Kuchen weniger trocken zu machen? Leider hatte er keine Ahnung vom Backen. Das einzige, was ihm einfiel, war Marmelade.

Wie wäre es mit einem süßen Kuss aus Marmelade in der Mitte?

Das klang nicht mehr ganz so bescheuert … dafür aber irgendwie pervers.

Er löschte auch das wieder.

Wie wäre es mit Marmelade?

Schrieb er als Nächstes. Aber nach allem, was er bisher verfasst hatte, klang auch das wie ein schmutziger Witz. Also löschte er es und schickte Cherry lieber eine SMS.

Ein nicht unbeträchtlicher Teil von ihm hoffte, dass sie es sofort lesen und wieder antworten würde.

Als er wieder zu seinem Laptop zurückkehrte, lachte ihm Cherrys Gesicht entgegen.

Trockene Orangen-Erdbeer-Cupcakes mit Kirsche drauf.

Er klickte zu seinen eigenen Videos zurück, starrte auf seine Anti-Kirsch-Momente und wusste plötzlich ganz genau, welchen übergreifenden Titel er seiner kleinen Videoreihe geben wollte.

Jetzt musste er sich nur noch selber überreden, das Ganze online zu stellen.

***

Cherry lag in ihrem Bett und versuchte angestrengt, nicht über Milo nachzudenken. Deshalb konzentrierte sie sich auf die Cupcakes, die sie für den Wettbewerb backen wollte. Ihr fiel ein, dass Milo die Erdbeer-Orangen-Cupcakes zu trocken gefunden hatte … aber sie hatten ihm wenigstens geschmeckt. Und sie konnte sich beim besten Willen nicht vorstellen, dass er sich die Mühe machte, sie diesbezüglich anzulügen.

Aber was konnte sie gegen die Trockenheit machen? Mehr Öl vielleicht? Wenn sie den Teig selbst etwas saftiger bekam …

Da zwitscherte ihr Handy.

Milo?

Cherry, jetzt hör aber langsam auf. Bist du zwölf?

Sie griff nach dem Handy.

Milo!

Milo77: Wie wäre es mit einer Marmeladenfüllung?

Sie starrte auf die Zeile und blinzelte.

Cherry: Kannst du Gedanken lesen?

Obwohl, wahrscheinlich hatte er gerade an etwas völlig anderes gedacht, das konnte doch gar nicht …

Wieder ein Zwitschern.

Milo77: Ich hab dein Video gesehen. Ich wollte dir auch einen Kommentar drunter schreiben, aber das klang immer, als wär ich komplett pervers.

Cherry: Bist du das nicht?

Milo77: Danke auch.

Klang er ernsthaft beleidigt? Nein. Unmöglich, das aus zwei Worten herauszulesen. Außerdem war es ihrer Erfahrung nach völlig unmöglich, Milo mit irgendetwas in dieser Richtung zu treffen. Wahrscheinlich war er ernsthaft dankbar für das Kompliment.

Andererseits hätte sie bis eben auch nicht geglaubt, dass er sich um kleine Kinder kümmerte, wenn Not am Mann war.

Cherry: Hey, normalerweise hast du immer die coolen Sprüche auf Lager. Jetzt darf ich auch mal :)

Milo77: Sehr witzig.

Cherry: Es tut mir ehrlich leid. Ich glaube wirklich nicht, dass du ein Perversling bist.

Sie schickte die Entschuldigung ab, bevor sie es sich anders überlegen konnte.

Milo77: Sicher, du hältst mich für einen perfekten Gentleman.

Nein. Absolut nicht. Aber erst die Sache mit Mister Fisch und dann sein Spiel mit Timmy, das hatte sie mehr als beeindruckt.

Cherry: Du hast deine Ecken und Kanten. Aber ich glaub, unter deiner ungehobelten Schale steckt irgendwo ein ganz netter Kerl.

Ihr Herz stolperte vorwärts. So viel Lob, das würde ihm sicher zu Kopf steigen. Das war dumm. Sein Plan ging auf.

Schweigen von der anderen Seite.

War das nun gut oder schlecht?

Hieß das, er fühlte sich ertappt oder führte er gerade ein Freudentänzchen auf, weil er sie in die richtige Richtung manipuliert hatte?

Cherry wollte das Handy gerade wegstecken, da zwitscherte es wieder.

Milo77: Vielleicht auch nicht.

Jetzt war sie völlig verwirrt.

Cherry: Du bist kein netter Kerl?

Milo77: Nein.

Okay, das war jetzt völlig Banane. Bis gerade hatte er doch noch alles unternommen, damit sie ihn nett fand … oder sah sie das falsch?

Wäre es dann jetzt nicht schlauer, ihr recht zu geben und noch einen oben draufzusetzen?

Sie starrte auf seine Antwort und wusste nicht, was sie antworten sollte. Das war doch einfach abstrus.

Milo77: Vergiss es. Wann machen wir das Paintballtraining? Ich hab hier gerade ne nette Location aufgetan. Die bieten das komplette Equipment an und man muss nicht mal in einer Gruppe auftauchen, die teilen einen dann ein. Was sagst du?

Ein nicht-netter Kerl, der Zeit mit ihr verbringen wollte.

Cherry: Morgen meinetwegen. Aber so einfach kommst du mir nicht davon. Was soll das heißen, du bist kein netter Kerl?

Milo77: Morgen kann ich nicht. Da ist Hundesitting angesagt 8)

Das war schon wieder keine Antwort.

Cherry: …

Milo77: Ich bin ein Mann. Männer sind nicht nett. Nette Männer sind Memmen.

Was war denn das für eine merkwürdige Einstellung?

Cherry: Jake ist nett.

Milo77: Jupp. Der ist nett. Aber ne Memme.

Jake eine Memme? Da wären ihr aber hundert bessere Umschreibungen eingefallen. Er war freundlich, hilfsbereit und seit er mit Sara zusammen war, auch eine verdammt treue Seele. Das hieß, die eigentlich interessante Frage war …

Cherry: Und was bist du?

Seine Antwort brauchte eine halbe Ewigkeit.

Milo77: Sorry, ich muss los, die Hunde abholen. Wir sehen uns dann.

Cherry wollte noch etwas hinterher schreiben. Aber es war ganz offensichtlich, dass er nichts mehr antworten würde.

Sie zweifelte, dass er überhaupt irgendwohin musste, schließlich sollte das Hundesitting erst morgen stattfinden. Aber wenn er nicht darüber reden wollte, warum hatte er dann davon angefangen?

Sie scrollte noch einmal nach oben, um zu sehen, wie alles angefangen hatte. Und dort stand es, die Lösung. Der Anfang der Unterhaltung war völlig unschuldige Marmelade gewesen.

Er hatte nett sein wollen, sich Mühe gegeben und zog sich dann wie immer wieder zurück. Weil er ein Mann war?

Aber so machte sein Verhalten vielleicht Sinn. Als er ihr am ersten Abend beim Aufräumen geholfen hatte, musste er das als Zaubertrick tarnen. Und eben hatte er ständig so getan, als würde er nur zuschauen, hatte eher wie zufällig kleine Teile aufgeräumt.

Weil er glaubte, dass ihn das zu einer Memme machte?

So ein Unsinn. Das konnte unmöglich der Grund sein.

Er war schließlich erwachsen … oder auch nicht. Immerhin war er Milo.

Vielleicht lagen seine Un-Männlichkeits-Gefühle aber auch daran, dass er sich gerade zu jemandem wie ihr hingezogen fühlte. Heiße Schnecken mit dicken Titten, das war eine Sache, aber schwabbelige Cherrys, das war etwas ganz Anderes. Immerhin stand er im Rampenlicht und eine fette Freundin würde sofort *ins Gewicht* fallen.

Ob er sich für sie schämte?

Vielleicht hatte er sich deshalb nicht mehr gemeldet, weil er sie eigentlich mochte, aber sie eben doch zu … weich war.

Genau wie damals.

Ihr wurde schlecht.

Und viel wichtiger, was sagte das über ihn aus?

Dass in ihm doch jemand steckte, der über diese Äußerlichkeiten hinwegsehen konnte … aber wegen seines Images eingeknickt war?

Machte ihn das jetzt mehr zu einem Blödmann oder weniger?

Sie seufzte.

Warum musste auch unbedingt er diese blöde Einweihungsfeier ausrichten?

Ob es etwas brachte, wenn sie noch ein paar Kilo abnahm?

Für sich oder für ihn?

Wollte sie das wirklich?

War das nicht völlig verrückt?

Oder war sie etwa … verliebt?

Machte man selbst für eine kleine Chance auf Liebe nicht einfach alles?

Romeo und Julia waren dafür gestorben.

Aber die waren am Ende eben auch tot.

Sie drehte sich frustriert auf den Bauch und zog sich das Kissen über den Kopf.

Sollte Milo doch bleiben, wo der Pfeffer wächst.

Gummibärchen

Sonntag, die Fitnessstudio-Musik dudelte in voller Lautstärke und Cherry hatte ihre Kopfhörer zu Hause vergessen. Ein perfekter Morgen.

Trotzdem rannte sie unbeirrt auf dem Laufband vor sich hin und versuchte, den seelischen und körperlichen Schmerz, den das Gedudel verursachte, mit stoischer Gelassenheit zu ertragen.

Ihr Handy zwitscherte, aber sie hatte nicht die geringste Lust dranzugehen.

Aber wenn es nun Sara mit Neuigkeiten aus Vegas war? Also entsperrte sie den Bildschirm.

Natürlich war es *nicht* Sara.

Milo77: Ich krepier gleich.

Das klang ernst.

Sie würde trotzdem nicht antworten. Sollte er seine männlichen Probleme doch alleine lösen, mit seiner männlichen Männlichkeit.

Blödmann.

Sie rannte weiter und schielte immer wieder auf den Bildschirm. Denn so etwas Dramatisches hatte er bisher noch nie geschrieben. Was, wenn doch etwas Schlimmes passiert war …

Nein! Nein, sie würde sich nicht rumkriegen lassen. Sie würde nicht schwach werden. Sie würde …

Mit einem Grunzen griff sie nach ihrem Handy und tippte im Laufen. Das war gar nicht so einfach.

Cherry: Was ist los?

Milo77: Edison bellt schon seit einer halben Stunde die ganze Nachbarschaft zusammen. Rocky hat eine komplette Tüte Gummibärchen gefressen und den Inhalt über mein Sofa gekotzt. Jetzt winselt er die ganze Zeit und ich hab keine Ahnung, was ich machen soll. Ich hab schon beim Tierarzt angerufen, aber da lande ich nur in der Warteschleife.

Rocky war Jakes zweiter Hund, ein junger Golden Retriever-Mischling, der genauso taub war wie Edison und für gewöhnlich nur Unsinn im Kopf hatte. Sie wurde langsamer und stieg vom Laufband. Da kam direkt noch eine Nachricht hinterher.

Milo77: So eine verdammte Scheiße. Ich dachte, Hundesitting wäre einfach.

Cherry: Jetzt mal langsam. Bist du sicher, dass Rocky nur Gummibärchen gefressen hat?

Milo77: Ziemlich.

Cherry: Kein Plastik? Von der Tüte zum Beispiel?

Milo77: Nein. Kein Plastik.

Cherry: Sieht es aus, als hätte er alles wieder erbrochen, was er gefressen hat?

Milo77: Aber sowas von. Mein armes Sofa.

Cherry: Welches Material.

Milo77: Gelatine. Oder machen die Gummibärchen heute aus etwas Anderem?

Cherry: Nicht die Gummibärchen, das Sofa.

Milo77: Oh. Mikrofaser … schätze ich.

Cherry: Hast du destilliertes Wasser?

Milo77: Was'n das?

Cherry: Also nein, kein destilliertes Wasser. Nimm Küchentücher und schmeiß damit die gröbsten Stücke in den Müll. Dann mit warmem Wasser und Waschmittel den Rest so gut es geht auswaschen. Immer von außen nach innen. Ich bin unterwegs.

Eigentlich hatte er sich das nicht verdient. Zumindest nicht ganz. Aber nachdem er sie vor Mister Fisch gerettet und sich so um Timmy gekümmert hatte, konnte sie ihn auch nicht einfach im Regen stehen lassen.

Milo77: Scheiße. Ich soll Kotze wischen?

Cherry: Du kannst es auch gerne einziehen lassen. Dann duftet deine Couch ihr Leben lang nach dem hochexklusiven Odeur *Kötze' de Hund.*

Milo77: Dein Französisch ist aber auch nicht besser als meins.

Sie verkniff sich ein *woher willst du das denn wissen,* schließlich wollte sie ihn nicht noch ermutigen.

Cherry: Kann schon sein. Aber ich muss wenigstens keine Kotze wischen. :-p

schrieb sie stattdessen und sprang so schnell sie konnte unter die Dusche.

* * *

Als Cherry ankam, hörte sie schon von draußen, dass Edison immer noch lautstark die Nachbarschaft beschallte. Sein dunkles Bellen hatte einen merkwürdigen Tonfall. Das war ihr früher schon aufgefallen und kam laut Jake durch seinen Hörschaden.

Sie klingelte und es dauerte nicht lange, da öffnete Milo die Tür. Der sonst so durchgestylte Latino sah aus, als wäre er in eine Prügelei verwickelt gewesen. Sein Haar völlig zerzaust, die hochgekrempelten Ärmel waren feucht, in der linken Hand hielt er einen Eimer, aus dem Schaum herausquoll, und in der anderen einen Putzlappen.

»Gott segne dich!«, rief er und wäre ihr sicher um den Hals gefallen, wenn sie ihn nicht aufgehalten hätte.

»Woa, stopp, du bist ja ganz nass.«

»Sorry. Ich weiß nicht, wo mir der Kopf steht, Edison hört einfach nicht auf und Rocky … ich hab keine Ahnung, was ich mit dem machen soll.«

Cherry versuchte sich erst mal einen Überblick zu verschaffen. Sie wusste nicht viel über die Pflege von tauben Hunden, aber von Sara hatte sie ein bisschen mitbekommen. Erst sah sie nach Rocky. Der kleine Golden Retriever wirkte in der Tat sehr angeschlagen. Aber auf den ersten Blick schien er in Ordnung. Der Schwanz des jungen Hundes wedelte zaghaft, als er sie entdeckte.

Edison hörte sogar auf zu bellen und kam zu ihr herüber. Sie hatte gerade genug Zeit, den weißen Schäferhund zu begrüßen und ihn an der Brust zu kraulen, da drehte er sich schon wieder um und bellte mit Hingabe weiter die Wand an.

»Keine Ahnung, was der hat. Mann, mir fallen bald die Ohren ab«, rief Milo.

»Was ist das für Musik?«, fragte Cherry.

»Welche Musik?« Er schien ernsthaft verwirrt.

»Na, dieses Wummern.« Sie versuchte das merkwürdige, dumpfe Geräusch nachzumachen.

Er legte den Kopf zur Seite. »Ach das. Das ist nur mein Nachbar. Hat nen merkwürdigen Musikgeschmack.« Er zuckte mit den Schultern. »Was soll's, der Hund ist taub, oder?«

Damit hatte er recht und Rocky schien sich auch nicht an der Musik zu stören. Allerdings war der auch damit beschäftigt, leidend in der Ecke zu liegen und das Sofa anzustarren.

»Vielleicht ist er taub, aber sogar ich spür den Bass in meinen Knochen. Können wir dem Nachbarn nicht sagen, dass er das ausmachen soll?«

»Kannst du probieren. Nützt aber nix. Und nach ein oder zwei Stunden hat er meistens selbst die Nase voll.«

»Super, dann müssen wir ja nur noch 'ne Stunde oder so aushalten.« Sie warf einen Blick auf das Schaummeer, dass das Sofa bedeckte.

Milo stand mit hängenden Armen, Eimer und Lappen da und sah ziemlich hilflos aus.

So kamen sie auf jeden Fall nicht weiter. »Okay, hier der Plan«, sagte Cherry. »Du ziehst dir was Sauberes an, und machst die Hunde an die Leine, bellend oder nicht. In weniger als fünf Minuten sind wir hier draußen. Verstanden?« Aber sie wartete nicht auf eine Antwort. Stattdessen nahm sie ihm den Eimer aus der Hand und missbrauchte kurzerhand die Spüle in der Designerküche – bei der ihr das Herz aufging – um das Wasser auszutauschen. Dann entfernte sie mit raschen Bewegungen den Schaum vom Sofa.

Cherry bezweifelte, dass die wieder ganz sauber würde, aber wenigstens hatte sie ihr Bestes gegeben. Gerade als sie sich umdrehte, sah sie, wie Milo beide

Hunde an die Leine nahm. Rocky kam schwerfällig hoch und der große weiße Schäferhund kläffte immer noch die Wand an. Eilig öffnete Cherry die Tür.

Sobald sie das Haus verließen, hörte das Bellen auf.

Edison beugte seinen Kopf und schnupperte aufmerksam an einem Laternenpfahl, um dann sein Bein zu heben. Ganz so, als wäre niemals was gewesen.

»Meine Fresse. War das ein Akt.« Milos Haar war immer noch verwuschelt und Cherry musste dem Impuls widerstehen, es glattzustreichen.

»Ja, du siehst ziemlich zerknautscht aus«, bemerkte sie.

Er fuhr mit seinen Fingern durch das seidige Schwarz und Cherry fragte sich, wie es sich unter ihren Fingern anfühlen würde. »Danke. Gleichfalls«, sagte Milo.

»Entschuldigung, dass ich das Haarewaschen ausgelassen habe, um Ihnen zu Hilfe zu eilen, Mister Hundesitter.«

»Beschwert sich ja keiner, ich find's sexy.« Er grinste und ein warmer Funken kribbelte in ihrer Mitte.

»Wo hab ich dich denn hergeholt?«, fragte er.

»Schwamm drüber.« Cherry machte eine wegwerfende Handbewegung.

»Was soll das denn heißen? Unter der Dusche?« Seine Augen begannen zu leuchten.

Sie zuckte beiläufig mit den Schultern. »Ist nicht wichtig.«

»*Jetzt* hast du mich neugierig gemacht.«

»Aus dem Fitnessstudio, okay?«

Milo furchte die Brauen. »Und wieso ist dir das unangenehm?«

»Weil es heißt, dass ich fett bin?«

Er lachte, aber Cherry fand das überhaupt nicht komisch. »Fitnessstudio heißt nicht, ich bin fett. Fitnessstudio bedeutet, dass dir dein Körper wichtig ist und da ist nichts Verwerfliches dran.« Dann räusperte er sich und setzte einen bösen Blick auf … allerdings hatte er Mühe, nicht gleich wieder loszulachen. »Oder nennst du mich etwa fett?« Zur Betonung strich er mit der Hand von seiner Brust bis hinunter über seinen flachen Bauch.

Cherry ballte die Hände zu Fäusten. »Von dir redet ja auch keiner.«

»Ach, aber von dir?« Er schüttelte belustigt den Kopf. »Irgendwann müssen wir beide mal zusammen in den Spiegel gucken und sagen, was wir da sehen.«

»Können wir auch gleich erledigen.« Sie war nur wütend, weil er das alles auf die leichte Schulter nahm statt Klartext zu reden.

Er biss sich auf seine köstlich weiche Unterlippe.

»Was?«, fragte Cherry.

»Nichts. Ich reiß mich nur zusammen.«

»Was denn?«

»Alles, was ich sage, kann gegen mich verwendet werden.« Er machte eine Bewegung, als würde er seinen Mund abschließen und den Schlüssel wegwerfen.

»Jetzt sag schon.«

Er lachte, beugte sich an ihr Ohr, dass sie seinen Atem spüren konnte und flüsterte: »Nackt?«

Hitze schoss in ihre Brust hinein und bis in ihren Magen nach unten.

Aber statt auf eine Antwort zu warten, packte Milo die beiden Leinen kürzer und zog Edison von einer komischen Tüte weg, die er gerade mit großem Interesse beschnüffelte.

Und Cherry hatte Mühe, ihren Puls wieder zu beruhigen.

Das macht er mit allen, Cherry. Das macht er mit allen.

Spaziergang

Sie gingen die 8th Avenue Richtung Columbus Circle hinunter. Hier öffneten sich das Meer aus spiegelnden Fenstern und Hochhäusern erst in das Rund einer riesigen Verkehrsinsel mit der Columbus-Statue in der Mitte und dann in die scheinbar endlosen Weiten des Central Parks. Die ganze Stadt schien hier Atem zu holen, während Cherry und Milo zwischen die goldgelben Bäume traten.

Spaziergänger und Jogger wanderten neben ihnen über die gewundenen Betonwege zwischen den riesigen, saftigen Grasflächen, Kinder in dicken Winterjacken spielten lachend Frisbee und trockene Blätter drehten sich in vereinzelten Windböen durch die Luft.

Mittlerweile hatte Rocky sich so weit erholt, dass er wieder an der Leine ziehen konnte. Sein Schwanz hing nicht mehr nach unten, dafür drückte er seine feuchte Nase mit wachsender Begeisterung in jedes noch so kleine Grasbüschel.

Er nieste, als ihm ein Blatt an der Schnauze hängenblieb. Im nächsten Moment warf er sich auch schon genüsslich auf den Boden und wälzte sich in einem

Blätterhaufen. Edison stand daneben und starrte ihn an, als wollte er fragen *Was ist bloß in dich gefahren*?

Cherry betrachtete die beiden wuscheligen Vierbeiner und lächelte. Offensichtlich hatte der Racker noch einmal Glück gehabt.

Allerdings gab es da eine Sache, die sie schon beschäftigte, seit sie die Wohnung verlassen hatten. »Wie ist er eigentlich an Gummibärchen gekommen?«, fragte sie. »Ich dachte, du isst keinen Zucker.«

Milo verdrehte die Augen und sagte nur: »Fanpost«, als ob das alles erklären würde.

»Und das bedeutet?«

»Ich hab vor sicher einem halben Jahr ein dickes Paket bekommen und nie aufgemacht. Rocky hat es entdeckt und fand es offensichtlich sehr … spannend. Da waren unter anderem die Gummibärchen drin.«

»Unter anderem.«

»Vielleicht war auch ein bisschen Damenunterwäsche dabei«, er zuckte entschuldigend mit den Schultern.

»Ich wusste nicht, dass du so etwas trägst.«

»Hey!«

Cherry grinste. »Und wieso hattest du es bisher nicht ausgepackt?«

»Vielleicht hätten wir besser auch eine Frisbee mitgebracht«, sagte Milo und deutete mit dem Kopf zu den Jungs, die in der Nähe spielten. Besonders Rocky verfolgte die Bewegungen der Scheibe, als wäre sie ein Würstchen.

Schon wieder keine Antwort. Milo wich so einigen Fragen aus. Sie ließ ihn davonkommen – diesmal. »Hätte nichts gebracht. Um die Uhrzeit dürfen wir die Hunde nicht von der Leine lassen. Außerdem, wie willst du einen tauben Hund wieder einfangen, wenn er sich entschieden hat, stiften zu gehen?«

»Guter Punkt.«

Rocky hatte seinen Blick von der Scheibe losgerissen und schnüffelte jetzt in ihrer Nähe durch das Gebüsch.

Währenddessen hatte Edison sich in Cherrys Nähe neben eine Bank ins Gras gelegt und hechelte. »Du hast die Nase voll für heute, was?«, fragte sie. Aber natürlich reagierte er nicht auf ihre Worte. Sie streichelte seinen weichen Kopf und er drückte die Schnauze mit einem genüsslichen Brummen in ihre Hand hinein.

Cherry ließ sich auf der Bank nieder. »Eigentlich wollte ich noch das Rezept für den Wettbewerb ausprobieren. Ich schätze, das kann ich für heute knicken.«

Milo setzte sich neben sie. Vielleicht ein bisschen dichter als notwendig.

»Ich hab übrigens seit gestern einen neuen Zimmernachbarn«, sagte Cherry, einfach nur, um das Schweigen zu brechen.

»Ach ...« Milo musste sich räuspern. »Ach, wirklich? Und was sagt dein Verlobter dazu?«

Sie lachte. »Ich weiß nicht, ich glaube, sie könnte ihm ganz gut gefallen.«

»Sie?« Sah er erleichtert aus?

»Klar. Nach Mister Fisch bin ich ganz sicher nicht verrückt genug, es noch mal mit einem Kerl zu probieren. Ihr Name ist Mona. Sie ist Sängerin in so einer Art Band und sieht aus, als wäre sie aus einer Rocker-Zeitschrift entsprungen. Aber sie ist echt nett, vielleicht ein bisschen zu ordentlich für meinen Geschmack.«

»Was ist denn eine *Art* Band?«, fragte er und legte seinen Arm völlig unschuldig auf die Lehne hinter ihr.

Cherry bildete sich ein, seine Wärme sogar durch die Jacke zu spüren.

»Sie singt, einer spielt Klavier, der andere Cello. Aber es ist wohl keine richtige Klassik.«

»Rockige Klassik?«

»So ähnlich hat sie es beschrieben.«

»Dann kannst du sie ja mal nach einem Demotape fragen, wir brauchen sowieso noch Musik für unsere Einweihungsparty.«

»Kann ich gerne machen. Bist du mittlerweile weitergekommen mit deinen Vorbereitungen?«

»Die Deko steht, ich hab Kitty breitgeschlagen, mir zu helfen, sie fand deine Vorschläge gut. Für Getränke ist auch gesorgt. Wenn deine Freundin was taugt, haben wir auch Musik und das heißt, was jetzt noch fehlt, ist das Essen und die Unterhaltung.«

Sein Arm rutschte ein Stück näher und sie spürte, wie sein Daumen ihre Schulter berührte.

Ein warmes Kribbeln schlich sich auf ihren Nacken und ein Teil von ihr wollte, dass er die Hand auf ihre Schulter legte.

Aber leider war da auch der andere Teil von ihr, der aus vollem Halse schrie, dass Milo die Flucht ergreifen würde, sobald er die Fettpölsterchen an ihren Oberarmen spürte.

»Glaubst du, Rocky ist wieder in Ordnung?«, fragte Milo und nickte zu dem Golden Retriever hinüber, der mittlerweile auf dem Rücken liegen geblieben war und kopfüber in ihre Richtung blickte, dass seine Lefzen in einem schrägen Grinsen nach oben fielen. »Oder sollten wir doch noch mal mit ihm zum Tierarzt?«

Cherry lachte. »Ich glaube, so wie es aussieht, geht es dem schon wieder prächtig.«

Der junge Hund rollte sich gerade richtig herum, nieste einmal und sprang dann zu Edison, um ihn zum Spielen zu animieren – erfolglos.

Sie spürte, wie Milos Hand sich auf ihre Schulter legte. Das warme Kribbeln sackte sofort hinunter in ihren Magen und verwandelte sich in ein sanftes Glühen, das sich in großen Wellen ausbreitete.

»Warum bist du eigentlich so unterschiedlich?«, fragte Cherry.

»Wieso unterschiedlich? Was soll das denn heißen?«

»Ich weiß nicht. Manchmal bist du einfach nur ein riesengroßer Macho mit einem viel zu großen Mundwerk und manchmal kannst du so einfühlsam sein. Kümmerst dich um kleine Kinder, sorgst dich um die Hunde deiner Freunde. Welcher von beiden bist wirklich du?« Sie sah ihn an, blickte in die zartbitterbraunen Augen und versuchte, eine Antwort zu finden.

Er zog seinen Arm zurück und legte die Unterarme auf die Knie. Cherry bereute sofort, gefragt zu haben.

Sie schwiegen, während Milo den Betonweg vor seinen Füßen betrachtete.

»Hast du dich schon einmal gefragt, wer du eigentlich bist?«, fragte er plötzlich.

Cherry war so überrascht, weil sie schon gar nicht mehr mit einer Antwort gerechnet hatte, dass sie den Sinn der Frage überhaupt nicht begriff.

»Ach, vergiss es einfach.« Er machte eine wegwerfende Handbewegung und wollte aufstehen. Aber Cherry legte ihre Hand auf seinen Arm und hielt ihn zurück. »Warte … nein, ich meine … ja. Ich meine … wie meint du das?«

Er sah sie einen langen Moment an und Cherry hatte das Gefühl, er versuchte durch ihre Augen direkt in ihre Seele zu blicken.

»Ich meine … wenn man in die Pubertät kommt, dann begeben sich die meisten Menschen doch auf die Suche nach einer eigenen Identität. Wer bin ich, wie will ich von anderen wahrgenommen werden. Hast du jemals bewusst eine Entscheidung dazu getroffen?«

Cherrys Schultern sackten nach unten. »Ich hatte überhaupt keine Wahl.« Sie lächelte gequält.

Neugierig legte er den Kopf zur Seite.

»Ich war immer nur das fette Mädchen.« Sie zuckte mit den Achseln.

»Fett?«, er zog die Brauen hoch. »Du willst mich veräppeln.«

»Alle finden mich fett. Oder wie würdest du das hier nennen?«

Sie kniff sich durch die Jacke in die Seite.

»Weich? Kurvig? Sexy?«

Eine Gänsehaut lief über ihre Arme hinunter und sammelte sich kribbelnd in dem leisen Glühen, das immer noch in ihrem Magen lag. So hatte noch nie jemand über sie gesprochen.

»Das sind doch nur andere Worte für dick!« Sie legte die Arme um ihre Mitte.

»Du hast ein ziemlich merkwürdiges Selbstbild.«

»Nur ein realistisches«, stellte sie fest.

»So ein Blödsinn.«

»Du hast doch selbst gesagt, ich bin *weich*. Was soll das denn bitteschön anderes heißen, als dass ich mehr Fleisch auf den Rippen habe, als notwendig wäre?«

»An deinem Körper sieht man deine Gewohnheiten, und an deinen Gewohnheiten sieht man, was dir wichtig ist. Du gehst regelmäßig ins Fitnessstudio, oder?«

»Schon«, sagte Cherry mit einem abwehrenden Tonfall. »Nicht, dass es etwas bringen würde.«

»So ein Unsinn. Das sieht man.«

»Klar«, sagte sie ironisch.

»Ich hab's schon einmal gesagt und ich sag's gerne noch einmal. Du bist weich, aber die Rundungen sitzen an der richtigen Stelle.«

»Genau.«

»Pass auf, wenn ich finden würde, du wärest fett, dann würde ich dir das sagen. Glaub mir. Hey, du hast doch selbst gesagt, ich hab eine zu große Klappe. Und das kommt daher, weil ich den Leuten viel zu gerne ins Gesicht sage, was ich von ihnen halte. Mir ist schon mehr als einmal dafür die Fresse poliert worden … na ja, zumindest haben sie es versucht.« Er grinste ein umwerfendes, schiefes Grinsen.

Sie sah ihn fest an und wollte seinen Worten nur zu gerne glauben. Was, wenn er sie nur ins Bett bekommen wollte?

Und warum sollte er dich ins Bett bekommen wollen, wenn er dich hässlich findet?

Gute Frage.

Er hob seine Hand, strich ihr den Pony aus der Stirn und seine Finger zogen eine glühende Spur an ihrer Schläfe entlang nach unten. »Wenn ich dir sagen würde, dass du wunderschön bist, würdest du mir dann glauben?«, fragte er leise und sein Blick suchte in ihren Augen nach einer Antwort.

Cherry schüttelte sacht den Kopf. Nein, das klang nicht nur zum Sterben kitschig, sondern auch noch abgedroschen und verbraucht.

Er legte den Kopf fragend zur Seite. »Ich schätze«, er beugte sich zu ihr nach vorne, »dann bleibt mir nichts Anderes übrig«, seine Worte strichen über ihr Gesicht, »als es dir zu beweisen.«

Für einen Sekundenbruchteil schwebte sein Mund vor ihrem, zeichnete sein Atem mit warmem Hauch eine Frage in die Luft, dann legte sich weiche Haut auf ihre.

Ein süßer Funke explodierte auf ihren Lippen, breitete sich heiß in ihren Adern aus und brannte sich bis in ihre Fingerspitzen.

Er legte seine Hände um ihr Gesicht, nur, um sie noch enger an sich zu ziehen, seine Finger öffneten den Reißverschluss ihrer Jacke und fanden einen Weg an ihre Taille.

Samtweiche Lippen auf ihren, die köstlich süße Hitze in ihrer Brust vibrieren ließen.

Cherry seufzte in den Kuss hinein und legte ihre Finger auf die feste, muskulöse Brust, ließ sie nach oben gleiten, schob die Finger zärtlich in sein seidig schwarzes Haar und hatte nicht vor, ihn wieder gehen zu lassen. Nie wieder.

Als er sich löste und mit seiner Stirn sanft gegen ihrer lehnte, hing atemlose Stille zwischen ihren Herzschlägen.

»Hey!«, zerfetzte eine Stimme die Herbstluft.

Cherrys Kopf fuhr herum.

»Ihr Hund frisst mein Würstchen!«, rief ein Mann.

Milo musste die Leine losgelassen haben, denn Rocky war abgehauen, sprang gerade an dem kugelrunden Mittvierziger hoch und hatte dessen Hotdog erwischt.

Milo hechtete zu den beiden herüber und Cherry griff nach Edisons Leine. Aber der lag immer noch fast schon gelangweilt neben ihrer Bank, als wollte er sagen: *Rocky schon wieder*.

Milo entschuldigte sich ein halbes Dutzend Mal bei dem Mann und bot sogar an, ihm einen neuen Hotdog zu besorgen.

Cherry schmunzelte in sich hinein, weil Rocky währenddessen neben den beiden Männern stand und ganz genüsslich die Brötchenreste vertilgte. Offensichtlich ging es ihm wesentlich besser.

Sie betrachtete Milo von hinten, der mit ausladenden Bewegungen gestikulierte. Milo, der Macho gab sein Möglichstes, um die Situation zu beruhigen. Sie lächelte, ihre Finger wanderten an ihren Mund und spürten nach dem leisen Summen, das immer noch auf ihren Lippen vibrierte.

***

Er hatte sie geküsst und es hatte ihn getroffen wie … ein Blitz, heiß und pulsierend und … Wow!

Das war … wie noch nie.

Es war … sie war … göttlich.

Und sie hatte ihn wiedergeküsst!

Am liebsten hätte er den verdammten Kerl mit seinem Hotdog erwürgt!

Milo seufzte.

Mit einem 5-Dollar-Schein für einen neuen Hotdog war er den Mann endlich losgeworden. Trotzdem hatte er alles verdorben.

Jetzt schob er die Hände in die Hosentaschen und schlenderte neben ihr den geschwungenen Weg entlang, rote Blätter wurden von Hundenasen durchgewühlt.

Cherry hatte seit dem Kuss kein einziges Wort gesagt, allerdings spielte ein kleines, versonnenes Lächeln auf ihren Lippen.

Ja, es hatte ihr gefallen.

Er hatte es geschafft. Sein Super-Milo-Charme funktionierte also doch noch. Warum freute er sich dann nicht? Von hier bis ins Bett war es nicht mehr weit. Wenn er noch ein klein wenig am Ball blieb, hatte er alles, was er sich gewünscht hatte … oder?

Warum platzte er dann nicht vor selbstgefälligem Übermut?

Warum fühlte er sich nicht als Sieger?

Vielleicht lag es daran, dass er nicht ausgesprochen hatte, was er eigentlich hatte sagen wollen.

Von der Andeutung, was in seinem Innern vor sich ging, waren sie bei ihrem Äußeren gelandet.

Das machte ihm nichts aus. Immerhin war es ein weiches, kurviges, köstliches Äußeres, das er unendlich gerne genauer erkunden wollte. So viel stand fest. Und wenn sie es bisher nicht wusste, dann war es an der Zeit, dass ihr jemand sagte, was für ein betörend sinnlicher Körper das war.

Aber sie hatte erkannt, dass er halb war … und sie hatte nicht gesagt, ob sie beide Seiten davon mochte … ob sie nicht nur von der Verpackung angetan war.

Aber war das wirklich wichtig?

Bisher hatte er sich nie genauer Gedanken darüber gemacht, *warum* ihn eine Frau mochte. Dass sie es taten und am Ende mit ihm ins Bett gingen, waren die einzigen beiden Dinge, die ihn interessierten – gewöhnlich.

Warum war das jetzt anders?

Er entwickelte sich hoffentlich nicht zu einem Weichei.

Frustriert fuhr er sich mit der Hand durchs Haar und sah, wie ihr Blick seiner Bewegung folgte.

Er musste irgendwie aus seinen trüben Gedanken raus. Was würde Milo Quinterez tun? Richtig. Er würde nichts anbrennen lassen. »Hey, nur eine Sache ist schade«, setzte er an.

»Dass der arme Mann jetzt einen Senffleck auf dem Jackett hat?«

Er lachte kurz und setzte sein verführerischstes Lächeln auf. »Nein, dass du jetzt nicht mehr mit mir zum Paintball-Spiel kommst.«

Sein Puls nahm ängstlich Geschwindigkeit auf, während er auf ihre Antwort wartete. Verrückt. Bescheuert. Ihre Antwort war egal!

»Ach? Und wieso das nicht?«

»Na, dank deiner Hunderettungsaktion würde ich sagen, sind wir mehr als quitt.«

Ein bisschen Abstand halten, den Großzügigen mimen, und dann, wenn sie sich in Sicherheit wiegte, einfach den Arm um ihre Schulter legen und sie zum Essen einladen. Alles war genau geplant.

Doch statt einer Antwort suchte sich ihre Hand völlig unschuldig einen Weg in seine.

Milos Puls beschleunigte weiter und seine Finger summten unter der Berührung. Er starrte verwirrt auf diesen merkwürdigen Punkt, wo Haut auf Haut traf. Diese eine Stelle, die in der Lage war, zwei Menschen auf fast magische Weise miteinander zu verbinden.

»Und wenn ich trotzdem gerne mitkommen möchte?«, fragte sie und sah ihn mit einem schüchternen Lächeln an.

Alle lässigen Kommentare, die eben noch auf seinen Lippen gelegen hatten, verflüchtigten sich wie scheue Vögel und lösten sich vor seinem inneren Auge einfach in Luft auf, bevor er Gelegenheit bekam, sie auszusprechen.

Er brauchte einen viel zu langen Augenblick, um doch noch zu antworten. »Das wäre echt nett«, sagte er und brachte ein halbwegs passables Grinsen zustande.

Echt nett?

Milo Quinterez, das war definitiv die bescheuertste Antwort, die du in deinem gesamten Leben je von dir gegeben hast.

Echt *nett*!

Was war nur los mit ihm? Warum brachte sie ihn so sehr außer Fassung?

Das passte überhaupt nicht zu ihm. Er war kein Weichei, das Schwitzehändchen hielt, Liebesbekundungen vor sich hin säuselte und über seine Gefühle faselte.

Er war ein echter Kerl und wenn er eine Frau wollte, dann nahm er sie sich einfach.

Zack, bumm, Ende, die nächste bitte.

So hatte das zu laufen … aber das hier? Was war das?

Er dachte an diesen einen Moment, dachte an den Augenblick vor ihrem Kuss, diese köstliche Sekunde, in der Cherry erwartungsvoll die Augen geschlossen hatte, an das Summen in seiner Brust, das Vibrieren unter seiner Haut, das Kitzeln in seinen Lippen und …

Er war sich nicht sicher, ob er so etwas überhaupt schon einmal empfunden hatte.

War das normal?

Hatte er das nur vergessen?

Oder kam das einfach daher, weil sein letztes Mal so unendlich lange her war?

Entzugserscheinungen … konnte das sein? Gab es so etwas beim Sex?

Wahrscheinlich eher nicht.

Er mutierte einfach zu einem Waschlappen. Die ultimative Männer-Memme.

Vielleicht war es gut, wenn er bald nichts mehr mit ihr zu tun hatte.

Diese merkwürdige Mutation musste ganz schnell wieder aufhören.

Das mit dem *Zing* würde er auch anders wieder hinbekommen. Er würde sich einfach ab sofort von ihr fernhalten. Nur noch die Einweihungsparty hinter sich bringen und dann war es das gewesen. Keine Berührungen mehr, keine Küsse, kein Händchenhalten.

Er spürte die Wärme ihrer Hand in seiner und schloss seine Finger fester um ihre.

Gleich ab morgen.

Mädchengespräche

Cherry stützte sich auf das kleine Waschbecken und starrte in den Spiegel. Am liebsten würde sie sich in ihrem Bett verkriechen, aber Mona war gerade dabei, ihre Zehennägel zu lackieren und im Wohnbereich stank es bestialisch.

Außerdem hatte Mona zwar zugesagt, mit ihrer Band *Voice of Music* bei der Einweihungsparty aufzutreten und schien wirklich nett zu sein, aber trotzdem wünschte Cherry sich, dass Sara jetzt hier wäre. Leider war die immer noch mit Jake in Vegas.

Er hat dich geküsst, sagte sie in Gedanken zu ihrem Spiegelbild.

Und viel verrückter war, dass es ihr gefallen hatte. Nicht im eigentlichen Sinne verrückt, denn natürlich war er sexy und heiliges Sahnetörtchen, konnte der Kerl küssen. Ihre Lippen summten jetzt noch bei der Erinnerung.

Aber trotzdem … er war verdammt noch mal *Milo.*

Sie seufzte, denn sie hatte immer noch keine genaue Vorstellung, was er eigentlich wollte.

Auf jeden Fall hatte er seine Hand unter ihre Jacke geschoben. Wenn es ihm also vorher wirklich entgangen sein sollte, dann war ihm spätestens jetzt hundert prozentig klar, dass sie keine Größe sechsunddreißig tragen konnte.

Und zumindest hatte es sich nicht so angefühlt, als ob ihm das etwas ausgemacht hätte.

Er war nicht plötzlich abgehauen, hatte ihr nicht gesagt, sie müsse mal langsam anfangen, auf Süßigkeiten zu verzichten wie gewisse andere Leute. Nein, er hatte sie trotzdem weiter geküsst und seine Hand später nicht weggezogen, als sie ihre hineingelegt hatte.

Was auch immer das hier sein sollte, was sich da zwischen ihnen anbahnte, es war mehr als … was auch immer sie bisher davon gehalten hatte.

Allerdings war Milo niemand, der eine feste Beziehung wollte, oder?

Ihr Herz zog sich auf die Größe einer Walnuss zusammen. Denn *sie* wollte eine.

Sie war kein Mädchen für eine Nacht. Und wenn sie sich schon auf einen Kerl einließ, dann richtig.

Allerdings hieß das noch nicht, dass es ihm genauso ging. Was wollte er?

Sie atmete tief aus. Denn natürlich gab es nur eine Möglichkeit das herauszufinden und sie hatte absolut keine Lust, ihn danach zu fragen.

Wie groß standen die Chancen, dass er ihr eine ehrliche Antwort darauf gab? Und wie gut standen die Chancen, dass sie ihm glaubte, selbst wenn er die Wahrheit sagte.

Mit einem tiefen Seufzen spritzte sie sich etwas Wasser ins Gesicht, trocknete sich ab und ging nach draußen.

Mona saß auf ihrer Seite, das kurze schwarze Haar stand in wilden Stacheln vom Kopf ab. Sie trug ein hautenges, schwarzes Spaghetti-Top mit einem silbernen Totenkopf, darunter nur einen schwarzen Schlüpfer und pinselte gerade ihren letzten Zehennagel an.

Cherry warf sich mit dem Gesicht voran auf ihr Bett.

»Was ist los?«, fragte Mona und schloss das kleine Fläschchen mit dem tief-violetten Nagellack.

»Frag nicht«, nuschelte Cherry in ihr Kopfkissen und drehte den Kopf, um Luft zu bekommen.

»Okay«, sagte Mona, schwang die Beine aus dem Bett und wackelte mit den Zehen. Dabei sah sie Cherry neugierig aus dem Augenwinkel an.

Die knuffte ihr Kissen zurecht, drehte sich auf den Rücken und starrte an die Decke.

»Was hältst du eigentlich von dunkler Materie?«, fragte Mona.

Cherry drehte den Kopf abrupt zurück und sah die kleine Schwarzhaarige irritiert an. »Dunkle Materie?«

»Na, das Zeug, das wir mit unseren Instrumenten nicht erfassen können, was *vielleicht* zwischen den Sternen rumschwebt. Glaubst, du, das gibt es wirklich? Oder müssen wir die Newtonschen Gleichungen anpassen, um die Abweichungen in den Rotationskurven von Galaxien zu erklären?«

Cherry hatte nicht die geringste Ahnung wovon sie da sprach. »Wie bitte?«

Mona zuckte mit den Schultern und grinste. »Ich dachte nur, wenn die Alternative ist, über tiefgreifende physikalische Probleme zu sprechen, erzählst du mir vielleicht doch lieber was über den Typen, der dir den Tag verhagelt hat.«

»Du bist aber gar nicht neugierig.«

»Doch, sehr sogar.« Ihr Grinsen wurde noch breiter. »Du glaubst gar nicht *wie* sehr. Mein letztes richtiges Mädchengespräch ist unendlich lange her. Das ist der Nachteil, wenn man ständig nur mit Jungs rumhängt.« Sie stellte ihren Nagellack auf den Nachttisch und beugte sich verschwörerisch nach vorne. »Also los, erzähl schon.«

Cherry legte den Unterarm über ihr Gesicht. »Ich weiß es doch auch nicht.«

»Ah, ich seh schon. Er hat mit einer anderen rumgemacht und jetzt weißt du nicht, ob du ihm verzeihen sollst.«

»Was? Nein!«, sagte Cherry halb entsetzt.

Mona zuckte mit den Achseln. »Na, dann kann es so schlimm gar nicht sein.« Sie legte den Kopf zur Seite, fuhr sich mit den Fingern durch das stachelige, schwarze Haar und sah Cherry herausfordernd an.

»Er hat mich geküsst«, sagte Cherry. »Okay?«

»Aber das ist doch super.« Sie rutschte begeistert ein Stückchen weiter nach vorne.

»Ich weiß nicht ...«, setzte Cherry an, wusste aber nicht genau, wie sie weitererzählen sollte.

»Wieso? Kann er nicht küssen? War das einer von diesen schlabbrigen Ekeldingern, wo dir der Sabber nachher aus dem Mund läuft.«

»Ihh, nein ...« Sie verzog das Gesicht. »Bist du schon mal so geküsst worden?«

»So ungefähr. Benny Sanders, siebte Klasse, hinter der Sporthalle. Uhh, mich schaudert es heute noch, wenn ich daran denke.« Mona schüttelte sich. »Und, war es so einer?«

»Nein, kein Schlabberkuss«, sagte Cherry bestimmt.

»Aber er hat mit seiner Zunge in deinem Mund rumgestochert, als wollte er Harpune spielen.«

»Nein! Sag mal, was hast du denn schon für komische Typen gehabt?«

»Hey, man muss viele Frösche küssen, bevor man den Richtigen findet. Also sag schon, wie war er?«

»Sagenhaft«, murmelte sie, denn das musste sie ihm lassen. »Weich, zärtlich ... heiß.« Cherry lief rosa an. »Das ist nicht das Problem.«

»Also der Typ hat dich geküsst und er ist auch noch begnadet. Dann ist es ja wohl keine Frage, was zu tun ist: Schnapp ihn dir.«

»Aber ich glaub nicht, dass er wirklich etwas von mir will.«

Mona lachte und warf sich nach hinten in ihr Kissen. »Mädchen, wenn dich ein Kerl so küsst, dann will er was von dir und nicht nur Händchen halten, das kannst du mir glauben.« Sie richtete sich wieder auf.

»Kann schon sein. Aber … der wechselt die Frauen gewöhnlich öfter als andere Leute ihre Unterwäsche.«

»Ah, ich verstehe, und du hast keine Lust, im Wäschekorb zu landen.«

»So kann man das ausdrücken. Und außerdem …« Es war nicht ganz einfach, die richtigen Worte zu finden. Andererseits hatte Mona auch von ihrer Schlabberkuss-Erinnerung erzählt. Vielleicht sollte sie …

»Du bist noch Jungfrau?«, platzte Mona heraus und ihr klappte der Mund auf.

»Was? Nein!« Cherry setzte sich auf. »Nein, ganz so schlimm ist es nicht. Aber … ich fühl mich einfach so fett.«

»Glaub mir, wenn ihm das was ausmachen würde …«

»Dann hätte er mich nicht geküsst, schon klar«, unterbrach Cherry sie. »Aber noch hat er mich ja nicht nackt gesehen.« Ihr schauderte allein bei dem Gedanken »Und selbst wenn … wie gesagt, er ist voll der Frauenheld und ich weiß einfach nicht, ob ich das möchte.«

»Hm«, sagte Mona und starrte zum Fenster heraus.

»Was hm?«

»Na ja, jetzt mal unabhängig davon, was er möchte. Was willst *du* denn von ihm?«

Cherry legte den Kopf zur Seite und überlegte. So ganz sicher war sie sich da selber nicht. »Er kann schon echt nett sein, aber meistens ist er einfach nur ein überdimensionaler Macho.«

»Das hab ich nicht gefragt. Könntest du dir eine Beziehung mit ihm vorstellen?«

Cherry atmete tief durch. »Ich weiß es nicht.«

»Stell dir vor, du könntest alles genauso haben, wie du es wolltest, nur ihn kannst du nicht verändern, du musst ihn nehmen, wie er ist. Würdest du dann mit ihm alt und grau werden wollen?«

Cherry versuchte, sich ein Bild davon zu machen. Sie sah, wie Milo mit grauen Schläfen irgendwo auf einer Veranda saß und in einem Schaukelstuhl wippte. Sie kam mit einem großen Glas selbstgemachter Limonade nach draußen, aber statt das Glas anzunehmen, zog er sie auf seinen Stuhl, lachte und deutete auf ein paar spielende Enkelkinder auf dem Rasen.

»Und?«, hakte Mona nach.

»Ich weiß nicht, ich glaube, es wäre schon ganz nett.«

»Wenn's dein Leben lang anhalten soll, dann wär's gut, wenn du es mehr als nur *nett* findest.«

Cherry dachte an den Kuss im Central Park, sofort ergossen sich ganze Lavaströme in ihre Adern und setzten ihr Innerstes in Brand. Dann erinnerte sie sich daran, wie er mit Timmy gespielt hatte, wie er ihre Küche sauber *gezaubert* hatte und wie er ihre Hand gehalten hatte. »Ich glaub, ich fände es wesentlich mehr als nur nett.«

»Na also, damit können wir doch arbeiten. Dann würde ich sagen: Schnapp ihn dir, Mädchen.«

Ihre Schultern sackten herunter. »Aber wie soll ich das denn machen?«

»Das ist leicht. Sag ihm, dass es dich nur ganz oder gar nicht gibt und dann zeig ihm, was er verpasst, wenn er sich für *gar nicht* entscheidet.« Mona zwinkerte ihr vielsagend zu.

»Das kann ich nicht.«

»Weil du glaubst, dass du fett bist? Ich sag dir was: Es gibt nichts, was Männer erotischer finden, als eine selbstbewusste Frau. Dabei ist es *völlig* egal, wie dick oder dünn sie ist. Steck Madonnas Geist in den Körper einer 200-Kilo-Frau und ich wette mit dir um jeden Betrag, dass sie es schafft, heiß darin auszusehen. Und zwar nicht, weil sie weiß, wie man sich schminkt, sondern weil sie ein Selbstbewusstsein hat, das siebenhunderttausend Lichtjahre groß ist und über alle anderen Makel hinweg strahlt. Nimm dagegen das Selbstbewusstsein einer schüchternen Dreizehnjährigen und steck es in Madonnas Körper. Was dabei herauskommt, ist ein zitterndes Häufchen Elend.« Sie strich sich durch ihr stacheliges Haar. »Ich sag's dir, Sexappeal hat zu neunundneunzig Prozent mit dem Verstand zu tun, nicht mit dem Körper. Und das tolle daran ist«, sie tippte sich mit dem Finger an die Schläfe, »deine Einstellung bestimmst du ganz alleine.«

Cherry sah sie misstrauisch an.

»Du glaubst mir nicht? Ich kann es dir beweisen«, sagte Mona und stützte sich nach hinten ab.

»Wie soll das denn gehen?«

»Gibt's einen Film, bei dem du jedes Mal heulen musst?«

Cherry nickte. Das war einfach: *Ghost – Nachricht von Sam*.

»Okay, stell dir die traurigste Szene aus diesem Film vor, so bildlich wie du irgendwie kannst.«

Cherry dachte daran, wie am Ende der Geschichte alles aufgelöst war, der Mörder war tot, Molly gerettet und Sam musste trotzdem gehen und verschwand im Licht. Ihr Hals wurde ganz eng und sie spürte, wie ihre Augen brannten.

»Na, bist du traurig geworden?«, fragte Mona

»Klar.« Cherry musste sich räuspern.

»Aber du hattest gar keinen Grund.«

»Natürlich hatte ich einen.« Schließlich hatte sie an die Geschichte gedacht.

»Eben nicht. Du hast dir einen Grund *eingebildet*. Du hast alleine mit der Macht deines Verstandes deinen Zustand verändert. Das geht genauso auch umgekehrt, du kannst dich glücklich denken – oder eben selbstbewusst.«

»Wenn das so einfach ist, dann musst du ja ständig glücklich sein«, sagte Cherry herausfordernd.

»Ich hab nicht gesagt, dass es einfach ist, ich hab nur gesagt, dass es *möglich* ist. Du musst es natürlich üben – so wie alles im Leben.«

Cherry sah sie nachdenklich an.

»Der Trick ist, dass du dich zuallererst einmal selbst gernhaben musst. Der Rest kommt dann fast von allein. Also, wenn du ihn wirklich willst, dann nichts wie ran an den Mann.«

Sie sah ihrer neuen Mitbewohnerin dabei zu, wie sie den Nagellack vom Nachttisch fischte und anfing, ihre Fingernägel zu lackieren.

Dabei wanderten Cherrys Gedanken immer wieder zu Milo, der in einem Schaukelstuhl saß und sie lachend auf seinen Schoß zog, während die Enkelchen auf dem Rasen Zuckerstreuer-Rockstar spielten.

Vielleicht hatte Mona recht. Vielleicht war es an der Zeit, die Sache selber in die Hand zu nehmen.

Verletzt

Es regnete Bindfäden und Cherry drückte sich so dicht wie möglich in den Hauseingang, als Milos schicker, schwarzer Sportwagen an der Straße hielt.

Sie presste den Rucksack an die Brust, hastete über den nassen Bordstein und sprang in den Wagen. »Was für ein Mistwetter«, sagte sie und schlug die Tür zu.

Sie sah ihn lächelnd an und wollte sich schon zu ihm rüberbeugen, aber er sah konzentriert auf die Straße und fuhr direkt los.

Eilig schnallte Cherry sich an.

Kein Begrüßungskuss? Gehörte sich das so?

Immerhin hatten sie Händchen gehalten. War da nicht wenigstens ein *Guten Morgen* angebracht?

Sie legte den Kopf zur Seite und sprach zu sich selber. »Hi, Guten Morgen, Cherry. Schön, dich wiederzusehen.«

Er warf ihr einen kurzen Seitenblick zu. »Hi.«

Aber sein Lächeln wirkte irgendwie kalt. Hatte sie etwas falsch gemacht?

Die Fahrt dauerte nur eine knappe Stunde, aber sie zog sich in die Länge wie ein alter, zäher Kaugummi.

Sämtliche Themen musste sie ihm aus der Nase ziehen. Selbst über seine Lieblingsfilme verlor er höchstens drei

Wörter. Und die Stimmung im Wagen war so grau und kalt wie draußen auf der feuchten Straße. Mindestens.

Regen prasselte auf die Fensterscheibe und die Scheibenwischer huschten eilig von links nach rechts, um die Sicht freizuhalten.

Schließlich hatte sie die Nase voll. »Sag mal, was ist eigentlich los mit dir?«

»Was soll schon los sein?«, fragte er und starrte weiter geradeaus.

»Weiß ich eben nicht. Sonst hast du doch immer einen blöden Spruch auf Lager.«

»Wenn du mir keine Vorlagen lieferst …«

»Als ob du jemals eine Vorlage gebraucht hättest, um irgendwelche Anzüglichkeiten von dir zu geben. Hab ich dir was getan?«

»Quatsch.« Er sah sie immer noch nicht an.

»Ich dachte, du freust dich auf das hier.«

Er warf ihr einen Seitenblick zu und konzentrierte sich dann wieder auf die Straße. Dabei schlossen sich seine Finger so fest um das Lenkrad, dass die Knöchel weiß hervortraten. »Stimmt auch.«

»Und warum siehst du dann so aus, als ob du zum Zahnarzt müsstest?«

»Tu ich gar nicht … hey, wir sind da.« Er deutete mit einem Kopfnicken auf ein Schild, das den *Long Live Paintball Park* ankündigte.

Die Reifen knirschten auf dem Kies, als er auf den Parkplatz fuhr und den Wagen abschaltete. »Bin gleich wieder da, ich melde uns nur an.«

Was sollte das?

Sie hatte sich solche Mühe gegeben, selbstbewusst zu sein und lustig, nicht aufgegeben, und dann so etwas?

Er war doch derjenige, der sie geküsst hatte.

Da sollte noch mal einer sagen, Frauen wären wankelmütig.

Sie stieg aus dem Wagen aus und lief geduckt durch den Regen zu den weißen Zelten hinüber, in denen sich gut ein Dutzend Menschen versammelt hatten.

Mehr als die Hälfte steckte schon in olivfarbenen Militäranzügen. Einer von ihnen schien gerade eine Art Anfeuerungsrede für sein Team zu halten und strich sich mit der Hand über seine frisch rasierte Glatze.

Milo befand sich am anderen Ende des Zeltes. Er hatte bereits zwei Tarnanzüge, Schutzmasken und Paintguns besorgt und kam gerade auf sie zu.

Da machte Mister Glatze im Rahmen seiner Ansprache einen halben Schritt nach hinten und stellte Milo ein Bein, der stolperte und stieß hart gegen den Typen.

Cherry war zu weit weg, um etwas zu verstehen, aber Mister Glatze baute sich zu seiner vollen Größe auf, verschoss mit seinen Augen Blitze und deutete vielsagend auf Milos Brust.

Der schüttelte nur den Kopf und kam zu Cherry herüber.

»Was sollte das denn?«, fragte sie.

Milo sah aus, als würde er gleich platzen. »Ein kompletter Vollpfosten ist das, aber sowas von.« Er reichte ihr ein Ausrüstungsset und stieg selbst in seinen Anzug.

Cherry hatte plötzlich eine Eingebung. Wenn Milo wenigstens ein halber Macho war, hatte sie *die* Idee, um ihn endlich aus seiner miesepetrigen Laune herauszuholen.

»Ach, echt?«, fragte sie unschuldig.

»Ja, echt. Voll der Riesenarsch.«

»Riesig ist er auf jeden Fall.« Sie stieg in die Hose ihres Tarnanzugs und beobachtete aus dem Augenwinkel, wie Milo dem Typen einen weiteren Blick zuwarf.

Mister Glatze war schon wieder ganz in seinem Element und stimmte seine Truppe mit ausladenden Gesten auf den bevorstehenden Einsatz ein. Oh, er machte es ihr so einfach. Eine höhere Macht schien Mister Glatze genau in diesem Augenblick hierher transportiert zu haben und Cherry dankte ihr von ganzem Herzen.

Milo grummelte immer noch missmutig vor sich hin. »Ist doch bloß ein aufgeblasener Wichtigtuer.«

»Findest du?« Seine Reaktion passte super ins Konzept. »Also, von hier aus sieht er ziemlich stattlich aus. Könnte sogar sein, dass der einen militärischen Hintergrund hat. So wie der sich gibt, rockt er bestimmt das Feld.« Cherry konzentrierte sich mit aller Macht auf die Knöpfe ihres Anzugs.

»So ein Schwachsinn, der hat doch wahrscheinlich von Tuten und Blasen keine Ahnung.« Seine Augen blitzten und sein Ton wurde immer angriffslustiger. »Guck doch nur mal, wie der seine Paintgun hält. Den würde ich ja selbst im Halbschlaf und mit zusammengebundenen Knien niedermähen.«

Oh, ja. Ihr Plan ging auf. »Aber guck mal, der hat doch da eine halbe Armee, an den kommst du doch gar nicht erst ran.«

»Und ob ich an den rankomme, ich hau den schneller vom Feld, als du gucken kannst.« Er hatte Feuer in den Augen und Cherry spürte, wie es sich in ihre Mitte hineinbrannte. Endlich kam er aus seiner komischen Muffellaune heraus.

»Also, was sagst du«, fragte sie. »Machen wir ihn platt?«

Er sah sie an, zögerte einen Augenblick, warf noch einen Blick auf Mister Glatze und nickte dann. »Aber so was von.« Und damit breitete sich wieder das übliche Grinsen in seinem Gesicht aus.

Erleichterung spülte durch Cherrys Magen, vielleicht würde das ja doch noch ein ganz netter Tag werden.

Milo griff nach seiner Schutzmaske. »Ich hoffe, du hast Wechselklamotten dabei, Süße.«

Sie war froh über den Spitznamen. Es hieß, dass der echte Milo wieder die Kontrolle übernommen hatte. Aber das Spielchen konnte man auch zu zweit spielen. »Sicher, Schnucki.«

»Hey! Ich bin kein Schnucki.«

»Bist du nicht?«, stichelte sie. »Ich glaube, Mister Glatze sieht das anders.«

Er zog die Maske über sein Gesicht und schnappte sich seine Paintgun. »Na, dem werden wir es schon zeigen.«

***

Das Gebiet war riesig. Ein abgezäunter Bereich mit grasigem, matschigem Boden, Dutzenden von kleinen Bretterverschlägen, Holzstapeln und Zaunresten, die immer wieder Deckung boten.

Wenigstens hatte der Regen aufgehört. Trotzdem war der Boden völlig durchgeweicht. Schlammpfützen zogen sich an den unmöglichsten Stellen über den Platz, breiteten sich zwischen blauen Plastikfässern aus, fraßen sich zwischen Bäumen hindurch und rissen Löcher in holprige Trampelpfade.

»Und? Bist du bereit, dem Typen gewaltig in den Hintern zu treten?«, fragte Milo.

Cherry fragte sich, ob jetzt ein guter Zeitpunkt wäre, die Sache abzubrechen, aber schließlich hatte sie eine Mission. »Volles Rohr.« Leider klang das viel ironischer, als es gemeint war.

»Hey, du klingst aber nicht gerade enthusiastisch.«

»Oh, ich will den Typen niedermähen, keine Frage. Nur meine Begeisterung, mich im Schlamm zu wälzen, hält sich ein bisschen in Grenzen.«

»Ach, komm schon.« Er klopfte ihr so fest auf die Schulter, dass sie vorwärts stolperte. »Immerhin darfst du dich mit *mir* im Schlamm wälzen.«

Oh ja, der gute alte Milo war wieder zurück.

»Und wenn du ganz brav bist, darfst du dich am Ende auch von mir abschießen lassen.« Er setzte ein verdammt blödes Grinsen auf.

»Das werden wir ja noch sehen. Vielleicht musst du dich ja auch von *mir* abschießen lassen.«

»Nur über meine Leiche.«

»Einverstanden!« Sie grinste zurück.

»Hey! Aber erst, wenn wir Mister Glatze unter der Erde haben.« Er streckte ihr den Arm entgegen. »Abgemacht?«

»Abgemacht.« Sie schloss ihre Finger um seine, ein heißer Blitz schoss ihre Hand hinauf und prickelte noch in ihren Eingeweiden, als er schon lange wieder losgelassen hatte.

Dann ging es aufs Feld. Sie bekam noch eine farblich markierte Weste, die sie vom Gegenteam abheben sollte, denn in ihrer Mannschaft waren noch drei weitere Typen, mit denen sie eigentlich zusammenarbeiten sollten. Die schienen aber kein besonderes Interesse daran zu haben, denn sie stürzten sich ohne abzuwarten alleine ins Unterholz.

Milo drückte ihr eine Farbpistole in die Hand und sah ihr fest in die Augen. »Lass rocken, Baby.«

»Aye, Captain.« Sie legte die rechte Hand im Militärgruß an die Stirn und dann warfen sie sich in die Schlacht.

Milo drückte sich mit dem Rücken gegen feuchte Borke und huschte von Baum zu Baum, wie die Typen in einem Agentenfilm. Cherry gab sich Mühe, Schritt zu halten, aber das war bei all dem Matsch und Glitsch gar nicht so einfach.

»Hey, duck dich, du verrätst sonst unsere Position«, zischte er.

Cherry sprang hinter den nächsten Baum, da klatschte eine Farbpatrone in Kopfhöhe an dessen Rinde und zerplatzte. Lilafarbene Spritzer trafen auf ihre Schutzmaske und Adrenalin schoss durch ihre Adern.

Jetzt gab es kein Zurück mehr. Die Jagd hatte begonnen.

Sie schlugen sich ins Unterholz, versteckten sich hinter den kleinen Hütten, stolperten durch Schlammpfützen und jagten eine Salve bunter Farbpatronen nach der anderen in die Luft.

Es war genauso, wie Cherry es sich vorgestellt hatte. Nass, kalt und anstrengend … und einfach herrlich.

Natürlich traf sie nicht einen einzigen Gegner, aber das machte überhaupt nichts aus, denn Milo mähte gleich drei Stück in Folge einfach nieder.

Cherrys Herz raste ungeduldig und überglücklich durch ihre Brust, während sie sich gegenseitig Deckung boten und in ruhigen Sekunden, Rücken an Rücken hinter blauen Plastikfässern kauerten.

Gerade hechteten sie zu zweit aus einem Versteck heraus, feuerten eine Salve von orangefarbenen Farbkugeln in die Luft und warfen sich dann hinter zwei Fässern in Deckung.

»Erwischt!«, rief Milo triumphierend und stieß eine Faust in die Höhe.

Durch die Schutzmaske konnte sie ihn schlecht verstehen, aber seine Augen leuchteten. »Komm weiter!«, rief er und kam auf die Beine.

Cherry grinste über seinen Enthusiasmus und wollte ihm gerade folgen, da sah sie Mister Glatze hinter dem nächsten Gebäude auftauchen. Er hatte sein Farbgewehr im Anschlag und zielte auf Milo. »Achtung!«, rief sie und stürzte sich auf Milo, um ihn zur Seite zu stoßen. Sie rammte ihn mit der Schulter, er kippte rückwärts, stolperte über einen Baumstamm und sie klatschten alle beide in eine riesige Matschpfütze, dass es nur so spritzte.

Milo versuchte, wieder auf die Beine zu kommen, aber Cherry lag im Weg und dann stand Mister Glatze plötzlich über ihnen.

Selbst durch die Maske konnte sie sein gehässiges Grinsen erkennen. Er legte auf Milo an und sagte mit einem dreckigen Lachen. »Hasta la vista, Baby.«

Peng!

Ein orangefarbener Klecks breitete sich mitten auf der Brust von Mister Glatze aus.

Cherry richtete sich auf, zog die Maske aus und warf ihr Haar nach hinten. Dann bohrte sie Mister Glatze den Finger in seine neonfarbene Kriegswunde. »Er ist nicht dein *Baby*, verstanden?«

Während der Typ immer noch völlig verdattert aus der Wäsche guckte, drehte sie sich grinsend zu Milo um.

Der Schuss traf sie völlig unvermittelt genau zwischen die Schulterblätter. Zum Glück trug sie an der Stelle etwa drei Lagen Stoff, aber es tat trotzdem verdammt weh. Sie fuhr herum und sah, wie der Kerl sie durch die Maske anfunkelte.

»Hey!«, rief sie. »Du bist tot!«

»Fick dich, Schlampe!«, schnauzte der Blödmann. »Du jetzt au…« Aber er brachte das Wort nicht zu Ende, denn Milo teckelte ihn mit voller Wucht zu Boden. Und jetzt wälzten sich die beiden Kerle im Dreck.

Hervorragend.

Cherry verdrehte die Augen.

»Hey!«, rief sie. Aber keiner der beiden schenkte ihr Beachtung. Sie hatten mittlerweile ihre Masken verloren und kugelten sich wie zwei Wildschweine durch die elende Pfütze.

Erst war Milo oben, dann Mister Glatze. Der war echt ein Bär von einem Mann. Aber mit einer geschickten Drehung gewann Milo wieder die Oberhand, bis die Faust des Riesen vorschnellte und ihn genau in die Nieren traf. Milo stöhnte auf und krümmte sich.

Cherry hatte genug gesehen. Sie legte an und schoss. Ein orangefarbener Regen ergoss sich über den bescheuerten Typen.

»Hey, verdammt! Hör auf!«, schrie er und riss die Arme vors Gesicht. Dabei zielte sie absichtlich nur auf seine Brust.

Sie hielt kurz inne. »Ich hör auf, wenn du dich endlich verpisst, du Vollidiot. Das ist ein Spiel, du hast verloren. Steh dazu!«

Er starrte sie aus wütenden Augen an. Aber schließlich schnappte er sich sein Zeug und ging fluchend vom Platz.

Milo lag immer noch auf dem Boden.

Sie reichte ihm die Hand und wollte ihm beim Aufstehen helfen.

»Ich glaub, der hat das ein bisschen zu ernst genommen«, sagte sie.

Aber Milo griff nicht nach ihrer Hand und antwortete auch nicht. Er stand schweigend auf und ging Richtung Ausgang.

Was war denn jetzt in den gefahren?

Nur wegen Mister Vollidiot?

Super, sie hatte definitiv keine Lust auf noch eine schweigende Autofahrt.

Cherry versuchte, aufzuholen. »Aber sonst war es doch ganz nett«, sagte sie. »Mir hat's zumindest Spaß gemacht und das will was heißen.« Sie versuchte ein Grinsen. »Mit Leuten, die wir kennen, wird das bestimmt bombastisch.«

Aber Milo schwieg immer noch.

* * *

Cherry hatte keine Ahnung, was los war. Sie waren vom Feld gegangen, legten ihre Ausrüstung ab und Milo brütete weiter in kaltem Schweigen.

Ja, Mister Glatze war ein kompletter Vollidiot gewesen, aber das war doch definitiv kein Weltuntergang.

Trotzdem war ihr Aufheiterungsversuch hiermit offiziell gescheitert … und zwar gründlich.

Aufgeben oder noch einmal versuchen … aber eigentlich war das keine Frage.

Allerdings würde sie dieses Mal deutlich schwerere Geschütze auffahren müssen. Nur was?

Sie ließ ihren durchnässten Tarnanzug auf einen Tisch plumpsen. Ihre ganzen Klamotten waren völlig durchgeweicht. Da hatte sie eine Eingebung.

Sie lachte verlegen und zog die nassen Anziehsachen ein Stück von ihrem Körper weg. »Ich glaub, ich muss mich schnell ausziehen, ich bin ja ganz *feucht*.«

Aber Milo zog unbeirrt seine eigene Schutzweste aus und sah nicht einmal auf.

»Hey, du hast dich doch beschwert, ich würde dir keine Vorlagen für Macho-Sprüche liefern. Also wenn das gerade keine war, dann weiß ich es auch nicht mehr.«

»Ich bin nicht in Stimmung, okay.«

Nicht in Stimmung?

Milo?

Ihre Innereien wanden sich zu einem harten Knoten zusammen. »Okay, langsam machst du mir Angst.«

Er knallte das Gewehr auf den Tisch und sie zuckte zusammen.

»Was, wenn ich nicht der Mann bin, den du zu kennen glaubst? Was, wenn ich gar kein Mann bin«, zischte er leise.

Cherry verspürte das Bedürfnis zu lachen, aber er blitzte sie so böse an, dass sie sich hart auf die Zunge biss. »Wie meinst du das?«

»Ein *Mädchen* hat mich gerade gerettet.« Sein Blick huschte zu Mister Glatze herüber, der versuchte, vorzeitig wieder aufs Feld zu gelangen.

»So ein Blödsinn, ich hab doch nur …«, setzte Cherry an. Aber Milo schnitt ihr mit einer Geste das Wort ab. »Ich bin ein Waschlappen. Ich hab keinen vernünftigen Job, keine Freundin, keine Zukunft. Ich bin von meinen Eltern abhängig und ich …« Er fuhr sich mit der Hand durchs Gesicht. »Ach, vergiss es.« Er packte die restlichen Sachen und legte sie auf den Rückgabestapel. »Komm, lass uns nach Hause gehen. Ich hab keinen Bock mehr auf diese Scheiße hier.«

Cherry stellte sich ihm in den Weg. »Was soll das bitteschön bedeuten?« Sie stemmte die Hände in die Hüften. »Du bist kein Mann? Wer redet dir so einen Unsinn ein?«

»Ist doch wahr. Hast du nicht gehört, was ich gesagt habe? Ich bin ein Verlierer.«

»Das ist doch kompletter Schwachsinn. Was hab ich schon getan? Ich hab einen Vollpfosten mit Farbe bespritzt. Deshalb bist du doch nicht mehr oder weniger ein Mann als vorher.«

»Das verstehst du nicht.«

»Da hast du vollkommen recht. Ich versteh so einiges nicht. Aber bei einer Sache bin ich mir absolut und ziemlich verdammt sicher. Du bist ein Mann und du bist ganz sicher keine Memme. Du kümmerst dich um die Hunde von deinem Freund, du hast mir schon mehr als einmal geholfen, du bist lieb zu Kindern …«

Er lachte kurz. »Eine komplette Memme, sag ich doch.«

»Und was oder wie wäre dann bitte schön ein *richtiger* Mann?« Sie malte Gänsefüßchen in die Luft.

»Echte Männer sind stark und unabhängig, sie lassen sich von niemandem an die Kette legen und polieren so einer Arschgeige im Alleingang die Fresse.«

Sie verschränkte die Arme vor der Brust. »Oh, und lass mich raten, sie verdienen die Brötchen, während die Frau zu Hause am Herd steht und Brötchen backt.«

Milo zuckte mit den Schultern. »Wieso nicht?«

Wenn sie ehrlich war, dann buk sie unheimlich gerne Brötchen. Aber darum ging es hier gerade absolut nicht. »Weißt du, was du da beschreibst? Das ist kein Mann, das ist ein riesengroßer, egoistischer … Blödmann.«

Damit drehte sie sich um und marschierte zum Auto. Zu spät fiel ihr ein, dass Milo die Schlüssel hatte. Sie lehnte sich viel zu kraftvoll gegen die Kühlerhaube und ihr war einfach nur zum Heulen.

Es stimmte also doch. Ihre erste Einschätzung war richtig gewesen. Milo war ein Übermacho, wie er im Buche stand. Und unter den ganzen Schichten aus oberflächlicher Herablassung steckte nur noch mehr hinterwäldlerische Einstellung, für die sie ihn am liebsten zum Mond schießen würde.

Aber auf der anderen Seite konnte er so nett und zuvorkommend sein.

Welcher dieser beiden Kerle war jetzt echt?

Welcher nur gespielt?

Ein kalter Tropfen platzte auf ihrer Wange, es donnerte und der Himmel brach auf.

Sie verschränkte die Arme und schloss die Augen, während dicke, nasse Bindfäden ihre Kleider durchtränkten und Kälte in ihre Knochen kroch, sich in ihrer Brust ausbreitete und unter ihrem Herzen festsetzte.

Dann hörte der Regen genauso plötzlich wieder auf, wie er angefangen hatte.

Nur das Rauschen blieb.

Sie öffnete die Augen und Milo stand neben ihr. Er hatte einen Schirm aufgespannt. Rosa, mit weißen Punkten.

»Hatte ich zufällig im Wagen«, sagte er und starrte gerade aus.

»Du brauchst keine Entschuldigung.« Ihre Stimme klang bitter.

»Das ist keine Entschuldigung. Der gehört meiner Schwester.«

»Nein, ich meine, Männer dürfen auch nett sein, weißt du. Es ist sogar viel schwieriger, ein echter, ehrlicher Kerl zu sein, der anderen hilft, wenn es nötig ist und selber um Hilfe bittet, wenn er welche braucht. Schwach sein erfordert manchmal wesentlich mehr Mut als sogenannte Heldentaten.«

Sie erwartete Gegenwehr, ein Schnauben wenigstens, aber er schwieg einfach nur.

Cherry seufzte. »Mir ist kalt. Ich möchte nach Hause.«

Er stieß sich vom Wagen ab und hielt ihr die Tür auf.

Pläne

Cherry war immer noch kalt, während sie die Treppenstufen hinaufstieg. Sie hatte zwar ihre Wechselklamotten an, aber an Unterwäsche hatte sie leider nicht gedacht.

Deshalb zwickte und scheuerte das nasse Zeug schon die ganze Zeit und sie wollte unbedingt endlich raus aus den Klamotten.

Überhaupt hätte sie die letzten Stunden am liebsten aus ihrer Erinnerung gestrichen. Die Rückfahrt war nämlich noch stiller gewesen als der Hinweg.

Als sie die Wohnung betrat, war ihre neue Zimmernachbarin nicht da. Auch gut, so ging Cherry gleich ins Bad, zog sich aus und drehte das Wasser auf volle Temperatur.

Sie stellte sich unter den heißen Strahl, schloss die Augen und ließ das Wasser in ihr Gesicht prasseln, spürte, wie es die Kälte langsam aus ihren Gliedern spülte.

Was für ein Tag.

Es war zum Verrücktwerden, da hatte sie gerade den Entschluss gefasst, die Initiative zu ergreifen, und was machte Milo?

Der nahm Reißaus.

Vielleicht war das ja sogar verständlich, nach dem was er eben gesagt hatte. Wahrscheinlich fühlte er sich weniger männlich, wenn die Frau *aktiv* wurde.

Andererseits war er ja schon auf der Hinfahrt so komisch gewesen.

Sie neigte den Kopf so weit nach vorne, dass der Wasserstrahl ihren Nacken traf.

Und was konnte der Grund dafür sein?

Ihr Kuss?

Trotz des heißen Wassers verwandelte sich ihr Herz in einen harten Klumpen Eis, der ihr das Atmen schwermachte.

Sie öffnete die Augen und sah an ihrem Körper herunter. Vielleicht hatte ihm ja doch nicht gefallen, was er da gesehen hatte … oder gefühlt hatte … nachträglich eben … wie bei Burt.

Aber er hatte doch darauf bestanden, dass sie ihm gefiel. Woran konnte seine miese Stimmung sonst liegen?

Sie drehte das Wasser ab und trat aus der Dusche.

Dabei fiel ihr Blick auf das Handy. Vielleicht war es ja leichter für ihn, darüber zu schreiben als darüber zu sprechen.

Sie legte sich ihren flauschigen, weißen Bademantel um. Den mit der dicken, lachenden Kirsche auf der Tasche. Normalerweise heiterte sie das immer auf.

Heute nicht.

Sie setzte einen Topf mit Milch auf den Herd, dann holte sie das Kakaopulver aus der Schublade. Eine heiße Schokolade war genau das, was sie jetzt brauchte. Während die weiße Flüssigkeit langsam aufheizte, zog sie wieder ihr Handy hervor.

Wenn sie es wirklich ernst meinte, dann musste sie herausfinden, was los war.

Sie seufzte und starrte lange auf den leeren Bildschirm. Schließlich tippte sie.

Cherry: Ich wollte dich nicht beleidigen.

Beleidigen klang wie das falsche Wort, aber ihr fiel auch kein besseres dafür ein. Verletzen? Kränken? Auch nicht besser und auch nicht … männlicher.

Keine Antwort.

Sie überlegte, was sie noch schreiben konnte … oder schreiben wollte.

Nachdenklich rührte sie in dem Topf mit der weißen Flüssigkeit herum.

Er redete sich ein, dass er kein Mann war. Wahrscheinlich gab es sowieso nichts, was *sie* daran ändern konnte.

Ihr Handy zwitscherte und ihr Herz machte einen Satz.

Milo77: Ich weiß.

Der Eisklumpen in ihrer Mitte begann ein wenig zu schmelzen.

Das passte zu dem Menschen, der Regenschirme spannte und Türen aufhielt. Diesen Kerl mochte sie.

Schnell tippte sie die nächsten Buchstaben, bevor sie es sich anders überlegen konnte.

Cherry: Wenn ich gewusst hätte, dass dich das so trifft … dann hätte ich den Kerl einfach gelassen.

Milo77: War schon gut so. Mit Hackfresse gibt's immer dumme Kommentare zu den Videos.

Videos? Im Augenblick drehte er doch gar keine. Aber er hatte vorhin davon gesprochen … nicht zum ersten Mal.

Cherry: Immer noch kein *Zing* in Sicht?

Milo77: Nada.

Vielleicht war das ja die Lösung und der Grund dafür, dass er so komisch gewesen war.

Wenn er sich wieder kreativ fühlte und etwas hatte, das er vorzeigen konnte, würde er sich eventuell auch wieder besser fühlen. Falls er das denn wirklich wollte.

Cherry: Möchtest du denn überhaupt wieder Videos machen?

Milo77: Sicher.

Die Antwort kam ihr viel zu schnell.

Cherry: Wirklich, oder sagst du das nur, weil du denkst, dass ich das erwarte?

Stille – Sie zog eine Tasse aus dem Schrank. Die rote, bauchige mit der Aufschrift *Lieblingstasse*.

Milo77: Vielleicht nicht.

Cherry: Was vielleicht nicht?

Milo77: Ich weiß auch nicht … Manchmal hab ich einfach das Gefühl, ich will mit dem ganzen verdammten Scheiß nichts mehr zu tun haben.

Cherry: Dann lass es doch. Zwingt dich doch keiner.

Milo77: Dann haben sie alle recht gehabt.

Cherry: Wer hat recht gehabt?

Milo77: Alle, die gesagt haben, dass das kein echter Job ist, dass ich damit kein Geld verdiene, dass ich sowieso nicht erfolgreich sein kann. Und ich lasse Jake und die anderen im Stich … mit dem neuen Studio und allem.

Cherry: Du hast damit doch schon Geld verdient und Erfolg gehabt. Beweisen musst du also gar nichts. Und um das Studio geht es doch jetzt nicht. Also: Machen dir Videos Spaß?

Schweigen. Sie zog gerade noch rechtzeitig die Milch vom Herd, bevor sie überkochte.

Schwein gehabt.

Milo77: Sehr.

Na also, wenigstens ein Anfang.

Cherry: Warum hast du dann damit aufgehört?

Es kam wieder keine Antwort.

Irgendwie musste sie ihn doch zum Reden bringen.

Sie öffnete die Dose mit dem Kakaopulver, dabei fiel ihr wieder ein, was er gesagt hatte.

Cherry: Dich stört, dass du von deinen Eltern abhängig bist, aber Du hattest doch mehr als eine Millionen Abonnenten.

Sie klickte kurz auf sein Profil, um die Zahl zu überprüfen und löffelte dann Kakao in den Topf.

Cherry: Die meisten sind sogar immer noch da. Verdienst du damit nichts?

Milo77: Hab ich. Bis ich aufgehört habe, regelmäßig neue Videos hochzuladen.

Aha. Erwischt. Jetzt nachhaken und noch einmal versuchen, ihn aus der Reserve zu locken.

Cherry: Und wieso hast du aufgehört?

Milo77: Weil ich mein *Zing* verloren habe … sag ich doch.

Der war aber auch hartnäckig. Aber so einfach wurde er sie diesmal nicht los. Schon gar nicht, wenn er sich so völlig offensichtlich wand.

Cherry: Und wie ist das passiert?

***

Regen prasselte vom Himmel – schon wieder. Es war düster und die Tropfen malten Schaumkronen auf das dunkle Grau des Hudson River. Milo hatte seinen Lauf unterbrochen und lehnte an einem Brückenpfeiler, um wenigstens halbwegs geschützt zu sein.

Er starrte auf ihre letzten Worte und das einzige, was er antworten wollte war: Du.

Du bist passiert.

Aber das konnte er unmöglich zugeben. Nicht jetzt … niemals.

Die Stille zog sich viel zu sehr in die Länge. Also gab er die zweitbeste Antwort. Auch etwas, das ihm schon seit Ewigkeiten auf der Seele brannte.

Milo77: Es ging mir einfach alles auf den Keks. Davon ist doch nichts echt. Hast du dir mal den letzten Vlog angeschaut?

Natürlich war sie verwirrt

Cherry: Welchen?

Milo77: Egal welchen, egal von wem.

Cherry: Nein. Keine Ahnung, was du von mir willst. Was sehe ich denn da?

Milo77: Es geht darum, was du *nicht* siehst.

Er wischte sich mit dem Handrücken über das Gesicht, um die Mischung aus Regen und Schweiß loszuwerden, aber sein Arm war mindestens genauso nass.

Eine völlig bescheuerte Idee, bei dem Wetter zu joggen. Aber normalerweise half das, um den Kopf frei zu bekommen … normalerweise.

Cherry: Okay, und was sehe ich *nicht*?

Milo77: Die Schattenseiten. Jeder fotografiert und filmt immer nur seine Kirschmomente. Egal, ob Fitnessgurus oder Schauspieler oder Misses Otto-normalverbraucher. Alle zeigen dir ihre neu gekauften Klamotten, ihr frisch gekochtes, gesundes Essen, ihren Familienausflug nach Disney World …

Cherry: Na und? Das sind halt die interessanten Dinge. Ich will ja schließlich nicht gucken, wie einer von denen auf der Toilette sitzt. Das ist erstens langweilig und zweitens eklig.

Milo77: Eben.

Cherry: Hast du einen im Tee?

Natürlich verstand sie ihn nicht. Er hatte einfach keine Übung in diesem Gefühls-Gelaber. Aber nun hatte er einmal angefangen und jetzt konnte er nicht zurück. Und er wollte es auch eigentlich gar nicht mehr. Es wurde Zeit, endlich auszusprechen – oder aufzuschreiben – was ihm schon so lange auf der Seele lag. Und irgendwie fühlte es sich sogar verdammt gut an.

Milo77: Nein … Diese Videos, das sind nur die Kirschen auf dem Sahnehäubchen. Trotzdem haben diese Leute Erkältungen, ärgern sich, weil sie zwei Stunden beim Arzt im Wartezimmer sitzen müssen, kriegen einen Wutanfall, weil ihr Computer vor dem Speichern abgestürzt ist. Sie bekommen wochenlang ihren Arsch nicht hoch, um endlich die Veranda zu streichen, streiten sich mit ihren Kindern oder brechen zum siebzigsten Mal ihre Diät ab. Aber davon erzählt dir niemand.

Wahrscheinlich hatte er sie jetzt mit seiner Textwand erschlagen, aber er war noch nicht fertig.

Milo77: Nein. Wenn du Glück hast, sagen sie dir vielleicht, dass sie *heute* um 4:30 Uhr aufgestanden sind. Und dann nimmst du an, dass sie das in ihrer Perfektion jeden Morgen so machen. Aber das tun sie nicht. Schon am nächsten Tag schnarchen sie wieder bis halb sieben oder kommen sogar zu spät zur Arbeit. Aber davon erfährst du nie etwas. Vielleicht sind sie so ehrlich und sagen dir, dass sie *jetzt ENDLICH die Veranda streichen*. Aber die ganze Aufschieberitis, die hast du nicht zu sehen bekommen. Natürlich kriegst du nur den Zeitraffer und eine hübsche Veranda. Du bekommst das Sahnehäubchen – die Kirsche auf dem Sahnehäubchen. Das wahre Leben sieht anders aus.

Er starrte auf den Bildschirm und wusste nicht, ob er eine Antwort wollte.

Jetzt hielt sie ihn garantiert für völlig durchgeknallt. Wenn sie das nach seiner Aktion im Paintball-Park nicht sowieso schon tat.

Cherry: Wenn dich das so stört, dann sei doch der Erste, der es anders macht.

Ja, nee, ist klar. Weil er auch nichts Besseres zu tun hatte.

Der Wind änderte die Richtung und peitschte ihm selbst unter dem Schutz des Brückendaches den Regen ins Gesicht. Es war Zeit, nach Hause zu gehen.

Dabei dachte er an die Videos, die immer noch unveröffentlicht auf seiner Festplatte schlummerten.

Milo77: Damit mich auch noch der allerletzte Volltrottel für einen Versager hält?

Cherry: Dann weißt du ja, warum die anderen es auch nicht machen. Aber vielleicht irrst du dich ja auch. Vielleicht lachen sie am Anfang und dann … dann erkennen sie, was das eigentlich bedeutet. Dass sie nämlich genau dasselbe Leben haben können wie du und wie all die anderen Stars. Weil die ganzen Filmemacher und Vlogger und hast-du-nicht-gesehen eben auch nicht anders sind als sie selber, mit Fehlern und Macken und miesen Tagen unter Sahnehäubchen mit Kirsche. Vielleicht gründest du damit sogar eine ganz neue Bewegung.

Die Sache hatte dummerweise einen ziemlich großen Haken.

Milo77: Ich will nicht als Memme dastehen.

* * *

Cherry hatte den Kakao in braunen Spiralen in die Milch gerührt, das Licht ausgemacht, sich in ihr Bett gekuschelt und nahm gerade einen Schluck aus der *Lieblingstasse*.

Da stand es, schwarz auf weiß. Milos größte Angst. Wie konnte jemand, der so selbstbewusst und gutaussehend war, nur vor so etwas Angst haben?

Sie beschloss, sich seiner eigenen Ausdrucksweise zu bedienen.

Cherry: Dann solltest du es erst recht machen. Denn es gehören ganz schön Eier dazu, sich hinzustellen und vor aller Welt die Hosen runterzulassen.

Milo77: Hey, junge Dame, wo kommen denn diese Ausdrücke her?

Sie grinste. Wieder ein kleiner Lichtblick. Da fiel ihr etwas ein, das er selber kürzlich gesagt hatte.

Cherry: Weißt du, mir hat da ein ziemlich erfahrener Vlogger gesagt, dass es nur darauf ankommt, dass man authentisch ist und überhaupt etwas macht.

Sie trank noch einen Schluck Kakao und spürte, wie die Wärme auch endlich in ihrem Innern ankam.

Das könnte Milo jetzt sicher auch gut gebrauchen. Dummerweise konnte sie den schlecht durchs Telefon gießen. Aber vielleicht taten es ja auch ein paar warme Worte.

Cherry: Hey, sogar ich hab mich getraut, online zu gehen und du hast ja gesehen, wie unprofessionell das Ergebnis war. Trotzdem bin ich froh, dass ich einen Anfang gemacht habe.

Immer noch keine Antwort.

Cherry: Wenn du dein *Zing* wirklich wiederfinden willst, dann solltest du besser aufhören zu warten, dass es dir einfach in den Schoß fällt. Und lieber aktiv danach suchen.

Jetzt hatte sie ihn wahrscheinlich restlos vergrault.

Cherry: Hallo?

Sie stellte den Kakao auf ihren Nachttisch und zog die Bettdecke noch ein Stück höher.

Cherry: Bist du noch da?

Milo77: Nein.

Cherry: Nein?

Milo77: Wenn ich da wäre, müsste ich vielleicht zugeben, dass du recht hast. Und das wäre …

Cherry: Unmännlich?

Milo77: Unangenehm.

Cherry: Weil ich eine Frau bin?

Milo77: Weil es verdammt viel Arbeit bedeutet …

Cherry: Und Mut?

Milo77: Und Mut.

Cherry: Ich glaube, die meisten wirklich wichtigen Dinge sind beängstigend und … anstrengend. Aber am Ende sind sie es eben auch wert.

Sie dachte an ihr Vorhaben, Milo für sich zu gewinnen und biss sich auf die Lippe.

Cherry: … zumindest solange du glaubst, dass sie dich glücklich machen.

Milo77: Wenn ich das mal wüsste.

Cherry: Du wirst es nie herausfinden, wenn du es nicht ausprobierst.

Und Cherry hatte keine Ahnung, ob sie gerade mit ihm oder mit sich selbst sprach.

Milo77: Damit hast du wohl recht.

Cherry: Das heißt, du machst es?

Milo77: Mal sehen.

Das war keine richtige Zusage, aber wahrscheinlich besser als gar nichts.

Es war sowieso viel beachtlicher, dass er überhaupt mit ihr über so ein Thema gesprochen hatte. Ein erster Schritt.

Und wenn sein komisches Verhalten wirklich nur an seinem verlorenen *Zing* gelegen hatte, dann gab es für sie beide ja vielleicht doch noch eine Chance.

Jetzt war nur die Frage, ob er tatsächlich etwas unternehmen würde. Und ob sie das wirklich einander näherbringen würde. Vielleicht würde er beim nächsten Mal auch ganz einfach so tun, als wäre nichts passiert.

Aber das würde sie wohl erst herausfinden, wenn es so weit war.

Cherry schickte noch einen Gutenachtgruß in den Äther, legte das Handy auf den Nachttisch, zog sich die Decke über den Kopf und versuchte das dumpfe Wüten in ihrem Bauch zu ignorieren.

Anfang

So viel zu seinem Plan, sich von ihr zurückzuziehen.

Er war nicht nur trotz allem mit ihr in den Paintball-Park gegangen, sondern hatte ihr auch noch sein komplettes Herz ausgeschüttet.

Zumindest blinkte es in schwarzen Buchstaben auf weißem Hintergrund gerade unter seinen Fingern.

Er hatte sein Leben lang alles Menschenmögliche getan, um beliebt zu sein, stark auszusehen, unerschütterlich. Und für eine geraume Zeit hatte er das sogar geschafft.

Dann war Cherry passiert und alles, seine schöne Fassade, war einfach ganz langsam zusammengebrochen.

Er hatte sie nicht aufrechthalten können. Denn zum ersten Mal hatten sein Aussehen und seine coolen Sprüche nicht gereicht.

Und jetzt?

Jetzt stand es vor seiner Nase. Sein *Zing* kitzelte mit penetranter Zärtlichkeit unter seinen Zehenspitzen.

Die Erklärung für seine Flaute war völlig offensichtlich und lag genau vor seinen Augen.

Drei kleine Videos lagen sogar schon bereit, warteten nur noch darauf, veröffentlicht zu werden und ihren Weg ans Licht zu finden.

Sogar den Titel für die Serie hatte er schon, der jetzt passte wie die Faust aufs Auge.

Aber was würde das für ihn bedeuten?

Was würde das aus ihm machen?

Einen Pionier?

Oder einen Vollpfosten?

Einen Mann oder eine Memme?

Und viel wichtiger war: Machte das einen Unterschied?

Oder musste er das tun, ungeachtet der Konsequenzen, einfach in der Hoffnung und dem Glauben, dass es das Richtige war?

Und wenn es falsch lief?

Was dann?

Was war sein Notfallplan?

Gab es einen?

Brauchte er einen?

Sollte er einen haben?

Oder auf sich selber hören, auf Cherry und einfach machen?

Wenn er nicht weiter im Selbstmitleid zerfließen wollte, dann würde ihm wahrscheinlich nichts Anderes übrigbleiben.

Und wenn er dabei unterging?

Dann wenigstens mit Pauken und Trompeten.

Und seine Mutter?

Die konnte ihm gestohlen bleiben.

***

Beim Frühstück, direkt nach dem Duschen, hatte Cherry es gefunden.

Er hatte es wirklich getan.

Und dann kam auch noch ihr Name darin vor.

Ein ganzer Schwarm von Schmetterlingen setzte sich sofort in Bewegung und wirbelte mit kitzelnden Flügelschlägen in ihrem Magen herum.

Das war kaum zu glauben. Sie schnappte sich ihre Müslischüssel und ging ins Bad, um Mona nicht zu stören.

Die war letzte Nacht anscheinend erst sehr spät wiedergekommen und schlief noch.

Cherry: Ich hab dein neues Video gesehen!

Milo77: … und?

Sie strahlte über das ganze Gesicht, und spürte den tanzenden Schmetterlingen hinterher. Aber ein ganz klein bisschen konnte sie ihn wohl noch zappeln lassen.

Cherry: Ein bisschen verwackelt.

Milo77: Ich weiß … und?

Cherry: :)

Milo77: Was heißt das?

Cherry: Ich find's spitze.

Milo77: Scherzkeks.

Cherry: Nein, im Ernst. Ich meine, es ist nichts Weltbewegendes und längst nicht so professionell wie die anderen Videos von dir. Aber es ist ehrlich. Ich mag es :)

Milo77: Dann sag das mal den Keine-Ahnung-wie-viel-tausend-Vollidioten, die sich von meinem Kanal abgemeldet haben.

Cherry: Kann ich gerne machen, wenn du mir die Adressen gibst.

Milo77: Haha.

Cherry: Im Ernst.

Echt blöd, dass die Resonanz so negativ ausfiel. Und offensichtlich traf es ihn ziemlich hart. Die entstehende Pause war zumindest lange genug, dass sie Zeit hatte, ihre Schüssel leer zu essen.

Cherry: Sind es wirklich so viele?

Milo77: Yoh!

Cherry: Ach, die kommen wieder.

Milo77: Oder auch nicht.

Cherry: Dafür kommen Neue dazu – andere.

Milo77: Vollpfosten.

Cherry: Danke auch.

Milo77: Nein, ich meine, die Neuen, sind sicher nur Vollpfosten.

Cherry: Vielleicht. Vielleicht aber auch nur ganz normale Menschen, die genug von künstlichen Kirsche-auf-Sahnehäubchen-Momenten haben und lieber dein Cherry-on-top ansehen.

Sie grinste selig vor sich hin. Da waren sie wieder zurück, summende, tanzende, wirbelnde Schmetterlinge.

Milo77: … Vielleicht.

Cherry: Cooler Titel übrigens!

Milo77: Gefällt er dir wirklich?

Cherry: Klar. Und ich find's richtig toll, dass du über deinen eigenen Schatten gesprungen bist. Sehr … männlich :)

Ehrlich gesagt, fand sie ihn ziemlich niedlich. Das musste schließlich etwas zu bedeuten haben. Aber natürlich konnte sie ihm das nicht sagen, sonst wäre er sich bestimmt gleich wieder unmännlich vorgekommen.

Cherry: Willst du noch mehr solche Videos machen?

Mio77: Fürs Erste schon. Mal abwarten, wie die Leute weiter darauf reagieren. Wenn es echt keine Sau interessiert, kann ich immer noch aufhören. Auf jeden Fall haben die auf der Einweihungsfeier jetzt was, um sich das Maul zu zerreißen.

Cherry: Glaub ich nicht. Und wenn, dann bewerfe ich sie mit Sahnetörtchen, bis sie bluten.

Wattebäuschen wohl eher … Schwamm drüber.

Milo77: Stimmt, was ist eigentlich mit den Cupcakes für die Party, hast du dir schon was überlegt?

Cherry: Ich dachte, du wolltest morgen mit zum Wettbewerb kommen und dir welche aussuchen.

Milo77: Musst du die nicht vorher testen oder so? Wird das nicht ein bisschen eng, wenn die Party gleich am Tag danach stattfindet?

Cherry: Kann schon sein. Aber erstens hab ich ein paar Notfallrezepte, die immer gehen und zweitens hab ich sowieso keinen Platz zum Probebacken.

Milo77: Was ist mit dem Laden?

Cherry: Eigentlich war es Doug schon letztes Mal nicht recht, dass ich dort gebacken habe. Ich will ihm nicht auf die Füße treten.

Milo77: Na dann, back doch bei mir.

War das sein Ernst? Der Schwarm aus Schmetterlingen hatte sich gerade erst ein wenig beruhigt und erwachte jetzt mit zart kitzelnden Flügeln zu neuem Leben.

Cherry: Du hast einen Ofen?

Was für eine dämliche Frage, schließlich hatte sie den sogar schon gesehen und mit Hingabe angeschmachtet.

Milo77: Völlig unbenutzt und nigelnagelneu.

Cherry: Wieso hast du so einen super genialen Ofen denn noch nie benutzt?

Milo77: Hey, ich bin ein Mann. Ich koche nicht. Außerdem hat die Mikrowelle eine Pizzataste.

Cherry: Ihh, Pizza aus der Mikrowelle.

Milo77: Hey, keine Vorurteile bitte. Wenn du vorbeikommst, lad ich dich ein und du kannst dich selbst von der knusprigen Qualität überzeugen.

Cherry: Jetzt klingst du wie ein Werbeslogan.

Milo77: Klar, ich will dich auch überzeugen, *ja* zu sagen. Schließlich hast du mir einen ordentlichen Schubs in die richtige Richtung gegeben.

Er wollte sie überzeugen vorbeizukommen? Die Schmetterlinge stoben in wirbelnden Scharen bis hinauf in ihre Brust. Hieß das, sie war auf dem richtigen Weg?

Cherry: Okay. Zu einem Ofen und einem Kerl, der mir Abendessen macht, sag ich sicher nicht *nein*. Allerdings muss ich vorher noch mal zum Laden und mir ein paar Bleche ausborgen, ich hab da nämlich eine kleine Idee.

Milo77: Klasse. Ich hol dich ab.

Das wurde ja immer besser. Cherry fragte sich ernsthaft, ob er jetzt ein Macho oder ein Gentleman war. Und, hieß das jetzt, dass sie sich ernsthaft nähergekommen waren, oder war er nur zurück auf seinem Machotrip?

Wahrscheinlich blieb ihr nichts Anderes übrig, als es live herauszufinden.

Schluss

Cherry ging unter graublauem Oktoberhimmel und gelbroten Baumwipfeln die 11th Street hinunter. Immer an den schnuckeligen roten Häuschen vorbei, die sich eines neben das andere reihten und die Ruhe eines gemütlichen Freitagvormittags ausstrahlten.

Ein Pfiff schallte über die Straße und sie drehte sich überrascht herum.

Ein sexy Kerl mit samtschwarzem Haar, Stoffhosen und einem halb aufgeknöpften Hemd kam lässig auf sie zu. »Hey, Süße«, rief er ihr entgegen und grinste anzüglich.

Eigentlich hatte sie damit gerechnet, dass er sie erst nach ihrer Schicht abholen würde. Hitze schoss ihr in die Brust. Sie lachte. »Hatten wir das nicht schon hinter uns?«

»Sorry, konnte ja nicht ahnen, dass du es bist. Ich hab' nur 'n sexy Hintern gesehen und konnte mich einfach nicht zusammenreißen.«

»Sicher, Schnucki«, sagte Cherry und klimperte albern mit den Wimpern. Sie war froh, dass es ihm anscheinend besser ging. Auch wenn es erst mal nur Macho Milo war, der sich zeigte.

»Wie geht's eigentlich den Hunden?«, fragte sie.

»Sind gut wieder bei Jake angekommen ...« Er verstummte plötzlich und sah konzentriert die Straße hinunter. »Was ist denn da los?«, fragte er.

Sie folgte seinem Blick.

Annie stand vor dem Laden, hatte Timmy auf dem Arm und redete auf Doug ein. Sie sah schrecklich aus, völlig verzweifelt.

Und Doug? Seine Miene war undurchdringlich, die Haut grau und eingefallen, er sah alt aus, fast krank.

Cherry beschleunigte ihre Schritte. »Alles in Ordnung?«, fragte sie, sobald sie bei den beiden ankam.

»Nichts ist in Ordnung, nichts!« Annie klang wütend und verzweifelt. Timmy auf ihrem Arm drückte sich an ihre Schulter und wimmerte.

»Doug?«, fragte Cherry an ihren Chef gewandt, um endlich eine Antwort zu bekommen.

»Wir schließen den Laden«, sagte der ruhig.

Cherry blinzelte verwirrt. Sie hatte sich ganz bestimmt verhört. »Wie bitte?«

»Damit bin ich am Ende«, sagte Annie und ihre Stimme zitterte. »Ich bin mit der Miete schon zwei Wochen im Rückstand.« Ihre Stimme brach und Timmys Weinen wurde lauter. »Die setzen mich doch vor die Tür. Und die Tagesmutter will auch noch ihr Geld, obwohl sie Timmy gar nicht genommen hat. Mit dem Anwalt hat sie mir gedroht und ...« Annies Lippen bebten.

Milo hatte gerade aufgeholt, er zögerte nicht lange und streckte die Arme nach dem Jungen aus. »Hey, du Rockstar, da bist du ja. Hast du schon gesehen, da hinten gibt's Eiscreme.«

Sofort hatte er Timmys Aufmerksamkeit. »Eikäm?«

»Was meinst du, hast du Lust?«, fragte Milo mit einem breiten Lächeln und einem fragenden Seitenblick auf die Mutter. Aber die ließ ihren Jungen gleich los, als der Kleine nickte. Milo nahm ihn auf den Arm und ging mit ihm die Straße hinunter.

Cherry sah ihm einen endlosen Augenblick hinterher, dann konzentrierte sie sich wieder auf das, was Doug eben verkündet hatte.

Annie schob gerade die Hände unter die Achseln. »Doug, das kann doch nicht dein Ernst sein. Was sollen wir denn jetzt machen?«

Er knetete seine Hände. »Ich kann es doch auch nicht ändern. Ich stecke bis über beide Ohren in Schulden. Ich komm da nicht anders raus, ich *muss* verkaufen.«

»An wen?«, fragte Cherry, aber in Gedanken fügten sich ganz langsam und mit leisem Klicken jede Menge Puzzleteile ineinander. Deshalb hatte er niemand Neues eingestellt und sich so oft in seinem Büro eingeschlossen. Und deshalb wollte er auch plötzlich nicht mehr, dass sie den Ofen für Experimente benutzte. Sogar, dass er so krank aussah war kein Wunder, wenn er sich die ganze Zeit mit dem Ende seines Ladens konfrontiert sah.

»Eine Designerkette«, sagte er.

»Klamotten?« Cherry klappte der Mund auf.

»Und die bringen natürlich ihr eigenes Personal mit«, wimmerte Annie.

»Aber das kann doch nicht sein, es muss doch irgendwie möglich sein …«, setzte Cherry an.

Aber Doug unterbrach sie. »Es tut mir ehrlich leid, okay. Ich hab schon so lange durchgehalten, wie ich konnte. Ich wusste, was für euch dran hängt. Aber jetzt … ich weiß einfach nicht mehr weiter. Ja, das Angebot kam plötzlich, aber es war einfach zu gut, um es auszuschlagen.«

»Das heißt, die Verträge sind schon unterschrieben?«, fragte Cherry in der vagen Hoffnung, dass es doch noch etwas zu retten gab.

»So gut wie. Es müssen nur noch ein paar Kleinigkeiten geklärt werden.«

»Und wenn wir einen Ausverkauf machen? Oder eine Spendenaktion oder …«, setzte Cherry an.

»Was bringt das dann?«, unterbrach Doug sie sofort. »Dann läuft es für zwei Wochen wieder und dann stehen wir wieder vor denselben Problemen.«

»Ja, aber woran liegt das denn?« Sie hatten doch Kundschaft. Manchmal sogar so viel, dass sie gar nicht hinterherkam.

»Ganz ehrlich?« Doug sah betreten zu Boden. »Ich glaube, es liegt an mir. Ich wollte den Laden von Anfang an nicht haben. Mein Dad hat ihn mir vermacht und ich wollte sein Erbe gerne weiterführen, aber ... das ist einfach nichts für mich, ständig in einem dunklen Büro zu hocken und über Zahlen nachzudenken. Dauernd dieser leckere Kuchen unter meiner Nase. Mein Bauch wird immer dicker und ich jeden Tag unglücklicher. Selbst wenn es besser laufen würde, würde ich wahrscheinlich bald verkaufen.«

Cherry starrte ihn an. Annie stand neben ihr und griff sich an die Stirn, sie war völlig fertig.

Doug seufzte tief und zog unruhig seine Jacke gerade. »Es tut mir ehrlich leid, Annie, aber es gibt nichts, was ich machen kann.« Er nickte leicht und wollte sich anscheinend damit verabschieden.

»Warte«, sagte Cherry. Denn eine vage Idee summte am Rande ihres Bewusstseins. »Kann ich vielleicht kurz in den Laden und mir ein paar Bleche leihen?«

Er sah sie an und drückte ihr dann klimperndes Metall in die Hand. »Hier, nimm alles, was du willst. Ich brauch nur die Schlüssel zurück.« Seine Finger lagen feucht und kalt in ihren. »Sorry.« Damit ließ er sie los, drehte sich um und ging.

Cherry starrte ihm hinterher, während Blätter um ihre Füße wehten.

Das konnte doch alles nicht wahr sein.

Milo kam gerade mit Timmy zurück. Der hielt einen riesigen Becher in der Hand und schlürfte genüsslich aus einem Strohhalm. »Wir haben uns für einen heißen

Kakao entschieden«, sagte Milo mit einem halben Grinsen. »Was war los? Alles in Ordnung?«

Cherry erzählte ihm schnell, was passiert war und was für Annie und sie auf dem Spiel stand.

Für einen wirren Augenblick bereute sie, dass sie ihre Wohnung schon vermietet hatte. Sonst könnte Annie jetzt bei ihr einziehen.

Andererseits würde das auch nicht viel nützen, denn schließlich hatte sie selbst auch gerade ihren Job verloren

»Ich weiß wirklich nicht, was ich machen soll«, flüsterte Annie, sie warf einen verzweifelten Blick auf ihren Jungen.

»Uns fällt schon etwas ein«, beruhigte Cherry und drehte die Schlüssel klimpernd in ihren Fingern. Eine Option hatten sie noch.

Milo scharrte mit seiner Fußspitze über den Betonboden. »Wir könnten meine Mutter fragen.«

Sie sah ihn überrascht an und konnte nur ahnen, wie schwer ihm so ein Vorschlag fallen musste. Das ultimative Eingeständnis von Schwäche … zumindest nach der Rede zu urteilen, die er gestern auf dem Paintball-Gelände gehalten hatte.

Sie griff nach seiner Hand und drückte sie. »Brauchen wir nicht. Wir packen das alleine.« Sie wusste genau, was zu tun war.

»Ach, und wie machen wir das?«, fragte er.

»Ganz einfach.« Sie zuckte beiläufig mit den Schultern. »Ich gewinne den Wettbewerb und kaufe den Laden.«

Annie hatte sich hingehockt, um Timmy das Gesicht abzuwischen. Jetzt fiel ihr das Taschentuch aus der Hand. »Bitte, was?«

»Wieso nicht?«, fragte Cherry. »Er hat doch gesagt, dass noch gar nicht alles in trockenen Tüchern ist.« Ein winziger Hoffnungsfunke glühte hartnäckig in ihrer Mitte.

»Aber das reicht doch niemals, um einen ganzen Laden zu kaufen«, warf Milo ein.

»Vielleicht nicht, um ihn komplett zu kaufen. Aber für eine Anzahlung sollte es schon reichen.« Cherry musste sich daran festklammern. Der kleine Funke begann in ihr zu vibrieren.

Annie schüttelte den Kopf. »Aber Doug hat doch gesagt, dass ein temporärer Schub nichts bringen würde.«

»Ach, Doug«, schnaubte Cherry. »Du hast doch selbst gehört, dass er eigentlich gar keine Lust auf den Laden hat.« Und das war leider auch der eigentliche Knackpunkt. Ja, sie wollte ihren Job behalten und ja, die Vorstellung einen eigenen Laden zu besitzen war toll, aber wollte sie sich wirklich darum kümmern?

Annie sah sie aufmerksam an, während Timmy einen ordentlichen Kleks Kakao auf seiner ausgeblichenen Jacke verteilte.

Was sie wollte oder nicht wollte, das waren Luxusprobleme. Annie brauchte einen neuen Job und zwar schnell und sie selber hatte auch keine gesteigerte Lust, etwas Anderes zu machen. Wenn das also bedeutete, dass sie den Laden übernehmen musste, dann war das eben so. Vielleicht würde sie für den Papierkram dann einfach jemanden einstellen – irgendwann.

»Das ist dein Ernst?«, fragte Annie und kam hoch.

»Klar. Ich kann doch nicht zulassen, dass unser kleiner Rockstar obdachlos wird.«

Annie fiel ihr um den Hals und Timmy klatschte in die Hände. »Ockschta!«, quietschte er voller Vergnügen und Cherry konnte nur von ganzem Herzen hoffen, dass ihre gefüllten Orangen-Erdbeer-Cupcakes tatsächlich eine Chance hatten.

Männer

Eine glatte, schwarzgraue Marmorplatte, lackweiß verkleidete Schränke und ein verchromter Kühlschrank. Seine Küche hatte Ähnlichkeit mit einem futuristischen Raumschiff.

Cherry konnte es einfach nicht fassen, dass er sie noch nie ausgenutzt hatte. Was für eine Verschwendung.

Sie schob mittlerweile das dritte Blech mit kleinen Kuchen in den Ofen.

»Warum machst du das nochmal?«, fragte Milo und lehnte sich an den Türrahmen.

»Weil die Cupcakes genial werden müssen, deshalb.« In ihr wütete ein kleiner Wirbelsturm, der sich mit atemberaubender Geschwindigkeit durch ihren gesamten Körper drehte. Es musste klappen, es musste einfach.

Sie schob die Kamera zurecht. Wenn sie tatsächlich den ersten Preis gewann, gab es auf jeden Fall ein passendes Video. Dann konnte sie gleich aller Welt von ihrer großen Neuigkeit erzählen. Oder eher gesagt, ihrer Handvoll Abonnenten.

Aber darum ging es gar nicht. In erster Linie ging es um das Preisgeld und den Laden.

Wenn ihr Plan überhaupt aufging und sie die Geschäfte wieder zum Laufen bekam und … es gab einfach so viele Variablen.

Deshalb auch der Wirbelsturm, der sich immer wieder von einem Ende des Gefühlsspektrums zum anderen drehte. Hoffnung, Angst, Verzweiflung und wieder von vorne.

»Ich dachte, du hattest schon ein gutes Rezept gefunden«, fragte Milo. »Oder hat die Marmelade nichts genützt?«

Sie machte eine wegwerfende Handbewegung und griff nach der Schüssel für den Teig. »Der erste Versuch war okay. Aber wenn sie gewinnen sollen, dann müssen sie absolut perfekt sein.« Sie prüfte schnell ihre Liste mit den Variationen, die sie noch ausprobieren wollte.

»Aha …«, sagte er skeptisch, schob die Hände in die Taschen und beobachtete, wie sie den Teig in die kleinen Förmchen füllte.

Sie spürte seinen Blick in ihrem Nacken prickeln und noch ein leises Knistern mischte sich in den ohnehin schon aufgeladenen Sturm in ihrer Mitte. »Wenn du hier schon rumstehst und mir zusiehst, kannst du mir auch gleich helfen.« Sie deutete auf die Schüssel für die Creme.

Milo lachte und Cherry runzelte die Stirn. »Wieso ist das lustig?«

»Ich? Und kochen?«

»Wieso nicht? Ach warte, das spricht sicher auch gegen deine Männlichkeit.«

»Sicher, hab ich doch schon gesagt. Männer kochen nicht.«

Sie richtete die mit Teig verklebte Löffelspitze auf ihn. »Du weißt schon, dass einige der besten Köche der Welt Männer sind, oder?« Dann musste sie den Löffel drehen, um nicht zu kleckern und fuhr fort, die Förmchen zu befüllen.

Er hob die Schultern. »Das sind doch keine Männer. *Echte* Männer kochen nicht.«

Sie schnaubte. »Ach nein? Und wenn du gerade keine Frau in der Nähe hast, isst du dann dein Steak roh?«

»Nö, dann ess ich ne Pizza.«

Stimmt, das wollte er ihr ja vorführen.

Hah! Das war die ultimative Vorlage. Jetzt musste sie nur mit ein bisschen Fingerspitzengefühl vorgehen und dann hatte sie ihn in der Ecke. Wäre doch gelacht, wenn sie Milo nicht zum Kochen brachte. »Aber die Pizzataste an der Mikrowelle kannst du bedienen?«, fragte sie so unschuldig wie möglich.

Er nickte. »Klar. So'n ollen Knopf zu drücken, zählt doch nicht als Kochen.«

Sehr gut. Erster Punkt gemacht. Was fehlte noch? »Und was ist mit Kaffee? Ist das Kochen?« Ein Grinsen schob sich auf ihre Züge.

Natürlich erwartete sie eine gutdurchdachte Antwort. Sie ging fest davon aus, dass er diese Unterhaltung nicht zum ersten Mal führte. Wie viele junge Damen wohl schon versucht hatten, den großen Milo rumzukriegen.

»Instant«, sagte er selbstgefällig und bestätigte damit ihre Vermutung.

Er legte beide Hände in den Nacken und grinste. »Da kipp ich nur 'n bisschen Pulver in ne Tasse und fertig.«

Aber sie hatte ihn genau da, wo sie ihn haben wollte. »Du musst aber doch umrühren.« Wenn er jetzt *ja* sagte, hatte sie so gut wie gewonnen.

»Sicher«, allerdings klang er längst nicht mehr so überheblich wie gerade noch. Er wurde misstrauisch, denn er spürte, dass sie ihm eine Falle stellte.

Ein Kribbeln schoss durch ihre Adern. Eigentlich gab es nur noch eine letzte Sache, die sie brauchte, um ihren kleinen, genialen Plan in die Tat umzusetzen. »Und was ist mit Abmessen, darfst du Kaffee mit einem Messlöffel aus der Dose holen?«

»Jetzt wirst du aber kleinkariert.«

Sie zuckte so unschuldig wie möglich mit den Schultern. »Ich frag ja nur. Das hier dürftest du also benutzen?« Sie hielt ihm ein Messlöffelset entgegen.

Er verdrehte die Augen. »Klar.«

Jetzt gehörte er ihr! Mit einem listigen Funkeln in den Augen reichte sie ihm eine Tasse. »Okay. Hier.«

»Was soll ich damit?« Er runzelte die Brauen.

»Kaffee kochen.«

»Und was, wenn ich keine Lust auf Kaffee habe?«

»Ach, komm schon. Du wolltest mir später doch auch eine Pizza machen. Da wird ja wohl ein kleiner Kaffee für zwischendurch drin sein.«

Er sah sie skeptisch an. »Nur ein Kaffee?«

»Eine Tasse aus der Mikrowelle und ich sag dir, wie ich ihn gerne hätte. Das wäre doch sicher im Rahmen der Gastfreundlichkeit möglich, oder?« Ihr Herz klopfte und sie hoffte mit jeder Faser ihrer Seele, dass er zustimmte.

Er sah auf den Messlöffel in seiner Hand, dann auf die Tasse, schließlich zu Cherry und seufzte. »Na gut. Aber nur, weil du's bist. Und glaub ja nicht, dass das zur Gewohnheit wird.«

Sie musste sich zusammenreißen, um nicht in die Luft zu springen, und versuchte, sich schnell wieder zu beruhigen. »Einverstanden.« Sie deutete mit einem Nicken auf die Zutaten. »3 Esslöffel Milch und genauso viel Öl.«

Er runzelte die Stirn. »Das wird aber ein merkwürdiger Kaffee.«

»Und ein Ei«, sagte sie grinsend, ohne auf seinen Widerspruch einzugehen. Das war jetzt noch mal eine heikle Stelle, denn gegen das Ei konnte er sich natürlich wehren. »Das kommt doch auch manchmal in Fitnessdrinks rein, oder nicht?«, setzte sich schnell hinterher.

»Es wird aber kein Omelett?«, fragte er misstrauisch.

»Omelett aus der Mikrowelle?«, fragte sie zurück.

Schließlich gab er nach. »Okay, fein ich mach ja schon.«

»Mischen. Und dann 1½ Teelöffel Kakaopulver, ⅛ Teelöffel Backpulver …« Sie reichte ihm die Zutaten. »4½ Esslöffel Zucker und 4 Esslöffel Mehl.«

»Das wird kein Kaffee«, sagte Milo trocken, während er trotzdem die Zutaten in die Tasse kippte.

»Blitzmerker. Aber es ist definitiv kein Kochen. Hast du mir eben gerade erklärt. Du kippst nur Pulver in eine Tasse. Also, einmal umrühren bitte.«

Sie streute noch schnell eine Prise Salz und Zimt dazu, bevor er sich wehren konnte, und begutachtete die Mischung, während Milo grummelnd umrührte.

»Ein bisschen schneller bitte, immer aus dem Handgelenk, den Trick solltest du eigentlich kennen.«

Milo sah sie strafend an.

»Sehr gut, alle Klümpchen weg?«

»Das trink ich aber ganz sicher nicht«, stellte er mit einem angewiderten Gesichtsausdruck fest.

»Sollst du auch gar nicht. Einmal in die Mikrowelle stellen und zwei Minuten auf höchster Stufe aufheizen.«

Milo sah mäßig begeistert aus. »Nur, weil das Zeug warm wird, schmeckt es sicher nicht besser.«

»Abwarten«, sagte Cherry und grinste fröhlich.

Milo sah sie aus schmalen Augen an, schließlich drückte er doch den Schnellstartknopf. Die Mikrowelle begann zu summen.

»Und jetzt?«, fragte er.

»Jetzt warten wir auf den *Kaffee*.« Cherry malte Gänsefüßchen in die Luft und grinste immer noch. Milo hatte die Arme vor der Brust verschränkt und sah so aus, als ob er am liebsten die Flucht ergreifen würde.

Die Mikrowelle stoppte mit einem hellen *Pling* und Cherry öffnete die Tür. Oben aus der Tasse heraus wuchs ein fluffiger, brauner Kuchen. »Tadaaa.« Sie hielt ihm das kleine Kunststück entgegen. »Ich würde sagen, du hast gerade zum ersten Mal gebacken.«

Milo riss die Augen auf. »Hey, das war unfair! Du hast mich reingelegt.«

»Jupp.« Sie lachte vor sich hin und öffnete den Kühlschrank.

Milo grummelte, aber sie konnte sehen, dass ein nicht allzu kleiner Funken Neugier in seinem Augenwinkel blitzte. Oh ja, er wollte es probieren. Aber das würde er natürlich niemals zugeben.

»Das schmeckt doch im Leben nicht«, sagte er.

Cherry lachte. »Tja, das wirst du wohl niemals herausfinden, denn du isst ja keinen Zucker … hah!« Sie hatte eine weiße Plastikschachtel gefunden und zog sie heraus. »Hast aber trotzdem Eis im Gefrierfach.«

»Das ist für Besuch.« Er schob die weiche Unterlippe vor und Cherry glaubte ihm sogar. Aber das änderte nichts daran, dass es perfekt zum warmen Schokoladenkuchen passte.

»Und was ist das jetzt wirklich?«, fragte er und beobachtete, wie sie die Verpackung öffnete.

»Ein himmlisches Dessert«, sagte Cherry und holte den kleinen Kuchen mit einer Gabel aus der Tasse. Dann teilte sie den saftigen Teig in zwei Hälften, legte jede auf einen Teller, setzte je eine Kugel Vanilleeis daneben und hielt Milo das zartschmelzende Ergebnis entgegen.

Er zögerte.

»Ich ess auch beide, wenn du nicht magst«, sagte sie mit einem unschuldigen Gesichtsausdruck.

* * *

Milo dachte an seinen Waschbrettbauch, trotzdem … das Ergebnis sah erstaunlich gut aus.

Und er hatte es tatsächlich selbst *gebacken*. Noch dazu hatte es sich nicht im Mindesten unmännlich angefühlt. Im Gegenteil, es war schnell gegangen und das Ergebnis duftete köstlich.

Als er die Gabel in die Hand nahm, wippte Cherry triumphierend auf den Zehen und er konnte sich ein Lächeln nicht verkneifen.

Es war so schön zu sehen, wie sie vor Begeisterung strahlte.

Er drückte sein Besteck in die fluffig, zarte Masse und schob sich ein winziges Stück des Kuchens in den Mund.

Süß, aber nicht zu süß und schokoladig zerging es mit einer leichten Zimtnote auf seiner Zunge.

Es schmeckte wirklich gar nicht schlecht und als er mit dem warmen Kuchenteig noch etwas von dem Vanilleeis aufwischte, war das Ergebnis unbestritten … lecker.

Cherry schob ebenfalls einen Bissen in ihren Mund und sah ihn neugierig an.

»Und?«, fragte sie schließlich.

»Was, und?« Er war noch nicht bereit zuzugeben, dass es schmeckte.

»Wie fühlst du dich?«, setzte sie nach.

Das war nicht die Frage, mit der er gerechnet hatte. »Willst du gar nicht wissen, wie ich es finde?«

Sie grinste. »Das kann ich an deinem Gesicht ablesen. Mich würde viel mehr interessieren, ob dir irgendetwas abgefallen ist.«

»Was soll mir denn abgefallen sein?« Und dann machte es *Klick*, seine Männlichkeit natürlich. Er schluckte den Bissen herunter. Aber nein, die hatte gar nicht gelitten. Im Gegenteil, er war sogar ein ganz klein wenig stolz auf sein Werk.

»Hat es sich ganz schrecklich angefühlt?«, fragte sie und sah ihn aus ihren großen, blauen Augen eindringlich an.

»Nein. Eigentlich ging es ganz leicht und irgendwie hat es sogar Spaß gemacht.«

»Siehst du, war gar nicht so schwer, das zuzugeben, oder?«

»Nur ein bisschen«, schob er schnell hinterher.

»Dann hast du ja sicher nichts dagegen, wenn ich das Video auf meinem Kanal hoch lade, oder?«, fragte sie grinsend.

Der Boden unter seinen Füßen löste sich in Luft auf und er fiel in schwarzes Nichts.

Die Kamera!

Milo wurde es ganz heiß.

Er hatte die Kamera vergessen – schon wieder. Wenn das jemand sah, dann …

Sie schien seine Gedanken lesen zu können. »Keine Panik. Mach ich nicht.«

Erleichterung breitete sich in ihm aus.

Sie stellte ihren Teller ab und wandte sich wieder dem Blech zu, das sie in den Ofen schob. »Obwohl du es eigentlich verdient hättest.«

Er schluckte. »Wieso verdient?«

»Jakes Liebeserklärung …?«

Er erinnerte sich nur zu gut an das Video, das er gegen Jakes ausdrücklichen Wunsch online gestellt hatte.

»Wieso hast du die eigentlich veröffentlicht?«, fragte sie unschuldig.

Aber er hatte das Gefühl, dass seine Antwort darüber entschied, was nun wirklich mit seinem Kochkunstvideo geschah. Er seufzte. »Weil es die verdammt noch mal romantischste Liebeserklärung gewesen ist, die ich je gesehen habe, okay?«

Jetzt war es raus. Er starrte auf seinen Teller und wartete darauf, dass sie lachte. Aber das tat sie nicht.

Er blickte auf und sah, wie sie ihn schweigend beobachtete. So, als würde sie abwägen, ob das sein Ernst war.

»Was?«, fragte er. Das klang ein wenig ruppiger als geplant. Deshalb setzte er ruhiger nach. »Sie sind doch jetzt zusammen, oder?«

»Das ist aber bestimmt nicht dein Verdienst«, sagte sie streng.

»Ach, bist du dir da so sicher?«

»Ich bin mir zumindest ziemlich sicher, dass du Jake den Hals umgedreht hättest, wenn die Sache umgekehrt gewesen wäre.«

»Und verdient hätte er's. Trotzdem hätte ich ihm auch ein Bier ausgegeben und mich bedankt.«

»Wieso denn bedankt?«

»Na, wenn er das Ding selber veröffentlicht hätte, wäre das wohl ganz schön peinlich rübergekommen.«

»Ich glaube fast, Liebeserklärungen müssen ein bisschen peinlich sein, sonst sind sie nicht echt.«

Er fragte sich, ob sie damit recht haben konnte. »Quatsch. Nur weil ich ihm ein bisschen unter die Arme gegriffen habe, ist sie doch nicht weniger wert.«

»Irgendwie schon. Denn schließlich hast du ihm die Entscheidung abgenommen.«

»Wenigstens hat sein Image so keinen Schaden genommen.«

»Du meinst seine Männlichkeit.«

Sie traf den Nagel auf den Kopf. »Klar. Welcher Willi stellt sich schon in aller Öffentlichkeit hin und gesteht seine Liebe.«

»Lass mich raten, das machen nur Memmen?«

»So sieht's aus.«

»Woher hast du eigentlich diese verrückte Vorstellung über Männlichkeit? Hast du keine Mutter, die dir sagt, wie Männer sich zu benehmen haben?«

Er lachte kalt. »Klar. Und glaub mir, du möchtest nicht im selben Zimmer sein, wenn Hubert ihr sonntags ein Omelett brät.«

»Wer ist Hubert?«

»Mein Stiefvater.«

»Und wieso will ich nicht im selben Zimmer sein?«

Er zuckte mit den Achseln. »Weil sie ihn zur Schnecke macht.«

»Sie hält ihn also für unmännlich, weil er für sie kocht?« Sie zog ungläubig die Brauen hoch. »Und warum ist sie dann mit ihm verheiratet?«

»Weil mein Vater ihr zu viel fremdgegangen ist.« Er stellte den Teller endlich zur Seite und beobachtete ihren angewiderten Gesichtsausdruck.

»Aber *der* ist in ihren Augen ein richtiger Mann?«

»Klar.« Wenn er ganz ehrlich war, dann konnte er Hubert um einiges besser leiden als seinen leiblichen Vater. Hubert besaß wenigstens genug Anstand, ihm zum Geburtstag zu gratulieren und ihn seine eigenen Entscheidungen treffen zu lassen. Aber Milo würde einen Teufel tun und das zugeben.

»Ah ja.« Sie sah ihn zweifelnd an. »Okay, einverstanden. Wenn *Vollidiot* gleichbedeutend mit *Mann* ist, dann gebe ich ihr recht. In jedem anderen Fall kann sie sich glücklich schätzen, dass sie ihren Hubert hat. Übrigens darf er mir gerne mal sagen, wie er das Omelett zubereitet. Ich bin immer auf der Suche nach neuen Rezepten.« Damit warf sie einen prüfenden Blick in den Ofen.

»Pass auf, vielleicht macht er das sogar.«

»Das wäre super. Vielleicht kommt er ja sogar mal vorbei, dann kann er dir zeigen, wie ein echter Mann seiner Frau ein Sonntagsfrühstück macht.«

Milo grunzte, weil ihm keine intelligentere Antwort darauf einfiel.

»Also, was ist jetzt? Hilfst du mir mit den Cupcakes?«

Er schloss ganz kurz die Augen und atmete einmal tief durch.

Er wusste nicht, was das bedeutete oder was es über ihn aussagte. Aber er wollte sie gerne glücklich machen und es war ihm dabei fast schon wurscht, ob ihn das jetzt mehr oder weniger zu einem Mann machte.

Deshalb fuhr er sich mit den Fingern durchs Haar und griff nach der Schüssel, auf die sie eben gezeigt hatte. »Okay, was soll ich machen?«

Cherrys Augen begannen regelrecht zu leuchten, während sie ihm zeigte, wie man das Rührgerät bediente.

Und Milo spürte eine seltsame Befriedigung. Eine dicke, weiche Decke, die sich um seine Schultern legte und ihn mit einer wohligen Wärme umhüllte.

Wettbewerb

Zum Pizzaessen war es gestern gar nicht mehr gekommen. Cherry hatte die halbe Nacht durchgebacken und war irgendwann einfach auf dem Sofa eingeschlafen. Aufgewacht war sie allerdings im Bett. Vollständig angezogen – bis auf die Schuhe – und in eine kuschelige, weiche Decke eingehüllt.

Ein Pluspunkt für den Kavalier.

Jetzt standen sie in der gigantischen Messehalle, in der jedes Jahr der *CuteCupcakeContest* ausgetragen wurde. An den Wänden waren unzählige Stände aufgebaut. Dort gab es die unterschiedlichsten Gewürze und Zutaten, Backbücher und Küchengeräte, Dekorations-Zubehör und natürlich Cupcakes, Kuchen und Pralinen in allen Formen, Farben und Größen.

Es war überwältigend und Cherry musste sich zusammenreißen, um nicht gleich in die unendlichen Weiten dieses Backhimmels einzutauchen und für immer darin zu verschwinden.

Durch die Mitte der Halle zogen sich drei lange Gänge, in denen sich ein Ofen mit Arbeitsplatte an den nächsten reihte. Es roch nach Vanille, Schokolade, Erdbeere und Zimt. Die Stimmen der Besucher summten durcheinander wie in einem Bienenstock und füllten die Luft mit einer Grundspannung, die Cherrys Puls zum Übersprudeln brachte.

Annie hatte auch kommen wollen, aber eine Freundin war krank geworden und sie konnte für sie in der Putzfirma einspringen, wenn sie einen Babysitter fand. Deshalb waren Milo und Timmy irgendwo in der Menge und drückten die Daumen.

Cherry ging zu ihrem Platz, um schon einmal den Ofen einzuschalten.

Rechts neben ihr stand ein junger Mann mit pinken, stacheligen Haaren und schwarzem Eyeliner. Erst hielt sie ihn für einen Schaulustigen, aber er begutachtete seine Zutaten und sortierte zweimal deren Reihenfolge um.

Am Platz links neben Cherry stand eine ältere Dame mit weißem Dutt, die ihr Rezept studierte.

Was die beiden wohl geplant hatten? Und welche Cupcakes die anderen 30 Teilnehmer zaubern würden? Ob Cherrys Kreation wirklich eine Chance hatte?

Ihr Herzklopfen wurde noch einmal schneller, als sie einen Blick auf die Uhr warf. Nur noch zwei Minuten. Sie knetete ihre Hände.

Das hier musste einfach funktionieren. Sie musste gewinnen, alles hing davon ab.

Ein Gong erklang und damit war der Wettbewerb offiziell eröffnet. Cherry vergaß alles um sich herum, und begann zu backen. Orangenteig, Erdbeer-Buttercreme, selbstgemachte Orangenmarmelade. Sie hatte viele wichtige Kleinigkeiten in der letzten Nacht gelernt und das kam ihr jetzt zu Gute.

Alles lief wie am Schnürchen, der Teig war locker und fluffig, die Marmelade zog samtig in das vorgestochene Loch des Kuchens und die Erdbeerbuttercreme stand in einem wunderschönen Wirbel auf den kunstvollen, kleinen Küchlein.

»Nur noch eine Minute«, hallte es durch den Raum.

Ihr blieb fast das Herz stehen vor Schreck. Die Zeit war ihr durch die Finger geronnen. Eilig schnitt sie die Dekoration klein und setzte mit viel Bedacht die Erdbeeren- und Orangenscheiben in die Mitte der Törtchen. Ihre Hände zitterten vor Aufregung. Ob das Gesamtpaket auch schmecken würde?

Und dann plumpste ihr die letzte Erdbeere auf den Fußboden.

Sie verschluckte sich fast.

Was jetzt?

Ein Cupcake ohne Deko konnte unmöglich gewinnen.

Jemand begann einen Countdown herunterzuzählen.

10 … 9 … 8 …

Kurzentschlossen fischte sie das Obst vom Boden, spülte es gründlich ab und schnitt es in Scheiben.

3 … 2 … 1.

Im letzten Augenblick setzte sie die Erdbeere auf das Törtchen.

Der Gong schallte wieder durch die Menge und alle Kuchenbäcker mussten einen Schritt zurücktreten.

Der junge Mann neben ihr fuhr sich frustriert mit der Hand durchs pinke Haar, denn seine dunkelbraunen Cremehäubchen lösten sich ganz langsam auf und tropften auf die Arbeitsplatte.

Er tat Cherry leid.

Aber da kamen auch schon die Assistenten durch die Reihen, nummerierten die Kuchenbleche und transportierten die Süßspeisen zur Jury.

Cherry hielt die Luft an, während eine knapp siebzehnjährige, blonde Schönheit mit Zehnzentimeter-Pfennigabsätzen ihr Tablett und damit ihre Zukunft Richtung Bühne jonglierte.

Dabei fiel Cherrys Blick auf das letzte Törtchen, das sie dekoriert hatte. Ein dicker, unschöner Wassertropfen verteilte sich gerade auf der Buttercreme und würde sie wahrscheinlich in ekeligen Matsch verwandeln.

»Warte«, sagte Cherry, aber die Blondine sah sie nur strafend an und ging ungerührt weiter.

Cherrys Herz gefror zu Eis. Jetzt gab es nichts mehr, was sie tun konnte. Gar nichts.

Ihr Job, Annies Wohnung und überhaupt die ganze Zukunft von *SweetCakes* hing an einem dicken, matschigen Tropfen vom Rand des letzten Cupcakes.

Milo trat von hinten an sie heran. Seine Nähe entspannte sie ein wenig. Aber trotzdem konnte sie nicht aufhören, an diesen dummen Unfall mit der Erdbeere zu denken. Wenn sie sich nur ein winziges bisschen mehr beeilt hätte …

Sie konzentrierte sich auf ihre beiden Fans. Timmy saß auf Milos Schultern und hielt strahlend eine Zuckerwatte in der Hand.

»Aha«, sagte Cherry. »Ich dachte, seine Mutter hätte gesagt, keine Süßigkeiten.«

»Kein Kuchen, hat sie gesagt.« Milo grinste.

»Ach, aber purer Zucker geht in Ordnung?« Doch ihr wurde ganz warm ums Herz bei seinem schelmischen Gesichtsausdruck.

»Ist doch nur eine Ausnahme«, nuschelte er und Cherry hätte ihn küssen können.

»Und, was hast du für ein Gefühl?«, fragte Milo.

Cherry blinzelte und löste ihren Blick von seinen Lippen. Tja, das war eine gute Frage. Das letzte Probebacken war gut gelaufen und sogar Milo hatte es geschmeckt. Aber jetzt? Und vor allem mit dem Erdbeerunfall …

Sie konnte es nicht sagen.

Ihr Herz schlug ihr in den Hals hinauf, während die Cupcakes auf langen Tischen verteilt und auf schlichten weißen Tellern angerichtet wurden.

Von jedem Teilnehmer zwölf Cupcakes für zwölf Juroren. Die schritten nacheinander die Tische ab.

Bei jeder neuen Sorte blieben sie mit ihren Klemmbrettern stehen, zogen sich einen der Kuchen heran, betrachteten ihn akribisch, schnitten mit einem großen Messer hinein, drückten ihn mit einer frischen Gabel und kosteten dann einen winzigen Bissen, um dann direkt zum nächsten Kuchen weiterzuziehen. Cherry tat es um die Reste leid, die nachher weggeworfen würden. Wenn man wenigstens kleinere Cupcakes hätte backen dürfen …

Überhaupt war das unglaublich nervenaufreibend. Die reinste Tortur, dabei zuzusehen, wie wildfremde Menschen mit undurchdringlichen Mienen auf ihren Cupcakes herumkauten.

Cherry schaffte es, einen Blick auf einen der Fragebögen zu erhaschen, auf denen sie ihre Häkchen verteilten.

Da wurde alles abgefragt: vom ersten Eindruck über die Beschaffenheit der Buttercreme, die Originalität der Deko, die Konsistenz der Füllung, die Festigkeit des Kuchens und natürlich der Geschmack.

»Und? Bist du nervös?«, neckte Milo sie.

Was für eine Frage!

»Nein, überhaupt gar nicht«, antwortete sie mit ironischem Unterton.

»Hey, keine Panik, ich wette mit dir, sie sind köstlich.«

Sie gingen zu der Bühne am Ende der großen Halle. Hier hatte man einen gigantischen Bildschirm aufgebaut, um gleich die Gewinner zu präsentieren. Sie stellten sich an die Seite, um nicht von den anderen Zuschauern zerquetscht zu werden, aber immer noch weit genug vorne, damit Timmy einen guten Blick auf die Bühne bekam.

Ein runder Kerl mit Halbglatze hielt eine endlose Rede und dann stellten sich die Juroren in einer Reihe auf, um die Namen der 12 Finalisten aufzuzählen.

Jedes Mal wurde eine kleine Animation auf dem großen Bildschirm abgespielt. Dabei drehte sich ein Foto des Cupcake-Bäckers so schnell über die weiße Fläche, dass man möglichst nichts erkennen konnte, bis es in einem von zwölf leeren Rahmen landete.

Cherry hielt die ganze Zeit die Luft an. Immer mehr Namen wurden aufgerufen, aber ihrer war nicht darunter. Schließlich waren nur noch drei leere Felder übrig.

»Was wenn ich nicht dabei bin?«, fragte Cherry und ihre Stimme kiekste ein wenig nach oben.

»Du wirst dabei sein«, sagte Milo bestimmt.

»Und was, wenn nicht?«

»Bist du.«

»Wenn nicht?«

»Bist du.«

Sie hätte ihn am liebsten gewürgt.

»Bisu!«, krächzte Timmy von Milos Schultern herunter.

»Siehst du? Hör genau hin, der Junge weiß, was gut ist.«

Cherry hielt wieder die Luft an und starrte gebannt auf den Bildschirm, während sich das nächste Foto drehte. Es hielt an und … zeigte einen jungen Mann mit Ziegenbärtchen. Das war sie ganz offensichtlich nicht.

»Nur noch zwei«, sagte sie und stieß die Luft aus.

»Und du bist dabei«, sagte Milo fest.

»Was wenn nicht?«

Milo seufzte und statt zu antworten, legte er seine Hand um ihre und drückte zärtlich ihre Finger.

Wärme stieg in ihrer Brust auf und plötzlich machte sie sich keine Sorgen mehr. Ganz egal, was geschah, sie würden schon eine Lösung finden … irgendwie.

Das nächste Foto drehte sich auf dem Bildschirm und dann lachte ihr eine junge Frau mit blonden Haaren und roten Spitzen entgegen.

Das war ihr Foto!

Sie war in den Top Zwölf.

Cherry starrte auf ihr eigenes Gesicht und konnte es nicht fassen. Sie hatte tatsächlich eine ernsthafte Chance zu gewinnen. So weit war sie bisher noch nie gekommen.

Sie spürte eine weiche Berührung an der Wange und dann den warmen Hauch von Milos Atem an ihrem Ohr. »Hab ich's dir doch gesagt«, flüsterte er.

Hatte er sie gerade geküsst?

Sie betrachtete ihn ungläubig von der Seite.

Er hatte sie geküsst. Einfach so, in aller Öffentlichkeit.

Okay, es war nicht das erste Mal, aber das änderte nichts an dem heißen Kribbeln in ihrer Magengrube. Außerdem … das lag an der Art, *wie* er sie geküsst hatte.

Das war kein wollüstiges Über-sie-Herfallen und auch keine nebensächliche Kleinigkeit. Das war ein winziger Kuss, der in dem einen Augenblick, den er gedauert hatte, ganz eindeutig sagte *du bist mir wichtig*. Und das bedeutete …

Gerade wurde die zweite Runde gestartet. Diesmal sollten nur noch die letzten drei Finalisten aufgezählt werden, in umgekehrter Reihenfolge.

Jetzt musste Cherry also die Daumen drücken, dass sie *nicht* aufgezählt wurde.

Oder zumindest nicht direkt.

»Der dritte Platz geht an …« Wieder wurde ein Foto über den Bildschirm gewirbelt. Es drehte sich und drehte sich und drehte sich und … hatte ein Ziegenbärtchen.

Cherry freute sich, nur um im nächsten Moment wieder zusammenzusacken. Immerhin konnte das auch bedeuten, dass sie überhaupt nicht unter den ersten drei war.

Als hätte er es gespürt, zog Milo sie noch ein bisschen näher zu sich heran und legte seinen Arm um ihre Taille.

Das machte es besser, während sich das zweite Bild über den Bildschirm drehte. Und drehte und drehte und … zeigte eine Blondine mit feuerroten Spitzen.

Cherry erstarrte so vollständig, dass es für einen Augenblick schien, als wäre die Zeit stehengeblieben.

Ihr Blick war auf das Bild geheftet und sie konnte sich nicht bewegen. Milo sagte irgendetwas, aber sie hörte es nicht. Sie war Zweiter. Und das hieß, sie hatte verloren.

Der Wettbewerb war vorbei, der Laden so gut wie verkauft, Annie hatte keinen Job mehr, Timmy würde mit ihr aus der Wohnung raus müssen und weshalb?

Wegen Erdbeer-Orangen-Muffins und einem feuchten Fleck auf dem letzten Buttercremehäubchen.

Die Gewinnerin wurde gerade auf die Bühne gerufen und verneigte sich mit einem breiten Lächeln. Es war die ältere Dame, die an dem Platz neben Cherry gebacken hatte. Sie strahlte über das ganze Gesicht und hielt einen herrlichen Salz-Karamell-Cupcake auf einem kleinen Teller. Das Ding sah schon von weitem so köstlich aus, dass ein Teil von Cherry unbedingt das Rezept für die Einweihungsfeier herausfinden wollte.

Dabei war die jetzt eigentlich ziemlich egal. Natürlich würde sie versuchen, das Beste daraus zu machen, um für Sara und Milo und Jake leckeren Nachtisch zu servieren. Aber ihr Leben, wie sie es kannte und liebte, das war vorbei.

Kein Cupcakeladen mehr, keine Wohnung in der Stadt. Es war alles im Eimer.

»Hey!« Das war Milos Stimme. Sie blinzelte und kehrte in die Gegenwart zurück.

»Komm, lass uns gehen«, sagte er. »Ich glaub, Timmy hat Bauchweh von zu viel Zuckerwatte.« Er lächelte schief.

Cherry bezweifelte, dass der Junge wirklich Bauchweh hatte. Er saß auf Milos Schultern und krähte glücklich. Aber sie war froh, hier so schnell wie möglich rauszukommen.

Süß

Cherry tat es so leid. Diese verdammte Erdbeere, wenn die nicht runtergefallen wäre … sie hockte in Milos Wohnzimmer auf dem Sofa und starrte auf den Teppich.

Annie hatte den Kleinen bereits abgeholt. Es war schrecklich gewesen, ihr die Wahrheit sagen zu müssen.

Sie hatte sehr gefasst reagiert. Solange ihre Freundin krank war und sie deren Job machen konnte, würde sie sich über Wasser halten. Sie hatte sogar abgeklärt, dass Timmy mit zur Arbeit kommen durfte. Das musste jetzt eben reichen, bis sie es schaffte einen echten neuen Job zu finden … irgendwo.

Das Polster wippte unter Cherry, als Milo sich neben sie fallen ließ.

Sie wartete nur darauf, dass er versuchte, sie aufzuheitern. Aber es gab nichts, was er sagen konnte, rein gar nichts.

Tatsächlich schwieg er.

So lange, bis Cherry sich zu ihm umwandte und entdeckte, dass er genau wie sie auf den Boden starrte.

»Du siehst aus, als hätte man dir dein Lieblingsspielzeug geklaut«, sagte sie. »Ich hab fast das Gefühl, *ich* müsste *dich* trösten und nicht umgekehrt.«

Er seufzte und rieb sich den Nacken. »Ich glaube, ich hätte da noch eine Idee«, sagte er. »Um den Laden zu retten, meine ich.«

Hatte er nicht gesagt, dass es bei ihm selbst im Augenblick schlecht aussah? Wollte er plötzlich Geldscheine aus irgendeinem Hut zaubern?

»Es gäbe da unter Umständen eine Möglichkeit, ein Darlehen zu bekommen …« Wieso klang das so, als würde ihn jemand zwingen, Nacktschnecken zu essen?

»Die Sache hätte nur einen Haken.«

Cherry war sich nicht ganz sicher, ob sie den wissen wollte. Aber schließlich ging es hier um *alles*. »Und der wäre?«

»Du müsstest mit meiner Mutter sprechen.«

Jetzt war sie vollends verwirrt. »Mit deiner Mom?«

Er nickte.

»Und was ist daran so schlimm?«

»Na ja, ich hab ja schon gesagt, dass meine Mutter … kompliziert ist. Außerdem ist sie nicht gerade nett zu … meinen Freundinnen.«

Eine Welle aus heißem Kribbeln flutete durch ihre Mitte.

»Also nicht, dass du meine Freundin bist.«

Das Kribbeln löste sich in einer staubigen Wolke auf. Wenn sie sich vorstellte, was sie noch vor einer Woche dazu gesagt hätte … sie biss sich auf die Zunge.

»Aber das ist es, was meine Mutter denken wird. Und ich kann sie ganz sicher nicht vom Gegenteil überzeugen.«

Das Kribbeln begann von Neuem und fühlte sich an wie eine kleine Ameisenarmee, die durch ihren Bauch marschierte. Aber sie riss sich zusammen. »Und deine Mom kann mir ein Darlehen geben?«, fragte sie stattdessen.

»Wenn du ihr einen vernünftigen Businessplan vorlegst und sie überzeugst, dass du eine gute Investition bist – sicher. Sie wird einen Anteil am Geschäft wollen und du wirst ihr deutlich machen müssen, dass du es ernst mit deinem Vorhaben meinst. Aber immerhin ist der Laden ja schon da und ich hab bisher meistens ordentliche Mengen an Kundschaft gesehen. Es sollte also nicht allzu schwer werden.«

»Aber?« Das klang doch nach einem aber, oder?

»Sie ist einfach sehr … speziell.«

»Kein Problem. Spezielle Menschen kann ich. Glaub mir, wenn du einmal bei uns zum Sonntagsessen warst, dann weißt du, dass ich spezielle Menschen kann.« Sie grinste und musste an die ständigen Kabbeleien zwischen ihren Eltern denken und die merkwürdigen Gespräche, die sich zwangsweise ergaben, wenn ihr Vater über die neueste Erweiterung seiner Star Wars Sammlung sprach.

Milo sah ziemlich skeptisch drein, nickte aber schließlich. »Auf deine Verantwortung und ich kann keine Versprechungen machen.«

»Einverstanden!« Und neues Feuer begann in ihren Eingeweiden zu brennen. Wenn es noch eine Möglichkeit gab, das Geschäft und dabei nicht nur ihren, sondern auch noch Annies Job zu retten, dann würde sie die mit beiden Händen packen. Sie stand energisch auf, ging in die Küche und holte die Backzutaten heraus.

»Was machst du?«, fragte Milo.

»Na, ich muss ihr doch ein Konzept vorstellen. Ich hab da sowieso noch eine Idee, die ich gerne ausprobieren wollte.« Sie grinste vielsagend. Das erste Mal war ihr der Gedanke gekommen, als Milo von seinem Zuckerproblem gesprochen hatte und dann noch einmal beim Wettbewerb. Sie war zwar nicht neu, aber vielleicht doch eine kleine Innovation, die sie Milos Mutter präsentieren konnte. Auf jeden Fall war es an der Zeit, sie umzusetzen.

»Außerdem muss ich rausfinden, wie diese Salzkaramell-Cupcakes gemacht werden, die heute gewonnen haben und wir müssen sowieso für die Feier morgen Abend backen. Oh, und weißt du was? Wir nehmen alles wieder auf Video auf. Und wenn ein echt männlicher Ex-Vlogger, den ich kenne, so nett wäre seine eingerosteten Finger ein bisschen zu entstauben, dann macht der aus meinem bisherigen Material sicher in der Zwischenzeit etwas, das ich auf meinen Back-Kanal hochladen kann. Dann haben wir schon mal einen Marketing-Arm am Laufen.« Sie holte die Kamera aus dem Rucksack, mit der sie auch schon letzte Nacht und beim Wettbewerb gefilmt hatte. Das wäre doch gelacht, wenn sie nicht irgendetwas auf die Beine stellen konnten, das Milos Mutter zufriedenstellte.

»Einen Marketing-*Arm*?«

»Du weißt, was ich meine.«

»Nein, eigentlich nicht.«

»Ach, komm schon. Wär das nicht toll? Das würde doch auch zu deinem neuen *Zing* passen. Ein Unternehmen am Start, mit *allen* Höhen und Tiefen. Was sagst du?«

»Das kommt ganz drauf an.«

»Und worauf?«

Er lehnte sich lässig zurück, legte die Beine übereinander und verschränkte die Hände hinter dem Kopf. »Was ich dafür bekomme.« Er grinste anzüglich.

»Eine Überraschung.« Sie grinste zurück. Denn wenn man es genau nahm, dann war ihre Idee für ihn.

»Hmmm … na gut. Aber ich darf entscheiden, ob wir damit wirklich quitt sind.«

»Einverstanden«, sagte Cherry und war sich noch nicht ganz sicher, ob sie das später bereuen würde.

***

Milo hatte seine Mutter angeschrieben und sogar schon ein paar Videos zurechtgeschnitten, während Cherry wieder in den Backmodus übergegangen war.

Als er in die Küche kam, beobachtete er, wie sie gerade Teig in winzige Förmchen füllte. Er konnte sich nicht daran erinnern, jemals etwas Erotischeres gesehen zu haben. Und das war völlig verrückt.

Denn er hatte schon hunderte von Frauen in allen möglichen Stadien des Ausgezogenseins gesehen. Im Leben hätte er nicht gedacht, dass jemand in Jeans und Schürze das jemals toppen konnte.

Er dachte an ihren Kuss und wollte ihn gerne wiederholen. Allerdings war er sich nicht ganz sicher, ob sie das zulassen würde. Dieses … Ding … was auch immer da zwischen ihnen ablief, das war so anders, als alle Beziehungen, die er bisher jemals gehabt hatte.

Was würde er denn im Normalfall machen?

Einen Frontalangriff starten wahrscheinlich.

Also räkelte er sich – ausgiebig – und hob dabei die Arme, gerade hoch genug, damit sein Hemd für einen Sekundenbruchteil ein winziges Stück perfekt modellierten Bauch entblößte.

Zufrieden stellte er fest, dass sie es gesehen hatte, denn Cherry konzentrierte sich schnell wieder auf ihre Törtchen.

Er ließ die Luft heraus und die Arme fallen. »Was wird das denn?«, fragte er und deutete auf die kleinen Pralinenförmchen, in die sie gerade Teig hineinsetzte.

Sie schien erleichtert über die Themenwahl. »Mikro-Cupcakes«, sagte Cherry und klang nicht nur ein bisschen stolz.

»Die sehen aber winzig aus«, sagte er, während er so dicht hinter sie trat, dass er die Hitze ihres Körpers spüren konnte.

»Das ist der Sinn.« Sie setzte die kleinen Förmchen in das lustige Blech mit den kleinen Dellen darin.

»Aha, und weshalb sind sie so klein?« Er reckte sich ein bisschen, um besser zusehen zu können, und stieß dabei wie zufällig mit seiner Brust sanft gegen ihre Schulter.

Sein Ziel war absolut offensichtlich. Und sie wusste es. Noch viel besser, sie wehrte sich nicht.

»Na, für dich«, sagte sie und grinste. »Das ist deine Überraschung.«

»Für mich?« Er war verblüfft.

»Du hast doch gesagt, du kannst nicht aufhören, wenn du einmal angefangen hast.«

»Oh ja, ich erinnere mich.« Er trat noch dichter an sie heran und seine Hände legten sich auf ihre Hüften. Wärme breitete sich von seinen Händen aus und flutete durch seinen Körper.

Sie räusperte sich. »Auf jeden Fall hab ich mir gedacht, wenn ich die Cupcakes nur halb so groß mache, dann musst du auch nur halb so viel essen.«

»Die sind aber kleiner als halb so groß«, stellte er fest.

»Umso besser, oder?«

Er musste gestehen, er war ein bisschen neugierig auf das Ergebnis und ließ sie das Blech in den Ofen schieben.

»Und nachher kommt noch etwas Orangenmarmelade in die Mitte, dann die Erdbeerbuttercreme oben drauf, genau wie bei den Großen. Fertig.« Sie stellte den Timer. »Und? Was denkst du? Kannst du die mit deinem Ernährungsplan vereinbaren?« Sie drehte sich herum und stand so dicht vor ihm, dass sich ihre Körper fast berührten.

Eine mächtige Glutwelle breitete sich in seiner Brust aus und schwappte weit hinunter durch seinen Magen hindurch.

»Ich denke, das kommt ganz darauf an«, hauchte er und leckte sich die Lippen.

Ihr Blick war fest auf seinen Mund geheftet und ihre vollen, weichen Lippen leicht geöffnet. »Und auf was?« Ihre Stimme klang heiser.

Er grinste und wusste, dass er sie genau da hatte, wo er sie haben wollte. »Darauf, was für süße Dinge ich sonst noch so vernasche.« Damit neigte er seinen Kopf zu ihr nach unten und drückte seinen Mund auf ihre samtigen Lippen, sachte erst und zärtlich, schlang die Arme um ihre schmale Taille und zog sie noch viel dichter zu sich heran.

Das Glühen in ihm explodierte und wenn sie vorher noch nicht wusste, was er vorhatte, dann war es *jetzt* definitiv ganz offensichtlich. Eine brennend heiße Gänsehaut zog sich über seinen gesamten Körper, während sich seine Hände einen Weg nach oben suchten.

Dann kreischte der Timer los.

»Die Cupcakes …«, stammelte Cherry.

Milo hielt sie fest. »Ich hab doch gesagt, ich kann nicht mehr aufhören, wenn ich einmal angefangen habe«, aber er grinste in den Kuss hinein und ließ sie los.

Schnell holte sie die kleinen Küchlein aus dem Ofen. Sobald die auf der Anrichte standen, wollte er wieder nach ihr greifen, ihren weichen Körper wieder unter seinen Fingern spüren, aber sie wurde völlig steif, blickte konzentriert auf ihre Mikrodinger und Milo hätte am liebsten geschrien.

Was sollte das?

Gerade war sie Wachs unter seinen Händen gewesen. Er konnte sich doch gar nicht so vertun. Sie wollte es doch auch.

Was zum Geier ging in ihrem Kopf vor?

Fett

Cherry gab sich Mühe, nicht zu zittern. Sie rührte schnell die Butter zu dem Zucker-Ei-Gemisch in die Schüssel. Dabei spürte sie Milos Blicke in ihrem Rücken – in ihrem Nacken.

Ihr ganzer Körper schrie förmlich danach, sich umzudrehen, die Arme um seinen Hals zu legen und …

Er wollte es doch auch, sie hatte es gespürt und er musste mittlerweile eine ziemlich genaue Vorstellung davon haben, wie sie wirklich aussah. Seine Hände hatten das meiste davon schon ausführlich erkundet.

Aber ihr letztes Mal stand plötzlich wieder so deutlich vor ihrem inneren Auge, als wäre es gestern gewesen, fraß sich wie ätzende Säure in ihren Bauch und ließ sich ihre Innereien wie Würmer umeinanderwinden.

Was, wenn das hier genauso endete?

»Was ist los mit dir?«, fragte er. Und irgendwie klang er … verletzt?

Sie setzte die Schüssel viel zu fest ab, dabei tauchte ihr Daumen tief in das Zucker-Ei-Butter-Gemisch. Normalerweise hätte sie es abgeleckt, aber das komische Kalorienbombengebilde schien sie förmlich auszulachen.

Sie griff nach einem Tuch und wischte das klebrige Zeug mit Nachdruck ab.

»Bin ich so abstoßend?«, fragte Milo – leise.

Sie fuhr herum. »Was? Nein!« Sie schluckte. »Wie kommst du denn darauf?«

Er schob die Hände in die Hosentaschen und zuckte mit den Achseln. »Du lässt mich immer stehen.«

Kein dummer Spruch. Kein blödes Grinsen.

Nackte. Aufrichtige. Blöße.

Cherrys Hals zog sich zusammen und das Schlucken fiel ihr schwer. »Nein, das … es liegt nicht an dir.«

Er lachte heiser. »Sicher.«

Und die Kälte des Wortes schnitt ihr tief ins Fleisch.

»Nein, wirklich nicht, ich …«

»Ist schon okay.« Er fuhr sich mit der Hand durchs Haar und ließ sie wieder sinken. »Ich versteh schon.«

Damit wollte er das Zimmer verlassen.

Aber sie stellte sich ihm in den Weg, legte die Finger auf seine Brust und hielt ihn auf.

Seine Hand griff nach ihrer, um sie fortzunehmen und sich Platz zu machen. »Willst du mir nicht einen letzten Rest meiner Würde lassen und mich gehen lassen? Wir tun einfach so, als wäre nichts passiert. Ich lass dich in Ruhe. Versprochen.«

»Er hieß Burt«, platzte sie heraus.

Statt ihre Finger wegzuschieben, verharrte seine Hand auf ihrer.

»Wer hieß …«

Sie legte ihm die Finger auf die Lippen. Wenn er sie jetzt unterbrach, würde sie vielleicht niemals weitersprechen.

Sie spürte zartweiche Haut unter ihren Fingerspitzen und zog sie eilig zurück. »Er ist ein paar Mal mit mir ausgegangen, nach der Highschool. Ich … ich war fett, weißt du. Ein richtiges Monster.«

Er wollte etwas sagen, aber sie brachte ihn mit einem Blick zum Schweigen. »Nach der Schule habe ich angefangen zu trainieren, meine Ernährung umgestellt … eben all die Dinge, die man tun soll. Und es hat tatsächlich geholfen. Ich habe abgenommen und irgendwann habe ich … ihn kennengelernt. Wir sind ein paarmal ausgegangen und ich hab ihn sogar meinen Eltern vorgestellt. Und dann hab ich wieder ein paar Pfund zugenommen. Es war nicht viel, ich hatte immer noch Probleme mit der neuen Lebensweise …« Sie schloss kurz die Augen. »Wir lagen im Bett und dann sagt er mir auf einmal, dass er mit einer anderen geschlafen hat. Ich bin aus allen Wolken gefallen, vor allem, weil … na, weil er es so dahingesagt hat. Und ich hab ihn gefragt, wieso und … er meinte, dass ich ruhig ein bisschen weniger Süßigkeiten essen könnte, weil er zwar auf speckig steht, aber nicht auf fett.« Beim letzten Wort versagte ihre Stimme. Tränen brannten in ihrem Hals und sie hasste sich dafür, dass diese dumme Erinnerung auch nach all dieser Zeit noch solche Macht über sie hatte.

Milo hob die Hand und strich mit seinem Daumen einen einsamen, salzigen Tropfen von ihrer Wange.

Sie wehrte sich nicht. »Er hat gesagt, es sei meine Schuld, dass er …«

»Er war ein Arsch.«

Sie lachte heiser. »Aber er hatte ja recht, ich war fett.«

Plötzlich packte er sie an der Hand und führte sie aus der Küche.

»Wo gehen wir hin?«, fragte sie.

»Ins Schlafzimmer.« Ihr wurde heiß, dann eiskalt und dann stolperte ihr Herz in nervösen Sprüngen vorwärts. Sie wusste nicht, ob sie das … was-auch-immer wollte.

Das Schlafzimmer war lang und schmal, es stand lediglich ein großes Bett darin mit einer schwarzen Überdecke und an der gegenüberliegenden langen Wand zog sich ein riesiger Spiegel über die gesamte Breite des Raumes.

»Was zum …«

Er grinste und kratzte sich verlegen am Hinterkopf. »Der ist nur fürs Training.«

Sie sah ihn skeptisch an. »Ja, nee … is' klar.«
»Ist doch jetzt auch unwichtig. Sieh dich an.«
Cherry blickte in den Spiegel. Sie sah schrecklich aus, ihr Haar war zerzaust, die Hose und die Bluse bekleckert und außerdem war die Jeans zu eng. Sie spannte über ihren Oberschenkeln und überhaupt.
»Was siehst du?«, fragte er.
Eine fette Kuh, wollte sie sagen. Aber sie brachte es nicht über sich.
Er ließ nicht locker. »Komm schon, was siehst du?«
»Speckige Arme, einen schwabbeligen Bauch und einen fetten Hintern.« Jetzt war es raus. Wenn er jetzt nicht die Flucht ergriff dann … ja, was dann?
Er schüttelte den Kopf. »Ich sag dir, was ich sehe.«
Cherry hielt die Luft an und versuchte, den dicken Kloß in ihrem Hals herunterzuschlucken.
»Ich sehe eine verdammt attraktive, junge Frau.« Er stellte sich wieder ganz dicht hinter sie und legte die Hände auf ihre Schultern. »Mit muskulösen Armen«, er strich darüber nach unten, »einer schlanken Taille«, seine Finger zogen heiße Bahnen über ihre Bluse, »einem weiblichen Bauch«, er schloss die Arme um ihre Mitte, »und einem unglaublich sexy Hintern.« Damit zog er sie noch dichter an sie heran. »Ich denke, du siehst wunderschön aus.« Damit vergrub er sein Gesicht an ihrem Hals. »Und du riechst nach Cupcakes.«
Sie lächelte.
»Versuch, dich mit meinen Augen zu sehen«, flüsterte er. »Nur einmal.
Sie schloss die Lider und probierte, tatsächlich die Frau zu sehen, die er gerade beschrieben hatte.
Seine Lippen berührten zärtlich ihren Nacken, zogen eine brennende Spur ihren Hals hinauf und dann drehte er sie sanft herum.
Cherry öffnete die Augen und sah ihn lange an. Aber er rührte sich nicht, er wartete. »Ich möchte dich küssen …«, sagte er leise, aber bestimmt.

Sie lächelte und ihr Pulsschlag nahm Geschwindigkeit auf.

Er neigte seinen Kopf zu ihr herab, strich mit seinen Lippen an ihrer Schläfe vorbei und flüsterte mit heißem Atem in ihr Ohr. »Und ich möchte dich vernaschen.«

Ihr Herz schlug nur noch schneller, immer schneller und platzte fast aus ihrer Brust.

Er zog sich ein winziges Stück zurück, ihre Gesichter jetzt dicht an dicht schwebten seine Lippen kurz vor ihren und fragten schweigend in die Stille: *Was willst du?*

Es gab nur eine Antwort, die sie geben konnte. Sie lehnte sich nach vorne und küsste ihn.

Zärtlich, suchend fanden seine Lippen ihre und dann zog sie ihn zu sich heran, näher, als sie jemals in ihrem Leben jemandem gewesen war.

***

Sie lagen gemeinsam in dem riesigen Bett und Cherry konnte immer noch nicht glauben, was gerade passiert war.

Und sie fühlte sich gut. Irgendwie vollständig. Und ja, sogar ein bisschen sexy. Und nicht, weil gerade ein heißer Typ unter ihr lag – obwohl der daran absolut nicht unschuldig war.

Vor allen Dingen konnte sie nicht fassen, dass sie sich in einem Raum mit einem überdimensionalen Spiegel befand und dass Milo zwischendurch nicht einfach die Flucht ergriffen hatte.

Cherrys Finger berührte seine Lippen, glitten seinen Hals hinunter, über das Schlüsselbein hinweg und fuhren zärtlich die feine Narbe entlang, die sich über sein Brustbein erstreckte.

»Wovon ist die?«, fragte sie.

»Als ich auf die Welt kam, hatte ich ein Loch in meinem Herzen«, sagte er, als wäre nichts weiter dabei.

Sie richtete sich halb auf, um ihn anzusehen. »Ach du meine Güte.«

»Jupp. Die ersten drei Tage meines Lebens waren ziemlich schei… bescheiden.«

Sie lächelte, weil er sich selbst beim Fluchen ertappt hatte. Da fiel ihr etwas ein. »Ach, deshalb hast du für das Kinderkrankenhaus gespendet?«

»Was meinst du?«

»Bei dieser Win-A-Date-Spendenaktion vor unserem ersten Date. Da hattest du dir als gemeinnützige Organisation doch ein Kinderkrankenhaus ausgesucht.«

»Genau, die haben sich auf Herzkrankheiten spezialisiert.«

Wieder eine neue Facette an einem offensichtlich doch nicht so oberflächlichen Milo.

Er zog sie wieder zu sich heran und seine Finger glitten über die eher unvorteilhaften Bereiche ihres Körpers.

»Glaubst du immer noch, dass du fett bist?«, fragte er plötzlich.

Als könnte er Gedankenlesen.

»Ich glaube zumindest, dass *du* mich nicht fett findest«, antwortete sie.

»Das ist doch schon mal ein Anfang.« Er setzte einen Kuss auf ihr Haar. »Du bist nämlich wunderschön. Und das sage ich, obwohl ich weiß, wie kitschig das klingt.«

»Unmännlich, weil es dein Herz sagt«, flüsterte sie und zeichnete mit ihren Fingern noch einmal die feine Linie auf seiner Haut nach. »Zumindest nach deiner Definition, oder?« Sie spürte, wie sein Atem über ihre Stirn strich.

»Ich bin mir da nicht mehr so sicher.«

Sie sah auf, blickte tief in seine dunklen Augen und versuchte, herauszufinden, wie ernst er das meinte.

Dann biss sie sich auf die Unterlippe. »Ich habe Angst«, sagte sie ehrlich. »Davor, dass du morgen aufwachst, und entdeckst, dass du mich alt findest oder fett oder anders unattraktiv. Dass du dich umdrehst und dir eine andere suchst. Ich weiß, das ist dumm. Du bist Milo, der große Stecher, und ich sollte nehmen, was ich kriegen kann, aber … das will ich nicht … das bin ich nicht … ich …«

Er legte seine Hände um ihr Gesicht und küsste sie. Einfach so. Zärtlich, fragend – hoffend?

Er hörte auf und legte seine Stirn gegen ihre.

Die Stille zwischen ihren Herzschlägen zog sich in endlos schwarze Länge.

»Ich habe auch Angst«, flüsterte er.

Und ihr Herz schrumpfte zu einem knotigen, kleinen Klumpen zusammen. Angst? Wovor konnte Milo der große Macho bitteschön Angst haben? Das war doch verrückt.

Sie griff nach seinen Händen, um aufzusehen, ihn anzusehen. »Wovor hast *du* denn Angst?«, fragte sie mit große Augen.

»Dass du herausfindest, wer ich wirklich bin.« Und das Lächeln auf seinem Gesicht war tatsächlich ängstlich.

»Aber ich weiß doch, wer du bist.«

Er lachte bitter. »Du kennst meinen Körper, du weißt, wer ich vorgebe zu sein. Milo, der große Held, der immer einen blöden Spruch auf den Lippen hat. Aber was, wenn ich das gar nicht bin? Was, wenn ich in Wirklichkeit nicht witzig bin? Was, wenn ich schwach bin, ängstlich und …«

»Eine Memme? Du weißt genau, dass ich das nicht von dir denke. Schon alleine, dass du den Mut hast diese Gefühle auszusprechen, macht dich in meinen Augen mutiger als jeden anderen Mann, den ich bisher getroffen habe.«

»Also der Sixpack und die dummen Sprüche, die haben nichts hiermit …«, er deutete von ihr auf sich und wieder zurück, »zu tun?«

»Gegen den Sixpack hab ich nichts.« Sie versuchte ein Grinsen. »Und die blöden Sprüche würden mir, glaub ich, mittlerweile ziemlich fehlen.« Sie griff wieder nach seiner Hand. »Aber damit alleine hättest du mich niemals bekommen. Nie.« Sie legte ihre Finger auf seine Narbe. »Dass da muss für mich stimmen.«

»Brustmuskeln?«, fragte er und hob einen Mundwinkel.

»Dein Herz, du Volltrottel.« Aber sie lächelte.

»Und was, wenn du morgen herausfindest, dass du doch lieber einen *echten* Kerl hättest? Was, wenn dir der unwitzige Memmentyp langweilig wird?«

»Ich weiß nicht, was morgen ist. Ich weiß nur, dass ich dich heute mag – sehr mag. Und ich kann mir nicht vorstellen, dich nicht mehr zu mögen.« Sie sah ihn erwartungsvoll an.

Er öffnete auch kurz den Mund, aber als er das Thema wechselte, war sie nicht überrascht. Viel zu ernsthaft, viel zu gefühlvoll.

»Meine Mutter hat übrigens geantwortet«, sagte er.

Sie seufzte, aber nur ganz leise. Denn das gerade war mehr, als sie jemals von ihm erwartet hätte. »Und?«

»Sie kommt morgen Vormittag vorbei. Also, wenn du wirklich bereit bist, dich ihr zu stellen, dann bist du herzlich zum zweiten Frühstück eingeladen.«

»Zum *zweiten* Frühstück?«, fragte sie.

»Zum ersten hatte ich etwas Anderes geplant.« Er grinste anzüglich, zog sie plötzlich mit Schwung auf seinen Schoß und biss ihr spielerisch in den Hals.

»Hey«, sie lachte. »Einverstanden. Aber ich will definitiv kurz nach Hause, bevor ich sie treffe. Ich muss mir dringend etwas Frisches anziehen.«

Wie auf ein Stichwort begann er zu singen. »Oh nein, bitte geh nicht«, sie hörte sein Grinsen dicht neben ihrem Ohr.

»Was?«

»Ich war zu lang allein, ich kann nicht mehr stark sein«, sang er weiter.

Was war das für ein Lied? Die Melodie kam ihr unglaublich bekannt vor.

Sie musste lachen, weil er plötzlich völlig aufgekratzt schien. »Was ist denn mit dir los?«

»Nimm mein Herz«, sang er weiter. »Nimm meine Seele.«

Sie zog die Brauen hoch und fragte sich, ob er jetzt völlig übergeschnappt war.

»Ohh, Cheri, Cheri Lady, life is full devotion …«, sang er aus vollem Hals und brach in Gelächter aus.

»*Modern Talking*?«, fragte sie entsetzt.

»Oh ja, ich hab einen Ohrwurm, seit wir das letzte Mal über die gesprochen haben. Und du hast die ultimative Vorlage geliefert.«

»Aber das ist schon Tage her.«

»Ich sag auch nicht, dass es angenehm war.«

»Aber du weißt schon, dass man Cherry mit Doppel-r und y schreibt, oder?«

»Ich denke, man schreibt es noch mit wesentlich mehr *rrr*.« Er machte ein ziemlich sexy knurrendes Geräusch und biss ihr spielerisch in den Hals.

»Ach, hör doch auf.« Aber sie grinste und ließ sich mehr als gerne küssen.

Er war verrückt. Völlig verrückt.

Und sie hoffte von ganzem Herzen, dass er den Text nicht nur so daher gesungen, sondern tatsächlich ernst gemeint hatte.

Getroffen

Milo machte zum hundertsten Mal einen Rundgang durch seine Wohnung. Es war noch über eine Stunde Zeit, bis seine Mutter auftauchen sollte und die Zeit wollte einfach nicht vergehen.

Er wünschte sich, dass Cherry bald zurückkam. Alles war besser, als allein in seiner Wohnung zu hocken und zu warten, dass die Sekunden verstrichen.

Er öffnete den Kühlschrank. Hier stapelten sich Dutzende von Cupcakes übereinander, gut abgepackt und mit kreativen Klopapierrollen-Regalen voneinander getrennt, um noch mehr Platz zu schaffen.

Nicht hübsch, aber praktisch.

Er hatte bereits die Küche aufgeräumt, sämtliche Videos geschnitten und hochgeladen. Es blieb ihm nur zu warten …

Er *hasste* warten.

Da klingelte es.

Gott sei Dank war Cherry wieder da. Er eilte zum Eingang und riss die Tür auf.

»Hi … Mom?«

»Du sollst mich nicht so nennen. Bist du zwölf? Außerdem, wen hast du erwartet? Den heiligen Sankt

Nikolaus? Klapp mal deinen Mund wieder zu und lass mich endlich rein.«

Elvira war Mitte fünfzig, aber dank etlicher Schönheits-OPs und einer ordentlichen Portion Botox sah sie aus, als wäre sie höchstens Ende Vierzig – mit jeder Menge Schönheits-OPs und Botox.

Ihre Stöckelschuhe waren mindestens zehn Zentimeter hoch, der weiße Hosenanzug war akkurat gebügelt und entblößte wesentlich mehr von ihrem Ausschnitt als ihm lieb war. Der dicke Goldschmuck an Hals und Fingern passte genauso zu dem Look knallharte Business-Frau mit Tussi-Allüren wie die akkurat blondierte Hochsteckfrisur.

Er machte ihr Platz und sie stürmte wie ein Orkan an ihm vorbei in seine Wohnung. Abfällig sah sie sich um und begutachtete jeden Quadratzentimeter mit ihrem Adlerblick.

»Und? Willst du mich nicht richtig begrüßen?«, fragte sie ungeduldig.

»Hi, Elvira.« Er hasste es, sie beim Vornamen zu nennen. Dann kam er sich immer vor, als würde er mit einer Fremden sprechen.

»Schon besser. Hallo Schätzchen.« Damit packte sie ihn mit spitzen Fingern an und hauchte ein Küsschen in die Luft über seiner Wange.

»Schön, dass du es geschafft hast.«, sagte er.

Aber sie starrte schon wieder auf ihr Handydisplay. »Hm? Ja, ja.«

»Du bist etwas zu früh, Cherry ist noch nicht da, aber sie kommt sicher gleich.«

Endlich sah sie auf. »Oh ja, deine neue *Freundin*.«

Eigentlich hatte er sich darauf eingestellt, ihr länglich zu erklären, dass Cherry wirklich *nur* eine Freundin war. Aber das hatte sich ja nun irgendwie erübrigt. Sein Blick huschte kurz zur Schlafzimmertüre herüber.

»Seit wann stellst du mir eigentlich deine Betthäschen vor?«, fragte sie skeptisch.

»Hey, sie ist nicht mein Betthäschen, sie arbeitet bei *SweetCakes* …«

Aber sie machte eine Geste, die ihn sofort zum Schweigen brachte. »Erspar mir das, ich will es gar nicht hören.«

Jetzt war er verwirrt. »Nicht? Aber deshalb hab ich doch …«

»Du glaubst doch nicht im Ernst, dass ich Geld für deine Bettgeschichten ausgebe.« Sie lachte kalt. »Nein, deshalb bin ich hier.« Damit hielt sie ihm ihr Handy unter die Nase, auf dem gerade eins seiner neuesten Videos lief.

»Und?« Er zog die Brauen hoch.

»Was heißt denn hier *und*?« Sie war richtig entsetzt über sein Unverständnis. »Weißt du, deine ganzen künstlerischen Eskapaden, das konnte ich ja noch irgendwie verzeihen und erklären. Ich kann verstehen, dass die Frauen auf so einen Unsinn reinfallen. Aber wenn du jetzt auch noch anfängst, dich selbst in aller Öffentlich keit lächerlich zu machen und wie einen völliger Schwächling darzustellen, wirft das auch ein schlechtes Licht auf deine Familie. Ich habe nicht mein Leben lang hart gearbeitet, um mir eine Firma aufzubauen, nur damit du sie mit solchen peinlichen Absurditäten in ein schlechtes Licht setzt.«

Da lag also der Hund begraben. »Es ist ein Experiment«, sagte er. »Ein Statement. Es geht um Ehrlichkeit und Offenheit und … Mut. Ich möchte zeigen, dass jedes Leben ein breites Spektrum hat, dass es gute Tage gibt, aber auch schlechte, dass …«

»Ja, ja, ja, ja.« Sie stoppte ihn mit einer Geste und drückte dann die Finger gegen ihre Stirn. »Wie soll ich dir das nur verständlich machen?«

Als ob ihm ein Stück Gehirn fehlte. Er verschränkte die Arme.

»Das muss aufhören«, sagte sie und sah ihn fest an.

Milo hob das Kinn herausfordernd an. »Und wenn ich nicht damit aufhöre?«

Ihre Augen wurden zu schmalen Schlitzen. »Es wird dir nicht viel Anderes übrigbleiben, wenn du willst, dass ich wieder anfange, deine Rechnungen zu bezahlen.«

Das war keine allzu schlimme Drohung. Immerhin fingen seine Abonnentenzahlen ganz langsam an, sich zu erholen. Es sollte nicht allzu lange dauern, bis er wieder ganz auf eigenen Beinen stand.

»Ich habe mit deinem Vater gesprochen. Er hat eine Stelle in seiner Firma frei. Du kannst am Montag anfangen.«

»Chicago?« Ihm fielen fast die Augen heraus. Das konnte unmöglich ihr Ernst sein.

»Sicher.«

Wut ballte sich als ätzend-saurer Klumpen in seiner Mitte. Am liebsten hätte er sie einfach rausgeschmissen.

Wenn es nur um ihn gegangen wäre, dann hätte er das auch sofort getan. Aber es ging hier nicht um ihn. Wenn er sie rauswarf, bedeutete das auch, dass Cherry die Sache mit dem Laden vergessen konnte.

Außerdem hatte die Firma seines Vaters viele Standorte. Er war sich sicher, dass er es irgendwie hinbiegen konnte, weiter in New York zu bleiben – wenigstens den größten Teil des Jahres. »Wenn ich für ihn arbeite, was hab ich dann davon?«

Sie lachte kurz auf, bis sie merkte, dass er es ernst meinte. »Du bekommst einen guten Posten, ein stattliches Einkommen, Status. Was willst du mehr?«

»Einen Cupcakeladen«, sagte er trocken.

»Das Ding von deiner Freundin?« Sie spitzte die Lippen und er nickte.

»Genau der«, sagte er unnachgiebig.

»Wer ist dieses Mädchen? Was will sie von dir?«

»Mich«, sagte er knapp. Und es war unglaublich, was für ein Gefühl das in ihm auslöste. Irgendwie fest und … sicher.

»Das glaubst du doch wohl nicht im Ernst. Armes, kleines Mädchen hängt sich an hübschen, reichen Jungen und braucht zufällig Geld, um sich einen Laden zu kaufen. Für wie dumm hält die dich eigentlich.«

Er schluckte. Wenn sie das so sagte, dann klang es gar nicht mal so abwegig. Aber er kannte Cherry, kannte sie viel zu gut. Darum ging es ihr nicht. Wenn Annie und Timmy nicht wären, dann würde sie einfach einen anderen Job finden.

»Und diese bescheuerten Videos, waren die etwa auch ihre Idee?«

»Nein, die Videos waren meine Idee, aber sie hat mich unterstützt. So, wie es sich für eine *Freundin* gehört.« Zu dem Zeitpunkt hatte der Laden noch keine Probleme gehabt, wenn das kein Beweis war, was dann?

Elviras Augen wurden noch schmaler. »Okay, einverstanden. Ich kaufe den Laden und sie kann damit anstellen, was immer sie möchte.«

Milo brauchte seine volle Selbstbeherrschung, damit ihm nicht der Mund aufklappte. »Keine Bedingungen?« Das war viel zu einfach, es gab mit Sicherheit einen Haken.

»Zwei Bedingungen«, sagte sie und das gerissene Funkeln in ihren Augen gefiel ihm gar nicht. »Allerdings nur für dich.«

Hier kam es also. »Und die wären?«

»Erstens, du ziehst nach Chicago und unterschreibst einen Fünfjahresvertrag, ohne Ausstiegsklausel.«

Das war schei… schlecht. Verdammt schlecht. Das bedeutete, wenn Cherry bei ihm bleiben wollte, müsste sie dafür alles hinter sich lassen. Nicht nur den Laden, um den es ja gerade ging, sondern auch ihre Freunde.

»Zweitens«, und ihr listiges Grinsen wurde breiter, »Du gibst deinen Channel und dein Schätzchen auf.«

Er schluckte. »Cherry?«

Seinen Channel aufzugeben und nach Chicago zu ziehen, war echt bescheiden. Trotzdem … es wäre immerhin möglich, dort neu anzufangen. Aber das …

Cherry völlig aufzugeben … das konnte er sich einfach nicht vorstellen.

»Nein«, sagte er und seine Stimme klang so fest, dass es ihn selbst überraschte.

»Dann ist die Sache hiermit für mich erledigt. Ich bin draußen.« Sie klemmte ihre winzige Prada-Tasche unter den Arm und ging mit langen Schritten Richtung Tür.

Nein, das konnte er nicht zulassen, aber die Alternative war undenkbar und trotzdem … »Warte.«

Elvira drehte sich mit einem teuflischen Grinsen um. »Hab ich mir doch gedacht, dass wir zu einer Einigung kommen.«

***

Als es klingelte, legte Milo die Hand auf die Klinke und hielt drei ewige Sekunden lang inne. Aber es nützte nichts. Er musste öffnen und es ihr sagen. Und dann … dann war alles vorbei.

Er drückte auf das kühle Metall und sobald die Tür aufging, huschte Cherry eilig an ihm vorbei. »Bin ich zu spät? Ist sie schon da? Guck mal, kann ich das anlassen? Ich war mir so unsicher, ich hätte fast ein Kostüm angezogen, aber dann hab ich mir gedacht, dass das zu aufgesetzt wirkt. Aber Jeans wollte ich auch nicht, meine Kleider sind zu schick und der einzige Rock, den ich habe, sah aus als …«

Sie glühte förmlich von innen vor lauter Begeisterung und Leben. Er wollte sie nicht verlieren. Aber er sah einfach keinen anderen Weg, um ihren Wunsch zu erfüllen und um der Mann zu sein, den sie sich wünschte. Zu bleiben, hieße egoistisch zu sein, oder?

Sie stockte, als sie sein Gesicht sah. »Was ist los? Du siehst aus, als wäre jemand gestorben.«

»Es tut mir leid, aber meine Mutter ist schon wieder weg.«

»Schon weg? Aber es ist doch noch gar nicht so weit«, sie zog ihr Handy heraus und sah auf die Uhr, runzelte die Stirn und fragte sich ganz offensichtlich, ob sie sich in der Zeit vertan hatte.

»Sie war zu früh«, unterbrach er ihre Gedanken.

»Und? Was hat sie gesagt?«, fragte Cherry aufgeregt.

Er schluckte. »Sie hat mir ein Angebot gemacht, sie kauft den Laden und lässt dir sämtliche Freiheiten, was du damit anstellen möchtest.«

Erst leuchteten ihre Augen, doch dann wurde sie misstrauisch. »Aber?«

»Ich muss einen Job bei meinem Vater in der Firma annehmen.«

Sie sah ihn skeptisch an. »Und das ist schlecht?«

»In Chicago.« Jetzt war es raus. Er musste weg.

»Oh!«

Er ließ ihr Zeit, um die Tragweite dieser Neuigkeit vollständig zu erfassen, und wartete auf eine Antwort.

Ein weiteres »Oh«, war das Einzige, was sie herausbrachte. Denn natürlich hatte sie erkannt, dass sie nicht mitkommen konnte.

Wenn sie mit ihm kam, brauchte sie keinen Laden. Das wiederum bedeutete, dass er nicht nach Chicago musste. Wenn er aber nicht nach Chicago ging, brauchte sie wieder den Laden und den Deal seiner Mutter. Was wieder hieß, dass er nach Chicago musste. Es war ein Teufelskreis und das wusste er.

Er musste gehen, sie musste bleiben.

Alles andere ergab keinen Sinn.

Trotzdem hätte er mit irgendeiner Reaktion gerechnet, wenigstens mit einer Frage oder einem kleinen Zeichen von Bedauern. Aber sie wurde einfach nur still, unglaublich still.

»Und?«, fragte er schließlich.

»Ich denke …«

Sein Herz krampfte und schrumpelte auf die Größe einer Pflaume zusammen, weil er Angst hatte, vor allem, was sie als Nächstes sagen könnte.

»Ich denke, wir sollten die Cupcakes schnell ins Studio bringen, wir müssen ja gleich schon am Paintball-Gelände sein.« Damit ging sie in die Küche.

***

Milo wusste nicht, was er davon halten sollte.

Sie hatte die ganze Fahrt über geschwiegen. Erst bis zum Studio, dann bis zum Paintball-Feld und während des kleinen Sektempfangs hatte er sie nicht ein einziges Mal gesehen.

Jetzt ging es daran, die Gruppen aufzuteilen und er reichte ihr eine farblich markierte Weste, um sie seinem Team zuzuordnen.

»Nein, Danke«, sagte sie. Und klang dabei nicht einmal unfreundlich. »Ich bin mit Sara in einer Mannschaft.

»Okay«, sagte er unsicher. Warum hatte sie das so getroffen? Müsste sie nicht vor Glück zerplatzen? Oder wenigstens unendlich dankbar sein, dass er bereit war, so ein Opfer für sie zu bringen? War ihr eigentlich klar, wie schwer ihm das fiel?

Aber es blieb ihm keine Zeit mehr, nachzudenken.

Seine Gruppe verteilte sich und kurz darauf konnte er nichts mehr von Cherry entdecken.

Heute war wenigstens der Boden halbwegs trocken und die Gesellschaft breitete sich mit viel guter Laune auf dem Gelände aus.

Aber Milo war nicht ganz bei der Sache. Er versuchte immer noch zu verstehen, was da heute Morgen passiert war.

Da traf ihn eine Farbkugel mitten in den Rücken. »Au!« Er fuhr herum. Cherry! Sofort platzte die nächste rosafarbene Kugel auf seiner Brust. Dann noch eine und noch eine und noch eine.

»Hey.« Aber sie hörte nicht auf. »Hey. Hey! Heyyy!«

Es folgten noch sicher zehn Kugeln, dann war nur noch ein Klicken zu hören. Er wischte sich die Farbspritzer vom Visier und sah, wie Cherry zitternd vor ihm stand, das Gewehr immer noch auf ihn gerichtet.

»Ich bin tot, okay?«, sagte er. »Ich hab's ja verstanden. Du kannst aufhören.«

Das Gewehr fiel mit dem Kolben zuerst auf den Boden und kippte um. Jetzt zitterte sie wirklich.

»Hey«, diesmal sprach er ganz leise und ging schnell zu ihr herüber, er zog erst seine, dann ihre Maske vom Gesicht. »Was ist denn los?«

»Nichts.« Sie sah zur Seite.

»Ganz offensichtlich ist nicht *nichts*«, sagte er bestimmt. »Sonst wäre ich jetzt nicht schweinchenrosa.«

Aber sie lächelte nicht. »Du bist ein Vollidiot«, sagte sie und ihre Stimme zitterte.

»Wie bitte?«

»Du hast mich schon ganz richtig verstanden.«

»Wieso bin ich denn ein Vollidiot?«

»Weil du abhauen willst. Deshalb.«

»Wegen Chicago? Meinst du ernsthaft, ich will dahin?«

»Ist doch völlig egal. Du gehst trotzdem.«

Jetzt war es aber langsam genug. »Ja, weil ich möchte, dass du deinen bescheuerten Cupcake-Laden behalten kannst.«

»Cupcake-Laden retten, so ein himmelschreiender Blödsinn. Als ob mich der blöde Laden interessieren würde.«

»Ach? Tut er nicht?«

»Nicht so viel wie du. Ich liebe dich nämlich. Ich weiß, ich hab das schon einmal gesagt und ich weiß, du würdest dir lieber die Zunge abbeißen, als es selber auszusprechen. Oder es beruht einfach nicht auf Gegenseitigkeit. Auf jeden Fall packst du lieber die erste Gelegenheit beim Schopf, um dich so schnell wie möglich zu verkrümeln, als es mit mir zu probieren. Musst schließlich auf dein Image achten, könnte ja sein, dass irgendwer mitbekommt, dass du Gefühle hast.« Sie fuhr sich mit beiden Händen durchs Haar. »Aber weißt du was, das ist schon in Ordnung so. Besser heute als später. Geh nach Chicago. Aber du brauchst es nicht für mich zu tun, denn ich werde das Geld von deiner Mutter nicht annehmen. Soll die Tante ihr blödes Geld behalten. Wenn du dich schon verziehen willst, dann musst du wenigstens genug Eier in der Hose haben, um zu sagen, dass *du* es so willst.«

Er stand zwei volle Sekunden wie versteinert da und konnte nicht fassen, was da gerade aus ihrem Mund gekommen war.

Sie liebte ihn?

Meinte sie das ernst?

Sie *liebte* ihn?

Und sie hatte das schon einmal gesagt?

Da machte sie auf dem Absatz kehrt und marschierte vom Feld. »Du brauchst nicht auf mich zu warten«, rief sie über die Schulter. »Ich fahre mit Sara und Jake zurück.« Damit stapfte sie weiter, ohne sich umzudrehen.

Er starrte ihr nur hinterher und war völlig sprachlos.

Sie wollte ihn behalten? Wirklich? Richtig? Und mehr als den Laden? Und sie liebte ihn?

Sein Verstand konnte diese Worte einfach nicht fassen. Ja, es war nicht das erste Mal, dass eine Frau das zu ihm sagte. Aber es war das erste Mal, dass sie damit den ganzen Milo meinte, alles, nicht nur außen, sondern auch innen.

Wie konnte sie nur glauben, dass er freiwillig gehen wollte? Wie kam sie nur auf so einen verrückten Gedanken? Er lehnte sich gegen den nächsten Schuppen und starrte geradeaus.

Sein Blick folgte den Spuren, die sie im Dreck hinterlassen hatte und fiel dann auf die Farbe, die an seinem Anzug klebte.

Sie liebte ihn.

Und zwar nicht nur ein bisschen, sondern so richtig. Und wenn ihre Worte noch kein Beweis dafür waren, dann das hier.

Und was war mit ihm?

Wenn er sich sein eigenes Verhalten in den letzten Tagen ansah, dann bestand eigentlich keine Frage, wie es in ihm aussah.

Und wenn er etwas viel Gefährlicheres tat … wenn er in sich hineinhorchte und ganz, ganz ehrlich mit sich war …

Dann wohnte da etwas in seiner Brust, was nicht mehr wegzudenken war. Etwas, das bisher noch nie dagewesen war. Ein Gefühl, das zum ersten Mal in seinem Leben in der Lage war, das Loch in seinem Herzen vollständig zu füllen.

Aber er hatte es versaut. Gründlich versaut.

All die Arbeit, all die Zeit, alles, was sie in den letzten Tagen näher zusammengebracht hatte, schien zerstört.

Es gab eigentlich nur eine Sache, die er tun konnte und was er dafür brauchte, war eine E-Gitarre mit Flammenmuster und eine schwarze Nietenlederjacke.

Musik

Cherry stand mit Sara und Jake im Aufzug und starrte auf die blinkenden Ziffern, die langsam, aber ständig auf den dreiundvierzigsten Stock zuhielten.

Sie war völlig erledigt.

Als sie am Morgen in Milos Wohnung zurückgekehrt war, war alles herrlich gewesen. Zum ersten Mal in ihrem Leben hatte sie sich richtig gut gefühlt. Nicht nur irgendwie sexy, sondern auch vollständig und … einfach gut.

Als er ihr dann offenbarte, dass er nach Chicago gehen wollte, hatte es sich angefühlt, als hätte er einen riesigen Eimer mit Eiswasser über ihrem Kopf ausgeschüttet. Für drei volle Herzschläge hatte sie überhaupt keine Luft mehr bekommen.

Ja, seine Begründung klang nobel, aber im Endeffekt hieß es doch nur, dass er auch ohne sie leben konnte.

Und das riss ihr das Herz auf.

Noch vor ein paar Tagen, hätte sie das auf ihre Kappe genommen, sie war fett und unwürdig und *bla*.

Aber jetzt nicht mehr. Es lag an ihm. Er war ein beziehungsunfähiger Blödmann, der sich gleich wieder verpieseln wollte. Schön. Fein. Konnte er haben.

Genau deshalb hatte er den Farbkugelregen mehr als verdient.

Aber mit jedem Stockwerk löste sich ihre Wut mehr in Luft auf und zurück blieb nur eine unendliche Trauer und Enttäuschung, dass sie sich so sehr in ihm hatte irren können.

»Alles okay?«, fragte Sara, als sie aus dem Aufzug stiegen.

»Ja, sicher«, antwortete Cherry.

»Du siehst aber nicht so aus.«

»Ich weiß«, sie seufzte. »Wir reden später drüber, okay? Ich muss in die Küche.«

»In Ordnung. Aber nach der Feier bei mir, sonst komm ich dich holen.« Und das war keine Bitte.

Cherry wusste, dass ihre Freundin es gut meinte und nicht lockerlassen würde. Das war mit ein Grund, weshalb Cherry sie so mochte. Aber wenn sie jetzt sofort mit Sara über alles sprach, würde sie bestimmt in Tränen ausbrechen und sie hatte keine Lust, verheult durch die riesige Küche zu laufen, um sich von allen anstarren zu lassen.

Nein, sie würde noch ihren Job hier zu Ende bringen, so, wie sie es Sara versprochen hatte, und dann würde sie sich ganz schnell verkrümeln.

* * *

Als Cherry eintrat, war das Studio bereits gefüllt mit Menschen, die in kleinen Grüppchen zusammenstanden. Sanfte Klaviermusik schwebte durch den Raum und wurde von einem Cello begleitet. Die Bühne war in der hellsten Ecke des riesigen Studios aufgebaut. Hier stießen zwei Glasfronten aneinander. Der an sonnigeren Tagen so atemberaubenden Ausblick war heute nur ein trübes Gemisch aus Grau in Grau von Himmel, Hudson River und Häusermeer.

Mona stand vor dem schwarzen Flügel und sang zu den klassisch angehauchten Tönen.

Allerdings sah sie nicht im Entferntesten aus wie die Rocker-Mona, die Cherry als Zimmernachbarin hatte. Sie trug ein elegantes, schwarzes Kleid, mit weit ausgeschnittenem Rücken, die kurzen Haare lagen in einer 20er Jahre Frisur eng am Kopf und dazu trug sie ein glitzerndes Stirnband mit großer, weißer Feder.

Cherry lauschte einen Augenblick der Musik. Die Klänge taten ihrer Seele gut. Dann ging sie in die Küche, um die Cupcakes aufzutischen, aber drei junge Mädchen in schicken, weißen Kitteln waren bereits dabei, die letzten Törtchen aus dem Kühlschrank zu holen und auf einem langen Wagen mit bezaubernder Deko anzurichten.

Orangen-Cupcakes mit rosafarbenen Erdbeerhäubchen, Salzkaramell-Cupcakes mit Krokantstreuseln, dunkle Schokolade-Cupcakes mit Kaffeecreme und von allem natürlich auch die Mikro-Variante. Daneben ein weiterer Wagen mit Kanapees und der Duft von Pizza strömte aus dem Ofen.

Es sah toll aus und Cherry beobachtete die Mädchen, wie sie durch die Gegend wuselten und mit geübten Handgriffen ein herrliches Buffet zauberten.

Sie war ziemlich baff darüber, dass Milo es anscheinend doch geschafft hatte eine richtig gut organisierte Feier auf die Beine zu stellen.

Aber sie fühlte sich auch völlig überflüssig. Wenn es hier nichts für sie zu tun gab, dann sollte sie vielleicht besser nach Hause gehen. Sie hatte sowieso keine gesteigerte Lust, Milo über den Weg zu laufen.

Milo … sie blies ihren Pony aus der Stirn und musste unbedingt aufhören, an ihn zu denken.

Sie ging zurück zu den Gästen und hielt nach Sara Ausschau, um sich schnell zu verabschieden und ihr Treffen auf morgen zu verschieben. Da wurde es plötzlich still im Raum und die Aufmerksamkeit richtete sich auf die Bühne.

Überrascht sah sie Milo, der, jetzt wieder in schwarzer Hose und weißem Hemd, einfach nur atemberaubend aussah.

Denk dran, Cherry, er ist nicht mehr lange da. Sie drehte sich schon zur Türe, als seine Stimme, verstärkt durch das Mikrofon, erklang.

»Warte bitte, Cherry!«

Sie fror mitten in der Bewegung ein. Das Murmeln der Menge verstummte.

»Ich hab eine kleine Ankündigung zu machen …« Er räusperte sich. »Aber bevor ich's vergesse. Erst mal herzlich willkommen in unserem neuen *CrazyCreative-Studio*. Freut mich, dass ihr alle da seid und auf eine geile Zusammenarbeit.« Ein Applaus schwappte durch die Menschen.

»Natürlich hoffe ich, ihr hattet eine Menge Spaß dabei, euch im Schlamm zu wälzen und gegenseitig über den Haufen zu schießen.«

Irgendwer johlte und ein anderer rief: »Du schuldest mir einen neuen Anzug«, woraufhin ein Tuscheln und Kichern durch den Raum ging.

»Nee, nee, Jason. Du bist selber schuld, wenn du in Designerklamotten auf einem Paintball-Feld auftauchst.« Er lachte kurz. »Auf jeden Fall natürlich auch ein dickes Dankeschön an Jake und Cherry für das tolle Buffet, es sieht wirklich grandios aus. Und die Erdbeer-Cupcakes unserer Meisterbäckerin sind sogar preisgekrönt.« Ein kurzer Applaus ging durch die Reihen.

Milo atmete tief durch. »Damit hätte ich wohl alle Floskeln abgehakt …«

Klang er nervös?

Was wollte er bloß sagen?

Cherry wusste nicht, was sie von all dem halten sollte. Am liebsten hätte sie ihn einfach stehengelassen.

»Aber jetzt, zu meiner Ankündigung … eigentlich fehlt mir dafür eine E-Gitarre und meine Nietenjacke, aber auf die Schnelle konnte ich nichts auftreiben. Stellt euch einfach vor, ich sehe aus wie der junge Elvis mit einem Hauch *Kiss*.« Er grinste und wandte sich zu dem blonden jungen Mann am Klavier. »Ryan, wenn du die Güte hättest.«

Der nickte und spielte ein paar klangkräftige Akkorde.

Cherrys Nerven waren zum Zerreißen gespannt. Was sollte das werden?

Milo sah ihr tief in die Augen und begann zu singen. »Ich kann es nicht erklären, es ist immer dasselbe.« Eine vage Ahnung vibrierte am Rande ihres Bewusstseins.

»Nimm mein Herz.« Jetzt ging ein kleines Raunen durch den Saal und einige schienen der festen Überzeugung zu sein, Milo hätte völlig den Verstand verloren.

»Ich bin zu lange allein gewesen und ich kann nicht mehr stark sein.«

Was war das für ein Lied?

»Ich brauche dich so sehr, ich werde niemals gehen.« Milo machte eine künstlerische Pause, senkte theatralisch den Blick, dann stieß er die Faust mit voller Kraft in die Luft, als würde er den ultimativen Rocksong anstimmen. Das Klavier setzte richtig ein, das Cello kam dazu und Milo sang in voller Lautstärke: »Cheri, Cheri lady, going through emotion, love is where you find it, listen to your heart.«

Seine Stimmlage hüpfte fast eine Oktave in die Höhe und er sang in hellen, gut getroffenen Tönen noch zweimal den vollständigen Refrain von *Cheri, Cheri Lady*.

Und Cherry … die konnte nichts weiter tun, als den Mund aufzuklappen und völlig gebannt auf die Bühne zu starren.

***

Milo hielt die Luft an, das war gar nicht so schlimm gewesen … okay, es war peinlich – megamonstersuperpeinlich – aber noch war ihm keiner an die Kehle gesprungen. Auch der erwartete Lachflash ließ noch auf sich warten.

Totenstille hing im Raum.

»Okay, falls das nicht angekommen sein sollte, das war eine Liebeserklärung von mir an Cherry, verstanden? Mit ultimativem Peinlichkeitsfaktor vollkommener Totalentblößung und allem Drum und Dran. Und damit es keine Missverständnisse gibt, es soll heißen: Ich liebe dich.« Damit zwinkerte er ihr zu. Aber sie stand immer noch versteinert da, als könnte sie es nicht fassen.

Er wusste nicht genau, was er davon halten sollte, aber er musste die Gelegenheit nutzen, solange es noch leise war. Deshalb streckte er den Finger aus und deutete nacheinander auf seine Pappenheimer. »Und wenn irgendeiner von euch auch nur eine dumme Bemerkung lässt, dann komm ich heute Nacht mit ner Paintgun bei euch vorbei und sing dasselbe Lied, bis euch die Ohren abfall…« Er brachte das Wort nicht zu Ende, denn Cherry warf sich um seinen Hals und drückte ihre Lippen stürmisch auf seine. Er schlang seine Arme um sie, drückte sie fest an sich und hatte nicht die geringste Absicht, sie jemals wieder gehen zu lassen.

Ein riesiges Johlen durchbrach die Stille und die Band stimmte noch einmal das Lied an. Verdammter, blöder Ohrwurm, ob er den jetzt jemals wieder loswürde?

Cherry lächelte verlegen und wollte sich zurückziehen, aber er packte sie noch fester, hob sie mit Schwung auf seinen Arm und trug sie von der Bühne herunter. Das Johlen schwang in Gelächter um, Applaus hallte durch die Menge und die Band stimmte den Hochzeitsmarsch an, während er Cherry die Treppe hinauftrug.

Er ließ das Eckbüro links liegen und öffnete die milchige Glastür zu seinem kleinen Reich. Es war nicht ganz so groß wie das andere Büro, hatte aber ebenfalls eine deckenhohe Fensterfront mit Blick auf die Lichter der Stadt. Neben dem gläsernen Schreibtisch stand ein riesiges, weiches Sofa, auf dem er Cherry absetzte.

Sie wollte gerade etwas sagen, da legte er den Finger auf ihre göttlich-weichen Lippen. »Warte, ich hab noch eine Überraschung für dich.«

***

Das war die gigantischste, verrückteste und genialste Liebeserklärung gewesen, von der Cherry jemals in ihrem Leben gehört hatte. Das hätte schon für jeden anderen Mann gegolten, aber für Milo war es der ultimative Wahnsinn.

Sie fragte sich gerade ernsthaft, was jetzt noch kommen konnte. Da zog er eine Tasse unter dem Schreibtisch hervor.

Eine kleine braune Haube schaute heraus und war mit einer flüssigen, weißen Schicht bedeckt, die jetzt auf den Fußboden tropfte.

»Oh«, er drückte ihr das Ding in die Hand und fischte ein paar Taschentücher aus dem Schreibtisch. »So viel zur Eiscreme.«

Sie konnte es einfach nicht fassen. »Du hast einen Kuchen für mich gebacken?« Oder würde er jetzt die Kaffeekochausrede benutzen?

»Jupp.« Milo kratzte sich am Hinterkopf. »Ich hatte auch noch eine Kirsche, aber die muss irgendwo unterm Schreibtisch liegen … ich hoffe, der schmeckt auch.«

»Du bist so verrückt.«

»Hier.« Er hielt ihr einen Löffel entgegen. »Ich bin mir aber nicht ganz sicher, ob ich bei den Zutaten die richtige Menge genommen habe.«

Sie hielt all ihre Fragen noch eine Sekunde zurück und probierte das kleine Wunder.

»Und?«, fragte Milo. Er klang ziemlich nervös.

»Hmmm«, sagte sie, während sie noch versuchte, den Bissen herunterzuschlucken.

»Ha! Vielleicht mach ich ja jetzt auch meinen eigenen Koch-Channel auf.«

Cherry bemühte sich, nicht das Gesicht zu verziehen. »Vielleicht übst du besser vorher noch ein bisschen.« Sie lächelte kläglich.

»Wieso, ich dachte, er schmeckt?«

»Tut er auch … wie eine Mischung aus Beton und Kaugummi.«

»Hey, das war mein erster Versuch.«

»Ich weiß und ich wüsste nichts, was mir in diesem Augenblick besser schmecken würde. Ehrlich.« Sie stellte die Tasse auf den Schreibtisch. »So lange ich ihn nicht aufessen muss.«

»Kein Ding, der Nächste wird besser.« Er grinste breit.

»War das dein Ernst?«

»Sicher. Beim nächsten Tassenkuchen hab ich ja wieder eine Lehrerin, die mir zeigen kann, wie's geht.« Sein Grinsen wurde noch breiter.

Sie lächelte. »Gerne. Aber ich meinte das, was du auf der Bühne gesagt hast.« Es hatte geklungen, als wollte er bleiben. Aber das war Teil vom Text des Liedes gewesen, oder?

»Glaubst du wirklich, dass ich mich auf eine Bühne stelle und dir meine glühende Hingabe offenbare, wenn ich es *nicht* ernst meine?«

Ihr wurde ganz warm, er fasste sie an den Händen und zog sie in eine zärtliche Umarmung. Dann seufzte er ein wenig theatralisch. »Nur eine Sache ist *wirklich* grausam.«

»Was?«, fragte sie und ein winziger Fluss aus Eiswasser bohrte sich durch ihre Mitte.

Er legte seine Wange an ihre und flüsterte. »Wie soll ich bitte unseren Kindern erklären, dass *Modern Talking* uns zusammengebracht hat?«

Cherry verschluckte sich fast, als sich das Eiswasser in glühend heiße Lava verwandelte und sich explosionsartig in ihrem ganzen Körper ausbreitete. »Unseren Kindern?«, fragte sie, dabei kiekste ihre Stimmlage nach oben. Sie konnte einfach nicht fassen, dass diese Worte aus Milos Mund gekommen waren.

Er hob den Kopf und sah sie halb schelmisch, halb fragend an. »Natürlich müssen wir vorher noch eine Menge üben, was meinst du?«

Typisch Milo. Unglaublich!

»Oder willst du keine?«, fragte er besorgt.

»Doch … ich meine, klar … ich meine … du bleibst wirklich hier?«

»Wenn du mich immer noch haben möchtest.«

»Wenn du versprichst, dass du kein *Cheri Lady* mehr singst.«

»Einverstanden, es sei denn, du bittest mich ausdrücklich darum. Meine Cherry mit ganz, ganz vielen rrr.« Mit seinem sexy Knurren beugte er sich zu ihr herunter und legte seine Lippen auf ihre.

Cherry schlang die Arme um seinen Hals und küsste ihn, als gäbe es kein Morgen.

Epilog

Sie lag auf dem riesigen Bett und starrte in den gigantischen Spiegel. Cherry hatte sich erstaunlich schnell an das riesige Ding gewöhnt. Seit sie sich selber trotz oder gerade wegen ihrer weiblichen Rundungen leiden konnte, fand sie ihn sogar irgendwie sexy.

Ihr Handy zwitscherte und sie rollte sich auf den Rücken.

»Wer ist das?«, fragte Milo. Er klang ein kleines bisschen eifersüchtig und Cherry spürte Kribbeln in der Brust. »Das ist niemand. Sicher wieder Spam.«

»Wieso Spam?«, fragte er.

»Ach, ich bekomme seit gestern oder vorgestern dauernd solche komischen Spam-Nachrichten, in denen Leute angeblich Cupcakes bestellen wollen.«

»Zeig mal her.«

Sie reichte ihm ihr Handy und er scrollte durch die E-Mails.

»Du«, sagte er, »Ich glaube, das ist kein Spam, ich glaube, die meinen das ernst.«

»Quatsch, ich bin doch kein Unternehmen.«

»Das wissen die doch nicht. Guck hier.« Er hielt ihr eine E-Mail hin. Und wenn sie den Text las, ohne von einer merkwürdigen Werbeaktion auszugehen, dann klang das tatsächlich wie eine Bestellung oder zumindest wie eine Anfrage für einen Kostenvoranschlag.

»Aber wie …?« Sie setzte sich auf und starrte auf den Bildschirm.

Milo sah auch ziemlich ratlos aus, aber plötzlich schien ihm ein Licht aufzugehen. »Ich hab doch meine Videos nach dir benannt.«

»Na und?«

»Dabei hab ich auch auf deinen Kanal verlinkt. Die Leute müssen angenommen haben, du bist mein Sponsor.«

»Bin ich aber nicht. Ich hab ja nicht mal eine vernünftige Küche.«

»Ernsthaft, das ist deine Ausrede? Dann back hier oder noch besser im Studio, bis du dir eine Eigene leisten kannst.«

»Und was wird aus *SweetCakes*?«

»Ein Modeladen, offensichtlich. Aber vielleicht kannst du ja den Namen behalten.« Seine Augen begannen zu funkeln. »Und wenn ich mir deine Auftragslage so ansehe, denke ich, du könntest dringend ein bisschen Unterstützung gebrauchen.«

»Du willst mir helfen?« Sie grinste herausfordernd.

»Quatsch. Ich hab mit meinen eigenen Projekten gerade echt genug an der Backe.«

»Annie!« Es fiel ihr wie Schuppen von den Augen.

Er nickte. »Klingt nach einer offensichtlichen Wahl.«

»Und wir dürfen wirklich einfach die Küche im Studio benutzen?«

»Klar, schließlich gehörst du jetzt zu mir. Na ja, kostenlos ist das natürlich nicht. Aber keine Sorge, ich lass mich auch in Naturalien bezahlen.« Er grinste schief.

»Och du … Schuft«, sagte sie lachend und wollte ihn in die Seite knuffen. Aber er packte sie, zog sie auf seinen Schoß und Cherry beschloss, dass Annie sicher noch ein paar Stündchen warten konnte.

Möchtest du mehr?

Kostenlos: Als Leser erhältst du exklusiven Zugang zum: *Bonus-Kapitel*. Melde dich mit dem nachfolgenden Bonus-Code auf der darunter stehenden Website an. Nach der Anmeldung und Bestätigung erhältst du eine E-Mail mit deinem Download-Link.

Bonus-Code:

713-612-386

Gib den Code auf dieser Website ein:

www.jvellguth.de/cherrysdate

#FolgeDeinemHerzen

Sommerliebe in New York – Jung, engagiert und auf dem besten Weg, eine erfolgreiche New Yorker Tierärztin zu werden, hat Sara beschlossen, ihrer besten Freundin das ultimative Geburtstagsgeschenk zu machen.

Die Sache hat dummerweise einen Haken – als Gegenleistung muss sie sich auf ein Date mit dem berühmten Vlogger und Frauenheld BigJake einlassen. Was für andere der Hauptgewinn wäre, ist für Sara ein Stelldichein mit ihrer größten Angst.

Was steckt hinter ihren Gefühlen und kann sie nach der Begegnung mit Jake tatsächlich einfach weitermachen wie bisher?

Eine moderne Sommer-Romanze mit quirligen Vierbeinern, Cupcakes im Central Park und einem legendären Sonnyboy – Liebe inbegriffen.

Der Duft von Büchern und Kaffee

Amys Traum: ein eigener Buchladen in New York. Und das Beste? Er scheint sogar erreichbar. Zumindest, bis der attraktive Teilzeit-Rocker Ryan auftaucht und ihre Pläne gründlich durcheinanderbringt.

Denn er ist der Enkel ihrer Chefin und die hat sich gerade einen ziemlich verrückten Wettbewerb um ihre Erbschaft ausgedacht.

Amy bleibt nichts anderes übrig, als sich darauf einzulassen und ihr Bestes zu geben, um ihren Traum doch noch zu verwirklichen.

Eine Liebeserklärung an einzigartige Bücher, den Duft von frisch gebrühtem Kaffee und die Macht der Veränderung.

Ein magischer Sommer

Ethan hat seinen großen Traum verwirklicht und arbeitet als Show-Magier in Las Vegas. Aber in letzter Zeit bleiben die Stühle leer. Als dann sein Vater stirbt, muss er zurück in sein Heimatdorf, dort wird er nicht nur mit seiner Vergangenheit, sondern auch mit seiner ersten großen Liebe konfrontiert.

Ausgerechnet Haley muss ihn zurückholen, dabei ist es das Letzte, was sie will. Denn Ethan hat sie schon einmal verlassen und sie kann nicht glauben, dass er sich geändert hat. Aber ihr bleibt keine andere Wahl, denn als Erbe des größten Arbeitgebers in dem 300-Seelendorf ist er der Einzige, der die Zukunft ihrer Heimat retten kann.

Eine romantische Liebesgeschichte über die Magie, das Leben und eine zweite Chance.

Über die Autorin:

Erst, wenn der Leser mitten in die Geschichte taucht, unter die Haut der Charaktere schlüpft und auf der äußersten Stuhlkante sitzt, um herauszufinden, wie es gleich weitergeht, ist sie wirklich zufrieden. Jacqueline Vellguth schreibt schon seit ihrer Teenagerzeit und fühlt sich dabei in modernen Liebesgeschichten genauso zu Hause wie in Märchen, Superhelden-Romanen oder Urban-Fantasy-Abenteuern. Heute wohnt sie mit ihrem Mann und zwei Kindern in der Nähe von Köln. Wenn sie nicht gerade schreibt, denkt sie über ihre Geschichten nach, geht im Schlosspark spazieren, backt Tassenkuchen oder macht die umliegenden Spielplätze unsicher – am liebsten geht sie rutschen – mit ihren Kindern, natürlich.

Für Leseproben und noch viel mehr:

www.jvellguth.de

34304497R00146

Printed in Poland
by Amazon Fulfillment
Poland Sp. z o.o., Wrocław